O menino de Alepo

Sumia Sukkar

O menino de Alepo

Tradução: Fábio Bonillo

GLOBOLIVROS

Copyright © 2017 Editora Globo S. A. para a presente edição
Copyright © 2013-2014 Sumia Sukkar
Copyright do posfácio © 2014 Laura Guthrie

Todos os direitos reservados. Nenhuma parte desta edição pode ser utilizada ou reproduzida — em qualquer meio ou forma, seja mecânico ou eletrônico, fotocópia, gravação etc. — nem apropriada ou estocada em sistema de banco de dados sem a expressa autorização da editora.

Texto fixado conforme as regras do Acordo Ortográfico da Língua Portuguesa
(Decreto Legislativo nº 54, de 1995).

Título original: *The boy from Aleppo who painted the war*

Editora responsável: Amanda Orlando
Editora assistente: Elisa Martins
Preparação de texto: Lorena Piñeiro
Revisão: Laila Guilherme, Ana Maria Barbosa e Carmen T. S. Costa
Diagramação: Gisele Baptista de Oliveira
Capa: Stuart Polson
Adaptação de capa: Diego Lima
Imagens de capa: ESB Professional, Anky e Mr.Exen/Shutterstock

1ª edição, 2017 – 3ª reimpressão, 2021

CIP-BRASIL. CATALOGAÇÃO-NA-FONTE
SINDICATO NACIONAL DOS EDITORES DE LIVROS, RJ

S994m
Sukkar, Sumia, 1992-
O menino de Alepo / Sumia Sukkar ; tradução Fábio Bonillo. - 1. ed. - São Paulo : Globo, 2017.

Tradução de: The boy from Aleppo who painted the war
ISBN 978-85-250-6411-0

1. Ficção inglesa. I. Bonillo, Fábio. II. Título.

17-44007   CDD: 823
                                                  CDU: 821.111-3

Direitos de edição em língua portuguesa para o Brasil
adquiridos por Editora Globo S. A.
Rua Marquês de Pombal, 25 – 20230-240 – Rio de Janeiro – RJ – Brasil
www.globolivros.com.br

Para minha preciosa família, com amor

*Meu sangue contém viajantes: uma lua damascena,
rouxinóis, abóbadas e sementes. De Damasco
o jasmim exala alvura no ar
perfumando a própria fragrância com seu aroma.*

Nizar Qabbani, "Uma lua damascena"

Personagens

Adam — O menino de Alepo que pintava a guerra
Alcaçuz — Gata de Adam
Ali — Vizinho/amigo de Adam
Amira — Prima de Adam
Baba — Pai de Adam
Isa — Irmão de Adam
Khalid — Irmão de Adam
Khanjar — Mercenário famoso
Maha — Mãe de Adam
Nabil — Amigo de Adam
Srta. Basma — Professora de Adam
Tariq — Irmão de Adam
Tia Suha — Tia de Adam
Tio Shady — Tio de Adam
Walid — Amigo de Khalid
Wisam — Namorado de Yasmine
Yasmine — Irmã de Adam

Glossário

Adhan — Chamado à reza
Baklava — Doce de massa folhada
Eid — Um festival islâmico
Enta Malak — Você é meu anjo
Habibi — Meu amor
Khalas — Fim de papo
Khanjar — Espada
Labna — Coalhada seca
Miswak — Galho usado para limpar os dentes
Ota — Gato
Sahlab — Sobremesa de leite quente e salepo
Surat Al-Fatiha — Primeiro verso do Corão
Ya kalb — Seu cachorro (derrogatório)
Yalla — Vamos

Capítulo Um
Laranja

— Não estou conseguindo desenhar! Tem muito barulho lá fora! — berro para Yasmine.

— Adam, fique calmo e não pare, Habibi!

— Yasmine, fale para as crianças, sim, sim, sim, para pararem de fazer barulho! Elas obedecem a você.

Yasmine abaixa a cabeça. É o que ela faz quando há alguma coisa difícil de explicar. Não gosto disso.

— Adam, Habibi, você já é maduro pra entender que esse é o começo de uma guerra.

Mamãe não tinha o costume de gritar comigo. É em horas como essa que mais sinto falta dela. Yasmine bagunça os cabelos, seus dedos parecem frágeis, que nem o número um. Sinto pena do número um, ele parece tão solitário... Então acho que também sinto pena de Yasmine. Ela agora levanta a cabeça. Significa que não está chateada. Os olhos dela lembram o número oito, amigáveis e tristes.

— Sim, eu já tenho catorze anos, está satisfeita, Yasmine? O que você quer dizer com "guerra"? É como nas pinturas de Dighton? Mas pela janela não vejo isso. Olha lá, as crianças só estão correndo. Ninguém está usando farda.

Yasmine fecha os olhos, ela parece verde. Ela geralmente é rubi. É minha cor preferida. Uso em quase todas as minhas pinturas. Eu me lembro de quando a mamãe dizia que eu nunca deveria parar de pintar. Ela prometeu que guardaria todas pra ela. Mas agora elas têm que ficar comigo.

— Tudo bem, Yasmine, vou pintar com barulho mesmo.

Yasmine me manda um beijo. Fazemos isso pra demonstrar nosso amor. Antes de morrer, a mamãe pediu a ela que me mandasse um beijo cada vez que estivesse orgulhosa ou contente comigo. Mamãe costumava fazer isso porque entendia que eu não gostava de pessoas tocando em mim.

— Yasmine, o que acha da minha pintura?

— Adorei, Adam, mas por que não tenta pintar algo diferente, pra variar?

Yasmine sempre diz isso. Ela acha que eu sempre pinto a mesma coisa. Mas não. Nenhuma pintura é igual a outra. É difícil explicar isso pra ela. Ela começa a ir embora, então eu não tenho que ficar explicando nada. As cores são sempre diferentes. Às vezes eu uso tons pastel e às vezes uso cores gritantes. Cada cor traz sensações diferentes. Queria que Yasmine entendesse isso assim como mamãe entendia. Estou me sentindo bem agora, então uso muito turquesa. Continuo a pintar até chegar a hora de Baba voltar pra casa.

Baba volta pra casa todo dia às quatro e quarenta e oito da tarde. Nem toca a campainha mais. Sabe que eu estarei à espera para abrir a porta nesse exato minuto. Há três anos tem sido assim, desde que mamãe morreu. Cada dia que passa ele parece mais cansado. Seus olhos agora têm bolsas mais evidentes. Eu mando um beijo pra cada uma delas de noite torcendo pra que desapareçam. Não gosto de vê-lo cansado. Yasmine traz a água quente para o escalda-pés de Baba assim que abro a porta. Ele não se atrasa nem um minuto sequer e sempre traz na mão um pacote cheio de documentos pra carimbar. Quando não está muito cansado, ele até os carimba com palavras coloridas, como "muito bom" e "excelente". Gosto de ajudar quando ele usa essas palavras. É divertido brincar com elas. Baba às vezes se queixa quando eu brinco com os elásticos no punho. Diz que o som o aborrece, mas não consigo evitar. Eles têm que ficar no meu pulso. Isso me ajuda a raciocinar.

Yasmine preparou legumes recheados. Hoje é 26 de janeiro e mamãe não está olhando para nós lá de cima. Eu amo legumes recheados; são como uma tigela de emoções, de tão coloridos. Às vezes imagino os pimentões discutindo uns com os outros porque cada um sente uma coisa. "Me sinto melancólico nessa tigela de comida", diz o pimentão vermelho. "Ah, pimentão vermelho, como assim? Devia é ficar furioso porque seremos comidos", lamenta a berinjela. Às vezes minha imaginação me domina e eu fico barulhento.

Yasmine sempre me controla, lembrando que não devemos fazer muito barulho porque Baba está cansado. Quando Yasmine cozinha seis pimentões, sei que mamãe está observando a gente, porque a mamãe sempre fazia seis pimentões recheados. Hoje temos cinco no prato. Isso me deixa triste, mas tudo bem, provavelmente a mamãe está descansando. Às vezes me pergunto se ela come legumes recheados e *baklava* no céu. Sei que lá em cima eles têm muitas comidas deliciosas, mas esses são seus pratos prediletos. Yasmine às vezes suspira e sorri de leve quando eu falo pra ela que consigo perceber quando a mamãe está nos observando. Não consigo explicar por que certas coisas são verdadeiras. Mas tenho certeza de que isso é verdade. Eu não minto.

Mamãe morreu quando eu tinha onze anos. Sinto falta dela. Ela sempre me dizia que eu devia ser legal e ir à universidade para exibir minhas pinturas para as pessoas. Não vejo a hora de ir pra universidade. Meus colegas de sala dizem que meu lugar é a classe para necessidades especiais, e não a universidade. Eles são estúpidos e estão errados, a Yasmine diz. Não gosto de conhecer pessoas novas, então nas aulas da universidade não vou falar com ninguém. A maior parte das pessoas gosta de conversa fiada. Não vejo por quê. É bobagem, perda de tempo. Não sei como as pessoas não percebem isso.

Khalid, Tariq e Isa se juntam a nós na mesa. São da mesma idade e estão na universidade. São trigêmeos. Embora pareçam todos iguais, cada um tem uma cor diferente. Khalid é laranja, Tariq é azul-esverdeado e Isa é verde. É assim que eu os diferencio. O irmão laranja sempre está sorrindo e parece alegre; é quem faz todas as piadas na casa. O irmão azul-esverdeado me dá chocolate e é o último a chegar em casa. Isa, o verde, é o mais quieto. Não estuda arquitetura, como os outros dois, mas sim literatura árabe. Quase ninguém nota sua presença, mas para mim é difícil não ver sua aura.

— Yasmine, posso levantar da mesa?
— Adam, você nem terminou sua comida.

Todos dividem a comida de um prato no meio da mesa, mas eu sempre preciso de um prato pra mim. Não gosto que minha comida fique roçando na dos outros. Então Yasmine consegue saber que eu mal toquei na comida. Eu não levanto da mesa, mas fico me contorcendo e começo a bater meu pé no chão. Yasmine me ignora. Não gosto quando ela me ignora, mas se eu disser qualquer coisa ela vai me fazer comer, e eu não quero. Espero até que todo mundo peça licença e saia da mesa. Yasmine está chateada, acho. Está com uma cara comprida. Quando está com uma cara redonda, ela está feliz. Eu fico com uma cara comprida quando penso na mamãe. Sinto meu coração cheio de sangue e treva, não consigo sorrir diante de nada. Tento não pensar muito na mamãe porque não gosto da sensação. Não sei por que me sinto assim quando penso nela, mas eu tenho muito medo de fazer perguntas demais sobre o assunto. Apenas tento deixar pra lá. Porém agora que estou tentando parar de pensar na mamãe, não consigo mais parar. Odeio quando isso acontece.

A cor violeta que saiu do caixão da mamãe está aprisionada na minha mente. Consigo passar dias sem pensar nela, mas quando penso é difícil parar. Mamãe parecia neve. Não feita de neve, mas só uma pilha de neve dentro de uma caixa, bagunçada e prestes a derreter e virar água. Eu queria tocar na mamãe e conferir se ela estava fria como gelo, mas Yasmine disse que seria melhor não. O cabelo de mamãe parecia um pombo sentado na neve. É assustadora a lembrança. Agora fiquei mal. Estou assustado.

Deixo a sala de jantar e corro até o meu quarto, já que não é minha vez de ajudar na cozinha. Eu sempre abro a porta, conto até três, dou um passo pra trás e pulo direto na cama. Nunca piso no tapete que tem entre a porta e a cama. Se faço isso, não tenho um dia bom. Mesmo quando estou cansado demais pra pular, tenho que pular. Eu me sinto aquecido e marrom quando estou no meu quarto. Amo essa sensação, é a sensação de estar em casa. Minha janela está empoeirada e faz doer meus olhos. Preciso limpar a janela agora. Pulo até a janela e tento soprar a poeira. Mas a poeira está do lado de fora. Não é comum ficar tão empoeirada assim. Talvez venha aí uma tempestade de areia. Ainda dá pra ver através da janela, mas se eu deixar que a poeira se acumule, ela vai se esgueirar para dentro do meu quarto e se transformar numa enorme criatura bizarra que vai me comer quando eu não estiver atento. Isso sempre acontece nos filmes de terror que Yasmine não gosta que eu veja. Não tem nenhuma criança correndo lá fora, como normalmente acontece. O café que fica do outro lado da minha janela já está com as cadeiras empilhadas nas mesas. O nome do café, Al-sham, está cheio de poeira, e o lugar parece abandonado e vazio.

Capítulo Dois
Violeta

Às vezes eu finjo que sou um dinossauro se queixando de ter sido o único sobrevivente, de não ter ninguém com quem brincar e que come humanos que não querem brincar com ele. Às vezes até finjo que estou vivendo na Idade da Pedra e caço minha comida, como em *Os Flintstones*. É tão divertido fingir ser outra pessoa. Sou bom em brincadeiras como essa. Quando estou deitado na cama e as luzes estão apagadas, imagino que sou um vaga-lume brilhando no escuro em busca de um parceiro como no filme *Túmulo dos vaga-lumes*, mas nunca me imagino sendo algum inseto assustador porque daí não consigo dormir.

O sol acabou de surgir. Eu sempre acordo assim que tem luz. Simplesmente não consigo dormir quando há luz lá fora e não gosto de fechar as cortinas porque me sinto aprisionado. Uma vez eu estava brincando de esconde-esconde com Khalid e me escondi debaixo da cama e ele não conseguia me achar. Então a mamãe o chamou e ele se esqueceu da brincadeira. Fiquei esperando por horas. Depois disso passei a odiar espaços pequenos e escuros. São assustadores.

Sentado na cama dá pra ver a rua através da janela. A rua ainda está vazia e até mais empoeirada. O café ainda não abriu, e vejo cartazes colados por todas as paredes. Deve mesmo ser uma tempestade de areia ou talvez uma guerra como Yasmine disse. Pulo até a janela para ler o que os cartazes dizem, mas assim de tão longe não consigo. Confiro meu relógio. É sábado. Hoje não tenho aula, então não posso ir pra rua. Só vou pra rua quando tenho aula. Fora a aula, não tenho outro motivo pra sair. Vou ter que aguardar pra ler o que está escrito. Sinto cheiro de café vindo da cozinha. Eu odeio o gosto, mas adoro acordar com esse cheiro. Ouço o som da televisão vindo da sala de estar. Ninguém está de pé assim tão cedo a não ser Yasmine e eu. Pulo de volta para a minha cama e depois até a porta para ver quem é que está assistindo a televisão. Eu quero ver meu programa sobre arte moderna, mas acho que hoje não vai dar. Avanço cinco passos, depois viro um pé pra direita e abaixo o outro pé e conto três passos até a sala de estar.

A sala de estar tem a aparência de uma pintura bagunçada com cores claras. Eu tenho que apertar os olhos. É colorido demais pra mim, a essa hora da manhã. A família toda está sentada em volta da televisão. Todos estão com seus edredons. Imagino há quanto tempo já estão aqui. O café da manhã ainda está na mesa: pimentões vermelhos e amarelos cortados num prato e cinco xícaras de café com *labna* numa tigela. Sinto falta da *labna* da mamãe, ela fazia a melhor.

Ninguém se vira para me ver entrar na sala. Imagino o que será que está acontecendo. Deve ser a tal da tempestade de areia. Não pode ser uma guerra. Ninguém está vestindo farda. No televisor há enormes agrupamentos de pessoas nas ruas protestando com cartazes que daqui não consigo enxergar.

— A revolução no mundo árabe se arrasta há nove meses e agora a Síria está começando uma rebelião — diz a repórter num tom de voz que faz parecer que sua boca está cuspindo um monte de alfinetes metálicos cruéis. Não suporto acompanhar.

Yasmine se levanta para ir à cozinha e me vê ali parado.

— Adam, vá se lavar, que eu preparo seu café.

— O que está acontecendo, Yasmine? Também estamos protestando? Eu achei que estava chegando uma tempestade de areia.

— Uma tempestade de areia? Ah, Adam, vá logo se lavar.

— Por que você não me responde, Yasmine?

— Adam, não tem tempestade nenhuma. Vai haver uma guerra. Uma guerra de verdade, amanhã vamos protestar.

— Amanhã eu tenho aula, Yasmine, não posso ir protestar.

— Você não pode ir pra escola, Habibi, fique em casa com Isa.

— Mas eu tenho que ir pra escola, não posso perder nenhuma aula.

— Ah, Adam, Habibi... Por causa da guerra, não vai ter aula. Todos estarão protestando. A escola vai voltar em breve, eu prometo.

— Combinado, eu e Isa ficaremos em casa, senhorita — digo e corro até o banheiro, atravessando a cozinha, sem pisar nos azulejos pretos, e então salto para dentro do banheiro depois de recuar três passos. Coloco uma bolinha de pasta de dente do tamanho de uma ervilha na escova. Eu guardo uma ervilha no armário para comparar o tamanho. Dou três escovadas para a direita, depois três para a esquerda. Depois três para cima e para baixo e cuspo bem no meio da pia.

No chuveiro, fico pensando na escola. Na sala só tem um garoto que eu gosto, o Nabil. É o único que é legal e não caçoa de mim. Ele até paga meu almoço às vezes, mas geralmente não tem dinheiro. Não me incomodo de dividir meu almoço com ele, porém não deixo ele tocar na parte que eu pretendo comer.

— Tenho uma surpresa pra você — disse ele uma vez quando entrou voando na sala e se sentou ao meu lado.

Afastei um pouquinho a cadeira, ele estava perto demais e seu hálito batia no meu rosto. Cheirava a café e chiclete. Amo o cheiro do café, mas não no hálito dos outros.

— Olá, senhor. Como vai?

— Vou bem, Adam. Adivinha? Ganhei a Guerra das Guildas!

— Sério, senhor? Isso é fantástico! E posso jogar com você?

— É claro, por isso vim falar com você. Quer ir brincar comigo?

— Ir pra onde?

— Quer ir pra minha casa?

— Não sei onde fica sua casa, senhor.

O xampu está quase entrando nos meus olhos. Mas meus dedos enormes o detêm bem a tempo. Se não, eu não teria falado com ninguém hoje. Quando isso acontece, dá azar falar. Tenho dez minutos para me lavar e me trocar porque esteve muito perto de chegar aos meus olhos. Termino em exatos dez minutos.

— Yasmine, terminei.

— Sim, Habibi, percebi. Que cheiroso. — Ela me manda um beijo.

— Estou faminto feito um leão!

— Você aprendeu a falar isso na escola?

— Não, eu vi um documentário sobre leões na TV. O homem disse que os leões ficam muito famintos.

Yasmine riu e eu comecei a rir também. A risada dela é engraçada; é como raspar uma maçã em alguma superfície brilhante e molhada.

— O que deseja de café da manhã, sr. Atrevido?

— Chá e *labna*, por favor, srta. Formosa.

— Como se diz "chá" em japonês, Adam?

— Por que quer saber? Ninguém nunca me pergunta nada em japonês.

— Ora, ninguém fala japonês aqui. Então me diz: como se fala "chá"?

— *Ocha*.

— *Ota*? — Ela ri com o rosto virado pra cima. Eu não sei por que as pessoas jogam a cabeça pra trás quando riem alto; acho que a faringe precisa de mais espaço para caber tanta risada. — *Ota*? Como "gato", em egípcio? Gostaria de tomar um gato? — A risada dela é muito estridente.

— Não, Yasmine! O-CH-A!

— *Ocha*? Ah, perdeu a graça. Gostaria de um pouco de OTA? — Ela balbucia para me irritar.

— *Ocha o hitotsu kudasai!*

Saio correndo rindo da Yasmine. Eu a amo, ela me deixa feliz. Quando brincamos assim, ela fica da minha cor favorita e mais vibrante, a minha cor, rubi.

— Quê? Volte já pra cá! O que isso daí quer dizer? Volta aqui, moleque atrevido! Vou tacar meu chinelo!

Continuo correndo sem pisar nos desenhos amarelos do tapete. Ao chegar à sala de estar eu me escondo atrás de Baba.

— Shh, Adam, estamos vendo o jornal!

Não digo mais nem uma palavra e tento conter minha risada. Todo mundo parece muito cansado e triste. Acho que é porque sentem falta da mamãe. Não pode ser por causa da guerra. A guerra é uma situação de conflito armado entre diferentes nações ou Estados ou diferentes grupos dentro de uma nação ou Estado. Na Síria não existe conflito que chegue a uma guerra. O dicionário não mente, então se é isso que ele diz, é nisso que acredito.

O dia está passando lentamente. Eu termino meu café da manhã e deixo a sala de estar. É muito chato ficar sentado vendo o noticiário e ouvindo minha família falar de política. Caminho até o meu quarto e penso que livro devo ler hoje. Peguei *Morte em Veneza*, de Thomas Mann, na biblioteca. Acho que vou começar a ler esse.

O nome do protagonista parece cinza, então eu não vou gostar dele. Gustave Aschenbach é um nome bem escuro; ele deve ser mau. Eu não quero terminar o livro se ele me entristecer. Hexágonos se formam em minha mente, com abelhas rondando e aferroando quando penso nisso. Então o personagem é mesmo mau. A mera ideia de continuar a ler me assusta.

A imagem escura que se formou na minha cabeça só de ler a primeira página do livro me deixa com vontade de pintar. Vou até o cantinho do meu quarto e abro todas as tampas das tintas em cima da mesa enquanto me sento na cadeira. Meu pincel mira a cor cinza imediatamente. Mas me ocorre uma ideia melhor. Pego o vidro de tinta cinza e o derramo no papel branco. A tinta escorre e antes de secar eu mergulho meu pincel em laranja. Desenho uma silhueta fina com olhos cansados que refletem uma chama nas pupilas. Desenho com a maior delicadeza possível para que os detalhes fiquem nítidos e perceptíveis. Pego um pincel mais fino e o mergulho numa tinta azul-marinho e traço uma linha fina em torno dos olhos para que o laranja e o azul mostrem simultaneamente o medo neles. O cinza do fundo se misturou com o laranja e agora secou. Tudo somado lembra o término de uma guerra.

Recuo minha cadeira para poder ver a pintura de longe. Sinto que ela tenta me alcançar para dizer que está faltando algo. Reconsidero o uso das três cores. O inesperado conflito entre cinza e laranja mostra os resultados negros da guerra, mas também reflete uma fraca centelha de esperança. O azul-marinho em torno das pupilas fala comigo e me conta os horrores que testemunharam. Falta uma cor mais clara: o branco. O céu devia ser pintado de branco para simular o suposto fim da guerra e mostrar a ingenuidade que permanece.

Pego minha tinta branca e cuidadosamente a derramo no topo da tela. Ponho um papel por baixo para formar uma linha perfeita e não interferir nas outras cores. Espero cinco minutos para que ela seque e eu tire o papel.

De repente ouço sons esquisitos vindos lá de fora. São como os uivos de lobos raivosos. Nunca soube que tínhamos lobos em Alepo. É emocionante ouvi-los, mas estou com medo. Por que estariam uivando assim? Saio do meu quarto às pressas e procuro Yasmine. Ela está no quarto dela.

— Yasmine! Estou ouvindo lobos, Yasmine!
— Entre, Adam. O que houve, Habibi?
— Yasmine, está ouvindo os lobos lá fora? Vem que eu te mostro!

Levo Yasmine até a frente da casa mirando os olhos no rosto dela. Seus olhos parecem muito pequenos. Acho que ela está assustada. Nunca vi seus olhos tão pequenos a não ser no funeral da mamãe. Deve estar assustada ou triste, mas por que estaria triste por causa dos lobos?

— O que há de errado, Yasmine?
— Os protestos começaram, Habibi, estão vindo para nossa rua.
— Foi isso que você quis dizer com "começo da guerra"?
— Sim, os meninos e eu temos que nos unir à multidão, Adam. Você fica em casa com Isa.
— Achei que vocês fossem amanhã. Não podem ir hoje, ainda não é a hora.
— Também achei que a gente fosse amanhã, mas eu tenho que ir hoje.

Yasmine corre até a sala de estar e chama Khalid e Tariq para que se troquem e se aprontem. Eu não me sinto muito bem, talvez porque esteja assustado. E se acontecer alguma coisa com eles? Sempre acontecem coisas nas guerras. Nas pinturas sobre guerra sempre tem sangue, todas elas têm. E se voltarem para casa cobertos de sangue?

Os sons altos se aproximam e agora soam como uma enorme multidão de gente furiosa gritando. Não consigo entender o que gritam. Abro a porta da frente para ter uma visão melhor. A multidão ainda está distante, mas grita tão alto que consigo ouvir daqui. Parece um exército gigante de formigas se aproximando. Em uma pintura de William Hogarth tem uma multidão que também parece estar protestando; ele pinta o quadro com pinceladas de tom vermelho para retratar a previsão de uma guerra sangrenta. Eu faria o mesmo. Vejo sangue se aproximando.

Yasmine, Tariq e Khalid saem. Eu os acompanho até a porta e torço para não ver nada amarelo agora porque isso significa que eles não voltarão em segurança.

— Quer ver TV comigo, Adam? — Isa caminha às minhas costas.

Zapeamos os canais e paramos no MBC1, que exibe um programa de arte. É exatamente uma da tarde. Perdi a noção do tempo. É claro, meu programa é reprisado exatamente nesse horário.

O episódio de hoje é sobre a morte da arte. O apresentador do canal está comentando como a verdadeira arte de expressões e intensidade morreu e a simplicidade tomou seu lugar. É decepcionante ouvir isso. A verdadeira arte nunca deveria morrer se for real, apenas está escondida atrás das camadas de ignorância. Esse programa está transmitindo às pessoas a mensagem errada. Tem tanta gente ouvindo isso e acreditando...

— Você acredita nisso? — pergunta Isa.

— É claro que não, a arte verdadeira ainda existe, só que algumas pessoas querem criar arte nova e se esquecem das origens e da verdade da arte.

— Isso é muito inteligente, eu jamais teria pensado nisso. Por que você não me mostra algumas de suas pinturas?

— Só mostro pra mamãe e pra Yasmine.

— Por que não tenta mostrar pra mim? Serei sincero.

Não sei se devo ou não mostrar pra ele. E se ele rir? Só confio na mamãe e em Yasmine. Mas ele disse que me daria uma opinião sincera, então talvez eu deva mostrar.

— Não conte pra ninguém que eu te mostrei, tá?

Eu o levo até o meu quarto. Ele não pula a soleira, então não sei ao certo se me sinto confortável tendo ele aqui.

— Uau, Adam, tem pinturas por todo lado, que incrível!

— Gosta delas?

— Incrível, não sabia que você era bom assim, apenas via você entrar no quarto e sair horas depois, mas nunca imaginei que pintava coisas tão bonitas.

— Obrigado, sr. Isa.

— Por que você sempre pinta paisagens de guerra?

— Porque são repletas de infinitas possibilidades de pintura, e a gama de cores é ampla.

— Por que não arrisca umas esculturas?

— Eu gosto de trabalhar com cores.

— Mas você é bom com rostos.

— Obrigado, Isa...

Antes de terminar minha frase, ouço um grito estridente seguido de sirenes de ambulância. Fico paralisado. Só consigo pensar em Yasmine.

— Yasmine... Yasmine... Yasmine!

— Calma, Adam, vamos sair para ver o que está acontecendo. Não se preocupe, não foi com Yasmine.

— Eu não posso sair, não posso.

Corro até a porta e a abro desajeitadamente, a tranca não quer abrir. Isa me afasta gentilmente e a destranca. Espicho meu pescoço pela porta para ver se consigo conferir alguma coisa. Tudo o que consigo ver de onde estou é um grupo de pessoas marchando com cartazes e uma ambulância bem distante. O medo de que algo tenha acontecido à minha irmã ferve dentro de mim. Meus dedos começam a tremer e se contorcer. Eu me afasto da porta e me sento no canto do corredor de frente pra parede. Rangendo os dentes, tento ignorar todos os pensamentos obscuros que começam a enevoar minha mente. Já não consigo ver a parede à minha frente; vejo apenas violeta e triângulos cinza cobrindo minha vista. Meu corpo começa a balançar involuntariamente. Tento parar, mas ele se embala pra frente e pra trás com mais violência ainda enquanto começo a contar mentalmente.

Capítulo Três
Azul-marinho

Isa pega outro cigarro. Está fumando religiosamente a cada dez minutos durante todas as horas que correram. Não tem um cheiro bom. Acho que é assim que ele demonstra preocupação com Yasmine, Khalid e Tariq. O cheiro está me dando dor de cabeça. Empurro minha cabeça contra os joelhos pra impedir que o cheiro me alcance. Mamãe sempre me disse que fumar era como tacar fogo em você mesmo e que eu não deveria fumar jamais. Por que eu iria querer me queimar? Mamãe estava sempre certa. Isa deveria ter ouvido a mamãe mais vezes. Quando a mamãe estava viva, Isa mal falava com ela. Ela estava sempre triste por causa da maneira como ele a tratava. Eu amo a mamãe. Eu não gostava de como Isa a deixava triste.

Sinto como se tivesse um ninho de corvos eclodindo dentro do meu coração. Está muito pesado e escuro. Baba ainda dorme no quarto da mamãe. Quero acordá-lo e pedir pra que vá procurar Yasmine, mas não quero que ele grite comigo. Ele está muito cansado. De repente fica silencioso lá fora. Não consigo ouvir nem uma pessoa sequer. Isa corre até a porta e a abre. Seu cigarro está no chão, ainda aceso. Corro atrás dele e apago o cigarro. Nossa rua parece abandonada. Cartazes rasgados estão espalhados no chão, assinalando a marcha dos manifestantes, e pedras enchem a estrada com poeira. Não vejo a hora de Yasmine chegar em casa. Isa fecha a porta. Me dirijo de volta ao meu canto.

— Quer que eu faça algo pra você comer? — pergunta Isa. Estou realmente faminto, mas não acho que Isa sabe como fazer meu prato.

— Tudo bem, eu mesmo faço, obrigado.

Dou sete passos até a cozinha e tiro meu prato da geladeira. Yasmine já tinha colocado um pouco de purê de batata e molho. Ponho o prato no micro-ondas e pego uma bebida. Já sinto falta da Yasmine.

— Chegamos! — consigo ouvir Yasmine gritar. Saio correndo, mas esbarro na minha bebida e ela derrama no chão. O vidro se quebra; sinto o barulho furar meu tímpano. Ouço rangidos azuis e roxos na minha mente. Não sei o que fazer. Me ajoelho no chão e fico me embalando até o som ir embora. Não sei se devo correr até Yasmine.

— Você está bem, querido? — Yasmine entra na cozinha; ergo o olhar para ela e sorrio.

— Você está bem, Yasmine? O que aconteceu?

— Apenas fomos protestar, querido. Levanta, eu limpo o vidro.

— Ouvi um tiro.

— Alguém ficou ferido, mas estamos todos bem, juro.

— Fiquei assustado.

— Desculpa ter saído às pressas, mas você precisa tentar se acostumar. É só o começo...

— Mas não quero, você vai se machucar.

— Adam, Habibi, vou ficar bem, prometo. Quer que eu te sirva outro copo de suco?

— Sim, por favor.

Yasmine varre o vidro quebrado e eu ajudo a limpar o suco derramado. Ela parece diferente. Algo mudou. É como se estivesse com um hematoma por dentro, está roxa. Isso não está certo. Yasmine põe meu prato de comida e o suco na mesa. Ela ajeita o tronco de um jeito desconfortável como se algo estivesse irritando sua postura. Parece que está escondendo algo debaixo das roupas, algo em sua cintura.

— Yasmine, o que é isso? — pergunto apontando para a sua cintura.

— Nada, pare de enrolar e coma enquanto eu me troco.

Estou confuso. Vejo um negócio saindo dela e ela se ajeita, então como pode não ser nada? Por que ela disse que não é nada? Ela sabe que mentiras me deixam confuso e que eu fico sem entender. É como se meu cérebro fosse um circuito com fusíveis queimados. Não consigo entender direito. As pessoas são um enigma. Até mesmo Yasmine é um enigma agora.

Ela começa a ir embora. Tenho um pressentimento ruim. Paro de comer e fico remexendo a comida no prato. Hoje a comida não fala comigo. O purê parece cinza. Está meio abatido, como eu. Está no canto oposto ao molho. Yasmine volta pra cozinha vestindo pijama. Sei que ela se veste com roupas diferentes dependendo do seu humor; hoje está vestida com seu pijama de seda azul-marinho. Esse ela costuma usar em certas ocasiões, como quando primos vêm dormir aqui. Algo me parece fora de lugar, e sinto meu coração apertado e pesado ao pensar nisso. Como se meu coração estivesse expelindo uma fumaça preta e fumegante. Como se eu estivesse sentado em cima de uma cadeira em queda. Uma fumaça azul-marinho colore minha visão. Fecho os olhos.

— Adam, por que não está comendo? — Abro meus olhos e vejo Yasmine de pé ao meu lado.

— Perdi a fome.

Pego meu prato, cubro com filme plástico e meto de volta na geladeira. Com o canto do olho, eu espio Yasmine. Ela não está prestando atenção ao que estou fazendo. Tem algo de errado; geralmente ela me força a comer. Não consigo interpretar as feições dela. Quero saber o que aconteceu lá fora. Os meninos foram dormir, então não tenho como perguntar pra eles. De qualquer maneira, não sei como abordá-los. Só consigo falar com Yasmine e Baba, às vezes com Isa.

— Vamos pra cama, Adam, estou cansada.

Yasmine se levanta e sorri pra mim. Ela sai rumo ao quarto dela. Dou três passos para fora da cozinha e cinco até o meu quarto e pulo do tapete direto na cama. Entro debaixo das cobertas, mas não consigo dormir. E se Yasmine partir cedinho de novo? Pego minha coberta e dou oito passos até o quarto dela. Bato na porta, mas ela não responde. Estendo minha coberta no corredor e me enrolo nela como se fosse uma lagarta. Imagino como seria acordar e ser capaz de voar lá fora para ver o que está acontecendo. Não vejo a hora de voltar à escola para poder andar nas ruas e ver se estão diferentes. As ruas parecem sombrias a essa hora, mas ainda não vejo sinal de guerra.

Ninguém está vestido de farda e não tem tanques patrulhando, mas houve um tiro.

O sol começa a nascer e eu acordo com a luz imediatamente. Olho pela janela e não vejo ninguém. É dia de escola, era pra ter mais movimento. Pego meu livro na mesa de cabeceira e começo a ler, esperando todos acordarem. Hoje estou lendo A *revolução dos bichos,* de George Orwell. Faltam só três capítulos. Quando comecei a ler eu não entendia por que os animais estavam falando. Li o primeiro capítulo dezessete vezes. Daí passei a entender. George Orwell tem o poder especial de falar com os animais, assim como o profeta Salomão, que falava com formigas e pássaros. Agora que captei a ideia, a história continua esquisita, mas só me resta tentar adivinhar o que o homem quis dizer. Às vezes tenho que ler e reler as coisas para conseguir entender, especialmente as piadas ou o sarcasmo. Como vou saber se alguém está brincando ou sendo sarcástico? Acho que o autor devia fazer uma advertência numa nota de rodapé. Isso deixaria tudo mais claro.

Não acredito que Yasmine ainda está dormindo; ela é geralmente a primeira a acordar.

— Yasmine... Yasmine... Yasmine. — Bato três vezes na porta do quarto. Mamãe disse que três é um número abençoado. Yasmine ainda não responde. Empurro a porta um pouquinho e ela abre. Ela costuma trancar a porta toda noite antes de dormir, mas dessa vez não. Meto minha cabeça na fresta e vejo Yasmine deitada na cama, em cima das cobertas. Ela parece cinza, da maneira como mamãe parecia quando estava doente. Ela se parece demais com mamãe. Isso faz meu coração pesar como se fosse uma pedra; alguma coisa se move dentro dele e eu prendo minha respiração. Então é isso que a gente sente ao tomar um choque elétrico? Caminho devagarinho na direção de Yasmine e bato na mesa de cabeceira.

— Yasmine... Yasmine... Yasmine.

Ela não responde. Vejo de novo a cor roxa que percebi nela ontem. Ela está com um hematoma interior, mas não sei como. O que a magoou tanto? Dou uns tapinhas de leve nas suas pernas para que acorde. Ela abre os olhos um pouco. Estão vermelhos, e ela rapidamente se vira de lado e vomita com violência no chão. Os meus olhos começam a rodopiar em torno do quarto; vejo caixas de comprimidos no chão. Isso não é bom. Mamãe tinha caixas de comprimidos por todo o quarto quando estava doente. Não, não, Yasmine não pode estar doente também. Não sei o que fazer. Yasmine para de vomitar e fica lá deitada com a cabeça balançando na beirada da cama. Saio correndo do quarto e bato na porta de Baba.

— Baba... Baba... Baba!

Baba vem, ainda vestindo seu pijama.

— Baba... hummmm... — Tento pedir para Baba ir dar uma olhada em Yasmine, mas não sai nada. Minha cabeça está cheia de letras, mas não consigo juntá-las para formar uma palavra. Seguro minha cabeça e quase não consigo ouvir Baba falando comigo.

— O que foi, Adam, você está bem, Habibi? — Balanço a cabeça e aponto para o quarto de Yasmine com a porta escancarada. — Yasmine? Ela precisa de algo?

Caminho até o quarto dela e ele me segue. Ele dispara quando vê Yasmine deitada ainda na mesma posição. Sua voz começa a se apagar e os meninos chegam correndo ao quarto. De repente todo mundo parece cinza, não só Yasmine. Eu estou realmente assustado. Não quero que Yasmine vá se encontrar com mamãe. Eu preciso dela. Não quero sentir falta dela também. Khalid corre para fora e bate na porta da frente. Baba e Tariq saem do quarto carregando Yasmine. Ela parece neve, assim como mamãe. Não, não, não, não. As palavras agora nadam em minha mente e eu começo a me sentir zonzo, tudo está girando rápido demais e o quarto está correndo, me levando com ele numa maratona. As paredes tentam falar comigo. Consigo ouvi-las cantando baixinho, mas não faz sentido. A luz é uma linha de arco-íris cruzando a sala de estar. Vejo Isa correndo na minha direção em câmera lenta e sua voz parece a de um robô. Sinto vontade de vomitar. As paredes estão desmoronando conforme eu caio no chão.

Capítulo Quatro
Bordô

Acordo cercado de paredes brancas. Não sei onde estou ou como cheguei aqui. Uma cortina me separa do ruído. De repente me lembro de Yasmine e do que aconteceu com ela. Não sei quanto tempo faz que estou aqui ou por que Yasmine não está em meu lugar. Consigo ouvir a voz de Baba de longe e me sinto seguro de novo.

— Baba... Baba... Baba...

Baba abre a cortina e sorri pra mim. Seu rosto parece estar derretendo.

— Onde está Yasmine? — pergunto logo de cara. Cenas do quarto de Yasmine se reproduzem em minha mente em câmera lenta. Não consigo entender direito. Só vejo instantes dela sofrendo e de repente o silêncio me envolve.

— Ela está descansando em outro quarto, Habibi; ela teve uma noite difícil.

— Há quanto tempo estou dormindo?

— O dia todo, são nove da noite agora.

Meus olhos começam a estremecer e meus dedos puxam o elástico que trago no pulso. Puxo mais e mais e meu pulso começa a ficar vermelho. Fico balançando a cabeça e sussurrando baixinho para eu parar de puxar o elástico, mas meu corpo não ouve meu cérebro.

— Pare com isso, Adam! Não se machuque.

Baba se aproxima e me dá tapinhas no ombro; ele sabe que não gosto de ninguém tocando em mim, por isso ele não dá tapinhas por muito tempo. Não me afasto porque sei que essa é a maneira que ele tem de se sentir melhor.

— Vamos ver Yasmine, por favor? — pergunto a Baba. Ele me ajuda a sair da cama e me leva até o quarto dela. Caminhamos dezessete passos adiante e daí viramos para entrar no quarto de Yasmine com mais cinco passos. Baba não bate antes de entrar, o que me deixa incomodado. Bato três vezes na parede conforme entramos. De repente vejo mamãe na cama, os olhos fechados e tranquilos. Meu coração dispara e eu sussurro o nome da mamãe repetidas vezes. Baba percebe e se aproxima.

— Adam, Adam. — Ele levanta a voz e segura meu ombro. Eu o afasto e vou até o canto do quarto. Pra que me trazer até a mamãe, se ela está no céu? O que está acontecendo? Será que estou no céu? Eu sei que não estou ficando louco porque conheço perfeitamente o formato dos olhos da mamãe. Eu costumava encará-la quando dormia para conseguir decorar o formato. Lembram azeitonas arredondadas cheias de cílios pretos que na ponta dão uma voltinha. Lembro até da sensação deles na minha pele. Já não ouço o que Baba está dizendo ao caminhar até a cama para tocar os cílios da mamãe. Meus dedos começam a se contorcer feito pernas de insetos. Estou com medo de tocá-la e assustá-la. Não consigo firmar meus dedos. Minhas unhas então se cravam na palma da mão à medida que minha agitação fica mais violenta. Fecho os olhos e para me acalmar imagino a cor rubi. Regularizo minha respiração e penso em Yasmine quando ela parece rubi. Meu coração de repente se aquieta e meus dedos se estabilizam. Baba ainda está atrás de mim quando abro os olhos e olho pra trás. Ainda está caminhando na minha direção quando tomo coragem para me inclinar e tocar os cílios da mamãe.

— Baba! Baba! — grito. — Não é a mamãe! — Lágrimas escorrem no meu rosto e começo a me sentir quente e pegajoso. Eu me sinto da exata maneira como me senti no funeral da mamãe. Minha mente fica abarrotada de números três pulando de um canto pro outro que nem o protetor de tela da Microsoft.

Eu me acalmo depois que os meninos entram e começam a falar comigo. Yasmine ainda está deitada na cama e Baba me conta o que aconteceu. Disse que fizeram uma lavagem estomacal porque ela ingeriu comprimidos demais. Por que será que Yasmine fez isso? Estava sentindo dor? Não quero que Yasmine sinta dor e me abandone também.

Yasmine levantou após umas horas, mas ainda não falou nada. Ela geralmente fala muito e é vermelho-rubi, mas agora ela é verde. Tariq nos levou pra casa e fez comida pra ela. A caldeira da casa não está funcionando, então faz muito frio. Sinto o ar tocar meus ossos, posso imaginar meus ossos roçando um no outro para se aquecer. Quanto mais imagino isso, mais aquecido fico. A eletricidade e a água ficam caindo e não tem nada que possamos fazer. Não podemos mais tomar banhos tão frequentes ou demorados. Não sei quem é que fica cortando nossa luz. Será que ele também não fica com frio e imundo?

Ponho os filmes românticos preferidos de Yasmine para ela ver e fico sentado ao lado da cama dela. Não gosto muito desses filmes, mas não quero deixá-la sozinha. Às vezes a eletricidade volta, e os filmes funcionam. Todos os filmes de que ela gosta terminam sempre com um casal se beijando e provando o cuspe do outro. Por que é que as pessoas se beijam e se abraçam? É incômodo e calorento. O que tem de tão especial na troca de saliva, que deixa as pessoas apaixonadas? É um negócio perturbador. Nunca vou me apaixonar e fazer isso. Yasmine diz que quando se ama alguém, a vontade é de beijar e abraçar o tempo inteiro. Não acredito nisso.

Yasmine fica cochilando e acordando. É como se viajasse a outro lugar quando dorme. Acorda com uma aparência completamente diferente. Queria poder ver aonde ela vai. Quero viajar como ela. Nunca viajei, mas sempre vejo documentários de viagem e sinto como se tivesse visitado o lugar que mostram assim que o programa termina. Se eu viajasse, não iria a atrações turísticas. Por que alguém iria querer ir pra Londres ficar encarando o Big Ben? Não passa de um relógio. Relógio tem em todo lugar. Viajar não é encarar um muro de tijolo ou estátua, fingindo interesse!

Daqui consigo ouvir Isa declamar poemas de Nizar Qabbani em seu quarto. Ele declama toda noite. Já conheço todos os poemas de cor. Meu preferido é "Uma lua damascena". Quando Isa lê meu verso preferido — Um rio corre e a poesia é um pardal que abre suas asas sobre Sham —, consigo ver pardais sobrevoando o quarto, rios com orquídeas e Yasmine flutuando. É como se eu navegasse no rio, mas hoje corvos pairam sobre a paisagem damascena e a água reluzente virou um líquido verde gosmento.

Acordo ao nascer do sol, como sempre, e imediatamente me levanto e espio a cama de Yasmine para ver se ela está bem. Hoje ela parece melhor; suas bochechas estão mais coradas. Resolvo ir ao banheiro aos saltos, o que exige menos passos que ir caminhando, então em quatro passos alcanço o banheiro e entro no chuveiro. Hoje a água está gelada mesmo; a luz da caldeira está acesa, mas não está aquecendo. Por que a luz estaria acesa quando não corresponde à realidade?

— Adam! Todo mundo precisa tomar banho, anda rápido! — grita Tariq através da porta.

Imediatamente apresso meu banho frio. Calafrios escalam meu corpo e eu estremeço. São como insetos rastejando em cima de mim. Odeio banho frio. Eu saio e corro até o meu quarto antes que alguém me veja. Graças a Deus ninguém me viu ou eu teria que correr dezessete vezes do banheiro ao quarto. Ponho a roupa, escovo o meu cabelo e passo perfume. Borrifo sobre o meu ombro direito, depois sobre o esquerdo e depois no meio do peito. Consigo ouvir a voz de Yasmine. Rapidamente lanço a mochila no ombro e corro até a cozinha, onde posso ouvir a voz dela. Seu rosto é uma tela retratando primavera e inverno. Cada estação luta para assumir o comando. Espero que a primavera ganhe.

— Yasmine, vai trabalhar hoje?

— Sim.

— Por que você tomou tantos comprimidos, Yasmine?

De repente Yasmine ergue o olhar e é como se tijolos de concreto estivessem cobrindo seus olhos. Seu rosto empalidece. Nesse instante ela me faz lembrar o coelho morto que vi uma vez na fazenda da vovó.

— Eram pro meu estômago, Habibi, não se preocupe com o que aconteceu — diz ela com pressa e me dá as costas para fritar a omelete.

— Yasmine, eu não quero comer, vou chegar atrasado na escola. Já estou saindo.

— Tem que comer, Adam, você conhece as regras.

— Mas vou chegar atrasado na escola.
— Leve pelo menos esse sanduíche de *labna* para comer no caminho, com uma garrafa de chá.
— Obrigado — digo, pegando tudo e correndo com pressa.
— Espera, Adam, eu te levo.
— Por quê, Yasmine? Sempre vou sozinho.
— As ruas não estão seguras, querido. Quero ir com você para garantir que chegue bem à escola.
— É seguro, sim, eu sempre vou andando até a escola.
— Adam, por favor, espere, vou só pegar meu casaco.
Abro a porta de casa e vejo a chuva caindo. Volto correndo para pegar meu guarda-chuva e antes de contar até dez corro de novo até a porta. A chuva está caindo muito forte, mas ainda tem um pouquinho de sol batendo em mim, o que me faz sorrir. Não gosto de chuva; é muito difícil caminhar sem molhar os tênis ou sem que o guarda-chuva escorregue e molhe meu corpo. Eu só gosto de sol. Não tem muita gente nas ruas hoje. Os postes estão apagados e parece ser uma manhã escura sem pessoas e sem luzes. Graças a Deus o sol está brilhando, mesmo que por trás de muitas camadas de nuvens. Começo a imaginar como seria não ter sol nem postes de luz num dia tão chuvoso. Ficaria muito escuro para caminhar nas ruas e os insetos iam rastejar em nós sem que percebêssemos, mas eu teria que continuar caminhando porque tenho a escola. O choro de uma criança protestando contra ir à escola perturba meus pensamentos obscuros e eu noto muitos cartazes no chão, rasgados e com tinta vermelha. Ainda não limparam as ruas. Tem sempre alguém que limpa as ruas todos os dias. Hoje nada está normal, não vejo a hora de chegar à escola e ver tudo na normalidade. Viramos na rua principal e é como se eu tivesse entrado em outra cidade. As barracas da feira estão no chão, com lascas de madeira por toda parte. Parece que o Godzilla passou por aqui. Será por isso que não tem ninguém nas ruas? Tem um moço deitado de costas no chão e parece que está dormindo há décadas. O rosto dele parece a casca de uma árvore: envelhecido, enrugado e gelado.
— Não olhe pra ele, Adam! — Yasmine pega minha mão e começa a correr.
— Não acha que devíamos acordar ele? Ele está pegando chuva.

— Só vá em frente, Adam! — grita Yasmine. Não sei por que esse tremendo mau humor ultimamente. Eu queria estender meu guarda-chuva sobre o homem, mas Yasmine me puxou forte pra começar a correr.

Corremos pra escola e não tem nenhuma reunião no pátio. Confiro o relógio e geralmente tem reunião a essa hora. Acho que por causa da chuva devemos simplesmente ir direto pra sala. Entro na escola, subo dois andares de escada e entro na minha sala, que é a terceira à esquerda. Pelo vidro vejo apenas cinco alunos e o professor. Yasmine bate na porta e diz que é pra eu entrar enquanto ela conversa com o professor. Dentro da sala todos estão sentados longe um do outro e não levantam o olhar quando eu entro. Aqui dentro não se ouve som nenhum, a não ser o vento lá de fora batendo nas janelas. Hoje tem alguém sentado na minha carteira. Não quero falar com ela, mas eu não posso sentar em outro lugar. O ano inteiro eu me sentei ali. Paro diante da carteira e a garota ergue o olhar. A pele dela parece tão frágil e fina que poderia cair do rosto. As veias estão pintadas no formato de um pé de galinha. Ainda que suas bochechas pareçam doentes e mórbidas, os olhos são do marrom mais escuro que já vi. Dá pra se ver refletido neles mesmo sem querer. Ela levanta sem dizer uma palavra e me concede a carteira. Geralmente meus colegas caçoam de mim antes de sair da carteira, mas ela não. Gostei dela. Yasmine me chama lá fora antes que eu me sente.

— Sim?

— Seu professor disse que seria melhor ir pra casa, todos os alunos estão esperando os pais vir buscá-los — sussurra ela pra mim.

— Mas ainda não é hora de voltar pra casa.

— Sim, Habibi, mas hoje não tem aula.

— É claro que tem aula.

— Vamos fazer um trato. Se você voltar comigo e obedecer ao que o professor diz, vou te levar à feira para você escolher as frutas que quiser comer.

— Sério, Yasmine?

— Sim, vamos lá. Anda.

Yasmine diz "tchau" pro professor e eu olho de novo para a garota na minha sala. Ela ainda está olhando para baixo, lendo. Saímos da sala de aula, e Yasmine olha pra mim de um jeito engraçado. Seus olhos ficam enormes e seu sorriso é quase zombeteiro.

— Que foi?

— Quem é a garota? — Yasmine sorri pela primeira vez desde que ficou doente.

— Não sei o nome dela.

— Ah, você gosta dela! — Ela ri.

— Não, Yasmine! Gosto dos olhos dela.

— Por que dos olhos?

— Parecem um pote de Nutella. — Passo a pensar nos olhos dela. Olhei bem fundo neles. Foi como saltar dentro de uma fábrica de chocolate.

— Acorda pra vida, Adam. — Yasmine estala os dedos na minha frente e sou tirado de meu paraíso de chocolate. Voltamos pelas mesmas ruas vazias e nada mudou, tudo parece igualmente vazio. Viramos na rua da feira e finalmente consigo ouvir algumas vozes distantes. Yasmine de repente me puxa na direção dela e diz que não é para eu olhar à minha direita. Olho rapidamente e vejo um homem deitado no chão com o rosto virado pra parede e os braços estirados. Um pássaro anda ao redor do seu corpo bicando seus dedos. Isso não o faz acordar. Olho de novo e vejo sangue no meio das pernas dele.

— Yasmine! O homem está ferido, e não dormindo. Está sangrando!

— Ande rápido, Adam; eu te disse pra não olhar.

— Mas, Yasmine, se a gente deixar ele aqui, ele vai morrer.

— Adam! — Yasmine grita comigo e eu desvio o olhar e vejo atrás de mim o moço, que ainda não se mexe. O pássaro começa a bicar seus olhos. É o segundo homem que vemos deitado no chão hoje.

Agora dá pra ouvir mais barulhos e pessoas dizendo bem alto o preço das frutas. Ao virar à direita avistamos a feira, e aquela atmosfera agitada me atinge de novo depois da solitária caminhada que fizemos até aqui. As frutas e os legumes à venda pintam a feira com uma aparência vibrante. Vou até a barraca mais brilhante que vende pitaia, maracujá, manga, kiwi e carambola, todos dispostos no formato de um enorme sorriso. Minha mente brinca com as cores e na minha cabeça desenho o homem na beira da estrada, mas com sucos de fruta jorrando dele.

— Adam, procurei você por toda parte, pra onde foi que você escapou?

— Desculpa, eu estava vendo essas frutas.

— Certo, Habibi, mas fique do meu lado. Peguei morangos, um abacaxi e umas uvas pra você. — Ela aponta para o cesto cheio de minhas frutas preferidas.

— Obrigado, Yasmine! — Eu sorrio pra ela.

— Anda, vamos ver os legumes pra cozinhar hoje.

Sigo atrás de Yasmine até a barraca de legumes no outro extremo da feira. Sentado na beira da calçada tem um pai filmando a filha que canta o hino nacional em voz alta. Eles dois são cor de laranja. Antes que eu olhe para Yasmine de novo, ouço um som ensurdecedor e num segundo todas as frutas pulam sobre mim e as barracas caem por terra. Me viro freneticamente à procura de Yasmine e vejo a filmadora aos meus pés, mas o pai e a filha não estão por perto. Sinto Yasmine me agarrar, e saímos correndo. Ela deixa cair o cesto e as frutas despencam no chão e formam um arco-íris. Yasmine corre mais rápido e eu tento acompanhar seu ritmo. Outra bomba explode, mas parece mais distante. Gritos nos cercam como se fossem uma bolha sufocante, e minha mente se desloca até uma das pinturas que tenho na minha parede retratando uma família correndo de uma bomba. De repente, alguma coisa cai de debaixo da camisa de Yasmine e ela para pra recolhê-la.

Uma sirene barulhenta dispara em minha mente quando vejo a arma. Yasmine não faz uma pausa para olhar para mim. Ela pega a arma e continua correndo. Meu coração canta o deprimente hino de nosso país, à medida que cada batida fica mais pesada. É uma guerra, é uma guerra, é uma guerra. Eu não acreditei na Yasmine, eu não acreditei nas notícias, agora estou no meio de uma guerra e quero correr.

— Cinco-três-dois-um, cinco-três-dois-um, cinco-três-dois-um, cinco--três-dois-um, cinco-três-dois-um, cinco-três-dois-um, cinco-três-dois-um, cinco-três-dois-um, cinco-três-dois-um, cinco-três-dois-um, cinco-três-dois-um.

— Adam! Continue correndo!

— Cinco-três-dois-um, cinco-três-dois-um, cinco-três-dois-um, cinco--três-dois-um, cinco-três-dois-um, cinco-três-dois-um. — Yasmine me puxa mais forte, e cada nervo do meu corpo congela. Fico parado em meu lugar e ela tenta me puxar com ainda mais força, mas não consegue.

— Adam? Adam, olhe pra mim! O que foi? Temos que correr, podemos nos ferir.

A voz de Yasmine acalma meus nervos e corro bem rápido pra mostrar a ela que eu posso correr rápido como um guepardo. Ouço a respiração de Yasmine atrás de mim e corro ainda mais depressa.

Corremos pra casa e trancamos bem a porta. Yasmine se vira para mim e me olha de cima a baixo para ver se estou bem. Ela tem um arranhão que vai dos lábios até a orelha. Eu não consigo me ver, então não sei como estou.

— Yasmine, você se machucou.

— Desde que você esteja bem, está tudo certo comigo.

Ela entra na sala e tenta acender a luz, mas a energia caiu de novo. Tudo está ficando muito ruim. Nada funciona e a guerra começou. Começo a me inquietar. Odeio isso, por que é que há uma guerra? O que meu país fez pra haver uma guerra?

Vou para o meu quarto e olho pra pintura na parede em que eu pensei quando a bomba explodiu. A pintura mostra uma mulher correndo enquanto segura a mão de um garotinho. As cores são como um carrinho de frutas que tivesse explodido por toda a tela e tivesse saído sangue das frutas. É sinistro como essa pintura lembra o que ocorreu hoje. Olho para as outras pinturas na parede e peço a Deus para que mais nenhuma delas ganhe vida. Meu quarto está cheio de pinturas de guerra que agora me assustam. Pego meu estojo de pintura e imediatamente começo a desenhar a menina e o pai. Eu me lembro claramente dos seus rostos como se os conhecesse a vida toda. Os olhos do pai pareciam prestes a se fechar antes da explosão da bomba, como se ele soubesse o que ia acontecer. A menina estava feliz cantando o nosso hino nacional — o hino que devia nos dar abrigo em suas asas. Mas ela caiu no chão no meio daquilo tudo. Agora nosso país está se virando contra nós; não somos mais unidos. Termino de desenhar o pai com uma filmadora na mão e a menina encarando-o com seus longos cabelos soltos. Então abro minha paleta de tintas e transformo a cena inocente em uma pintura com premonição de morte. A morte estava à sua espreita, pronta para atacar, para devorar sua carne fresca. Lágrimas escorrem dos meus olhos.

Yasmine entra no meu quarto e eu corro até ela.

— Yasmine, estou com medo.

— Adam, não se preocupe, querido. Eu estou aqui com você.
— Mas, Yasmine, e se você me deixar de novo?
— Eu não vou deixar você. Prometo.
— Por que você tinha uma arma?
— Humm, vamos falar disso depois.
— Por favor, me conte, Yasmine! Eu não quero que você se mate com aquela arma.
— Não, não! Não diga isso, querido. — Yasmine se inclina e segura minha mão por alguns segundos antes de me soltar. — Eu encontrei nos protestos e peguei sem pensar. Eu só refleti sobre isso quando cheguei em casa. Não estamos seguros, e, se alguma coisa acontecer, posso precisar de uma arma.
— Não mate ninguém, Yasmine.
— Prometo que não.

Capítulo Cinco
Branco

Baba caminha na minha direção, se inclina e sussurra no meu ouvido:

— Vou te mostrar um truque quando ficarmos sem luz de novo. Vá pegar uma laranja e azeite.

Dou um salto e corro até a cozinha. Yasmine está sentada à mesa escrevendo seu diário. Ela fecha o diário assim que me vê.

— Yasmine, o que está escrevendo?

Yasmine não me responde. O que tem de errado com todo mundo hoje? Khalid entra sem dizer "oi", vai até a geladeira e pega três bananas. Todo dia ele vai à academia e sempre come banana quando volta. Ele sempre diz que vai me levar à academia, mas nunca leva. Procuro laranjas no cesto de frutas e encontro uma no fundo.

— Acabaram as laranjas, Yasmine.

— O que quer que eu faça?

Não gosto quando Yasmine grita comigo, mas não quero chorar porque vou ficar parecendo um bebê. Rapidamente pego o azeite no armário e saio correndo. Consigo ouvir Khalid falando com Yasmine, mas a conversa soa como uma linguagem secreta que eu não entendo. Entrego o que Baba pediu e ele dá uns tapinhas no assento ao lado dele no sofá para que eu vá me sentar. Sento e espero que ele comece a explicação.

— Quando estiver com medo do escuro, é só lembrar que não está sozinho. Deus está sempre com você e ele vai te ajudar a encontrar luz eterna. Esse truque vai te ajudar a ter luz temporária.

Baba começa a cortar a laranja pelo meio e vai me dando fatias pra comer e depois põe o resto numa tigela; ele tira todo o sumo e deixa a haste no meio. Fica parecendo uma vela. Ele assopra a casca até que o sumo seque totalmente. Daí ele põe duas colheres de azeite no meio e faz escorrer para os lados. Pega um isqueiro do bolso e acende a haste. A sala se ilumina. É a vela mais forte que eu já vi.

— Que tal, Adam?

— Adorei, Baba.

Baba sorri e agora parece melhor.

— Quer brincar?

Baba não brinca comigo faz um bom tempo, então respondo com um sorrisão. Estou muito animado.

— Primeiro me mostre a pintura que você trouxe.

Pego a pintura e seguro pra que ele veja. Ele não diz nada por um longo tempo e minhas mãos começam a doer. Não consigo ver a cara dele porque a pintura está na frente, então resolvo abaixá-la e olhar pra ele. Baba parece vermelho, como se tivesse chorado. Ele sorri pra mim e eu olho nos olhos dele. Lá dentro vejo minha pintura. Não consigo explicar quão bizarro isso é, mas é como se minha pintura tivesse sido impressa nos olhos dele. Até a cor deles mudou.

— É linda, Adam, eu adorei. Nunca soube que você podia fazer algo assim.

— Obrigado, Baba. E agora, do que vamos brincar?

— Vamos brincar de "adivinha o que estou olhando".

— Posso começar?

— É claro.

— Adivinha o que estou olhando e começa com a letra "O".

Baba diz todas as coisas da sala que começam com "O", mas ele está se esquecendo do "O" em que estou pensando.

— Desisto.

— Tem certeza, Baba?

— Sim, Habibi.

— Oxigênio, Baba!

Baba começa a rir e bagunça meu cabelo.
— Não dá pra ver o oxigênio, Adam. — Ele continua a rir.
— Mas eu consigo.
— Como?
— Se eu olhar com atenção, consigo ver o oxigênio no ar.
Baba continua a rir e então escolhe uma palavra com a letra "L".
Continuamos a brincar e rir; então Yasmine e os meninos todos se juntam a nós, tomamos chá e começamos um jogo de cartas. Já faz muito tempo que não ficamos juntos. Eu me sinto à vontade com eles ao redor. Fico feliz e quase me esqueço da bomba que explodiu de manhã. Enquanto todos fumam *shisha* e eu tomo meu suco de manga preferido, Yasmine me pergunta sobre o meu amigo Nabil.
— Não vejo ele desde o último dia em que fui à escola, Yasmine, e hoje de manhã ele não estava na sala.
— Quer que eu te leve para visitá-lo?
— Quero, sim; eu gosto de jogar videogame com ele e falar sobre livros.
Pelo resto da noite nós rimos, e Baba nos conta histórias de sua infância. Minha história preferida: quando os dois irmãos mais velhos dele entraram numa briga e um deles estava prestes a jogar o chinelo no outro e Baba estava passando e levou o chinelo na cara. Yasmine sempre ri muito dessa história e isso me faz rir. Baba nos conta outra história que me faz chorar de rir. Seu irmão caçula ficou desesperado para ir ao banheiro de noite e estava cansado demais pra correr, então ele fez xixi no vaso de plantas no corredor, e a mãe deles estava sentada no sofá e ele não a viu no escuro. Baba sempre tem essas histórias engraçadas que me fazem imaginar ele quando jovem. Khalid então pede pra Isa ler pra gente um dos últimos poemas que ele escreveu; nos aproximamos e ouvimos Isa declamar seu poema.

> *Um rio de tinta críptica flui pela cidade.*
> *Pouco se ouve além dos sussurros dos camponeses*
> *e seu lamento.*
>
> *As ruas pronunciam os nomes de seus falecidos*
> *companheiros com o cimento que lhes resta*

e as árvores uivam para seus pastores favoritos.
Em silêncio tapamos o ouvido para a natureza.

No canto direito da rua o nostálgico
bebe das teorias de Aristóteles numa taça de prata
enquanto os outros se banham nos resquícios do Romantismo.
Seus corpos apodrecem nas mais requintadas roupas da arte.

Entrando na casa eu vejo minha mãe ali
sentada, costurando-me um agasalho com os alfabetos
de seu coração, enquanto meu pai declama para si
o poema "Lago de fogo", de Khalil Gibran.
Ele declama até amanhecer.

Quando é que a literatura termina e o amor começa quando
as palavras dançam cerimoniosamente para atribuir a meu país
o título dos "abençoados" se fomos privados de caneta
e papel?

Quando Isa termina de declamar seu poema "Hino", Baba começa a bater palmas e eu também. Enquanto Isa lia, senti que eu era tecido num casulo de literatura. A seda me estrangulou até a última palavra que Isa pronunciou, e aí eu consegui respirar de novo. Eu nunca tive essa sensação antes, então não sei o que significa.

Baba se levanta e vai pra cama, e todos nós permanecemos sentados a conversar. Começo a perceber melhor a escuridão e passo a me inquietar. Yasmine sorri pra mim e me manda ir pra cama. Adormeço no exato instante em que ponho a cabeça no travesseiro. Dessa vez eu não me contorci nem me mexi e nem mesmo pensei na mamãe.

Acordo com um som perturbador na cabeça — parece que tem golfinhos cantando. Ponho minha mão contra o coração e sinto seus batimentos velozes. Enquanto meu coração se aquieta, os meus sonhos começam a voltar.

Na minha cabeça é tudo uma bagunça, mas eu me lembro de estar sentado no playground da escola ao lado da garota com olhos de Nutella, comendo pétalas de rosa com ela. Ainda me lembro de como eram macias na boca e de como derretiam assim que as punha na língua. Eu não ligava de estar comendo pétalas porque nos olhos da garota eu me via refletido comendo chocolate também. De repente ela gritou como um golfinho e foi aí que meu sonho acabou. Queria que ela não tivesse gritado. Eu me sinto relaxado ao ver de novo os olhos da garota. Não sei o nome dela, então vou chamá-la de Chocolate.

Salto até o banheiro e fecho meus olhos ao sentir cheiro de café. Vou até a cozinha, mas Yasmine não está lá. No entanto, o diário dela está sobre a mesa. É turquesa e tem a imagem de uma vela na capa. Eu me sento na mesa e abro o diário na primeira página:

> *Hoje eu entreguei minha última carta a ele. Não consigo mais continuar assim. Eu o amo e a dor é insuportável, mas não tenho escolha a não ser ignorar. Minha família é mais importante. Todo mundo passou por momentos difíceis desde que mamãe morreu. Mesmo que já faça alguns anos, eu ainda tenho que fingir que estou bem pra consertar as coisas. Só me sinto feliz quando estou com ele. Em casa, eu não passo de um travesseiro para lágrimas, mas quando estou com ele, sou uma mulher que tem seus sentimentos. Se não fosse por Adam, eu fugiria com ele, mas Adam precisa de mim. Talvez eu tenha que me conformar a viver como uma sombra. Sinto saudade dele.*

Largo o diário e escorrego devagarinho até o chão. Eu não entendo o que está acontecendo. Yasmine está brincando? Será que ela está sempre sentindo tinta preta no coração? Não quero que ela se sinta assim, porque sei como me senti depois que a mamãe se foi. Eu devia fugir para que Yasmine não tenha que se sentir assim. Eu amo Yasmine e não quero mais que ela fique tomando comprimidos ou parecendo amarela. Quero a Yasmine rubi. Corro até meu quarto, pego minha mochila e saio correndo da casa. Quero ir até a casa de Nabil. Yasmine disse que eu devia visitá-lo. Sinto uma nuvem cinza sobre o meu ombro, como se fosse chover sobre mim. Caminho até a escola sem olhar ao redor, pra não ver nada assustador. Está muito cedo para ir pra escola, e eu nunca saí de casa a essa hora. As ruas têm sombras que lembram super-heróis retorcidos. Com o canto do olho consigo ver um Batman de uma perna só me seguindo. Não sei dizer se ele é meu inimigo ou amigo. Fico de olho nele só por precaução. Paro em frente à escola e em minha mente traço o caminho que Nabil faz até sua casa. Mentalizo uma espécie de bifurcação com três cores brotando: marrom, roxo e laranja. Não sei que caminho tomar. O laranja me parece mais tranquilizante, então viro à direita a partir dos portões da escola e subo a rua. As estradas não parecem familiares. Não sei se essa é a rota certa. Continuo andando e meu coração começa a apertar pouco a pouco. Estou perdendo o fôlego. Sete, sete, sete, sete, sete, sete, sete, sete, sete, sete, sete, sete. Começo a me contorcer e repetir mentalmente o número dele na sala de aula. Eu vou me lembrar da rota se continuar repetindo o número dele. Sete, sete, sete, sete, sete, sete, sete, sete, sete, sete, sete, sete, sete, sete. Minhas mãos se contorcem, o número dele na sala domina minha mente. Não consigo parar de repetir. Tem um homem vindo na minha direção no beco estreito. Não reconheço as casas. Será que estou muito longe? Sinto uma tontura de repente. Pensar que estou longe de casa me deixa zonzo. O homem está cada vez mais perto e meu pescoço começa a se contorcer. O beco é tão apertado que não deixa espaço pro meu coração latejar. Sinto o cheiro de pão caseiro e me acalmo com o aroma familiar.

    Agora o homem está falando comigo, mas não consigo me concentrar no que ele diz. Suas palavras se espalham pela minha mente e soam como o forte zumbido de uma abelha. A voz dele me dá dor de cabeça e eu fecho os olhos e cubro as orelhas com as mãos. Sinto que ele me toca o ombro e saio correndo com as mãos ainda tapando os ouvidos. No fim do beco alcanço uma estrada mais larga com carros e motos. Nunca vi essa estrada antes e não sei onde estou. Começo a tossir de dor. Estou assustado. Não sei o que fazer nem onde estou e não posso conversar com estranhos. Sinto falta de casa. Queria que Yasmine estivesse aqui comigo.

    Eu me viro e vejo o homem logo atrás de mim estendendo a mão para me alcançar os ombros de novo. Um som estranho escapa da minha boca. Ele me dá um olhar verde com as sobrancelhas caindo nas extremidades e eu tento ouvir atentamente o que ele diz. Ouço-o dizer o nome de Deus então eu o sigo.

Talvez ele saiba aonde me levar. Caminho dois quarteirões com ele e vejo a boca dele se mexer, mas estou assustado demais para escutar. Ele aponta para um prédio e entra. Não sei se devo entrar num prédio junto com um estranho. Mamãe gritaria comigo se ficasse sabendo disso. Eu me viro rapidamente e corro para não chatear Yasmine e não entrar em apuros, mas ao tentar correr o homem me segura pelo braço. Eu me viro e olho pra ele e vejo uma pessoa diferente, dessa vez em um uniforme de polícia. Por que tem um policial me segurando? Será que o homem me trouxe a uma delegacia? Não quero ir pra cadeia. Não fiz nada de errado. Repito o número sete para o policial caso ele saiba onde fica a casa do meu amigo, mas ele apenas me diz pra sentar e me dá água. Não quero beber água; só quero ir visitar o Nabil. O oficial começa a me fazer perguntas, e outro policial entra e olha pra mim. Eu não disse uma palavra desde que me sentei e agora ele pede pra revistar minha mochila. Não quero que ele veja meus desenhos. Preciso dizer a ele que quero ir pra casa, mas as palavras não saem e eu aperto ainda mais minha mochila pra que eles não a vasculhem. Olho através das portas de vidro e vejo três homens vestidos com fardas verdes do exército. De repente quero ir pra casa e dizer a Yasmine que não desejo morrer. Escrevo meu endereço para o policial e o ouço falar com alguém sobre vir me buscar. Espero que Yasmine ou Isa venha. Os outros vão gritar comigo por ter saído. Eu nem mesmo sei por que saí. Só sei que não quero ver Yasmine triste. Talvez eu possa escrever uma carta antes de sair de casa da próxima vez.

 Fico sentado desviando o olhar do oficial e mirando o relógio. Minha mente está tiquetaqueando ao ritmo dos ponteiros do relógio. Será que o relógio se sente tão cinza como eu a cada tique-taque? Passo a olhar os certificados que há na parede para fugir do som monótono. Há tantas molduras nas paredes que isso aqui parece mais uma universidade que uma delegacia de polícia. Em cima da mesa tem um retrato do presidente. Não condiz muito com o resto das molduras. O rosto dele é cinza. Não sei se devia ser cinza, ele devia ser feliz e orgulhoso de governar um país, mas tem algo nesse retrato com que posso conversar. Tem algo de errado nessa testa; ele está tentando cobrir as dobras, como se não tivesse nenhuma. Mas eu consigo vê-las mesmo assim, e não parecem muito bonitas. Esqueci o que estava tentando entender com esses pensamentos. Tento rastrear meus pensamentos desde o começo, com os meus dedos desenhando no ar um mapa da minha mente. Vejo formatos dentro da minha cabeça e depois um som intenso que não consigo descrever. É como se o King Kong tivesse baixado o seu pé. Os policiais à minha volta começam a se movimentar e olho através da janela; tudo o que vejo é névoa. Acho que é fumaça, porque está passando rapidamente. Fumaça cinza. Tudo está cinza hoje. Não gosto disso. Cubro minhas orelhas com as mãos. Todos estão falando muito alto, e a risada de alguém ressoa com uma frequência mais intensa que a do resto. Como pode alguém rir quando tem fumaça lá fora?

De repente sinto algo esvoaçar na minha barriga e vejo Yasmine correr até a porta. Ela está toda empoeirada, mas fico tão feliz que não consigo me conter. Começo a pular e saltar. É quando me sinto mais feliz, porque sinto cada parte do meu corpo pulando junto comigo e essa energia enorme saindo de mim. Podia estar tocando o céu agora mesmo. Yasmine traz um sorriso no rosto, mas ela não parece tão feliz quanto eu. Paro de pular e me aproximo dela. Ela me envolve com os braços e me esmaga. Quero que ela pare, me sinto desconfortável. Começo a me contorcer dentro do abraço até que ela me largue. Eu recuo e começo a torcer o pescoço de lá pra cá na tentativa de que meu incômodo comece a vazar pelas orelhas.

— Aonde você foi? — Eu nunca tinha ouvido esse tom de voz antes. Não sei se fico assustado ou feliz.

Não sei como responder, então não respondo.

— O que é aquela fumaça lá fora, Yasmine?

— Não sei. Vamos pra casa ver o que diz o noticiário. Todo mundo está preocupado com você.

— Eu queria visitar meu amigo, mas não consegui encontrar a casa dele. Agora é hora de ir pra escola.

— Não, vamos já pra casa, conversaremos sobre tudo quando você descansar um pouco. Hoje você deve ter passado por um choque.

— Foi assustador, Yasmine, fiquei muito tempo esperando você.

— Da próxima vez não saia sozinho, você deixou todo mundo aflito. *Yalla*.

— Mas... mas...

— *Khalas*, Adam.

Yasmine sai da delegacia e pega um atalho para evitar a fumaça. Eu a sigo e consigo perceber quando ela se vira ligeiramente para garantir que eu estou dentro do seu campo de visão. Ela também está cinza.

Capítulo Seis
Azul

Ligamos no noticiário assim que chegamos em casa. Não tem mais ninguém em casa. Todas as luzes estão desligadas. Acendo a luz da sala de estar. Yasmine simplesmente se senta na frente da televisão e não se move. O rosto da mulher na TV transmite muita dor, o que me dá vontade de pintá-la. Ela está falando sobre garotinhos que foram sequestrados na Síria e depois queimados. Foram torturados e tiveram suas unhas arrancadas. Yasmine manda que eu saia da sala para não ouvir essas coisas, mas não quero sair. A mulher mostra uma imagem das ruas da Síria com desenhos e palavras pintadas nas paredes que dizem "Abaixo o regime". Não sei o que isso significa, nem por que as crianças foram torturadas por causa disso. Pensar nisso me faz tremer de raiva, e começo a puxar meus cabelos. Yasmine corre até mim, mas eu saio correndo e tranco minha porta. Não posso ficar na presença de ninguém quando estou com raiva, me sinto como uma reação química volátil esperando pra explodir. Sinto uma emoção desconhecida crescer dentro de mim, como se tivesse aranhas rastejando pelo meu peito até a garganta, para me estrangular. Eu não sei por que me sinto assim de repente, mas isso está me sufocando. Sinto ímpeto de pintar e já consigo imaginar a pintura na minha cabeça: dois garotinhos deitados na água com o corpo estirado, livre, mas com o rosto desfigurado, queimado. Nem dá pra dizer onde estão os olhos e o nariz. Seria uma pintura em preto e branco, com os rostos pintados com um espectro de cores. Seria horrível e belo.

Assim que termino minha pintura, ela solta um cheiro amargo, como vinagre. Ficamos sem eletricidade. Yasmine bate na porta e me dá uma vela para eu deixar no quarto.

— Yasmine, estou com fome.

— Se está com fome, eu preparo algo para você, ninguém mais quer comer nada.

Passamos à cozinha e dessa vez não há frutas na mesa, e quando Yasmine abre a geladeira, as duas primeiras fileiras estão vazias.

— Por que não tem comida na geladeira, Yasmine?

— Porque todos acabaram com ela, Habibi. Vamos comprar mais amanhã. Não se preocupe e coma.

Yasmine me prepara pão. Sei que não temos comida na casa, mas não sei por quê. Queria comer um pouco de arroz com sopa vermelha agora. O arroz e a sopa da mamãe eram os melhores.

Ouço os meninos entrar com Baba. Eu me sento na cadeira e como meu pão. Khalid entra e pega Yasmine pela mão e a rodopia. Yasmine gargalha e bate nele para que ele a solte. Ele finge que vai jogá-la na lixeira e ela grita. Não gosto de ver mais ninguém deixando Yasmine feliz, mas já faz um tempo que ela não fica rubi — minha cor preferida —, então eu rio junto com ela.

— Então, o que temos de almoço? — pergunta Khalid a Yasmine quando a põe no chão. Yasmine não responde, só olha pra mim, e então Khalid também olha pra mim.

— Bem, eu já comi, e ia dizer que não tem necessidade de fazer muita comida.

Yasmine sorri e dá tapinhas no ombro dele. Isa e Tariq enfiam a cabeça na porta da cozinha também e então Baba se junta perguntando por que todos estão aqui. Eu começo a rir sem motivo. De repente sinto uma onda de eletricidade me percorrer, e meu riso fica mais alto. Lágrimas correm pelas minhas bochechas de tanto rir, e quando eu olho em torno da cozinha, a impressão é de que meus olhos molhados estão afogando todos. Tariq começa a rir também. É como se eu tivesse estalinhos estourando em meu coração e tivesse que soltar toda a minha energia.

Sentamos na sala de estar e Baba tira o Corão da estante e vai ler em seu quarto. Mamãe dizia que quando eu era pequeno eu sempre me sentava ao lado de Baba enquanto ele lia o Corão, sorrindo pra ele. Ele tem uma voz que flui como limonada fresca pelo meu peito e me faz sentir relaxado. As palavras do Corão sempre me confortam, e ainda que seja tão poético e escrito num árabe clássico que eu não entendo completamente, tem algo nelas que sempre me comove.

Tariq, Isa e Khalid começam a conversar sobre o que está acontecendo à nossa volta. Não dizem nem uma vez a palavra "guerra", mas suas vozes soam como tiros. O zunido de suas palavras pesadas machuca minha cabeça.

— Não mencione o nome deles — cochicha Tariq para Khalid.

— O nome de quem?

Ambos olham para mim e me mandam para meu quarto, mas eu não quero ir.

— Eles não podem continuar nos controlando! Estou por aqui com essa história, precisamos de uma revolução!

— Eles nos encurralaram, você sabe que se falar qualquer coisa vão matar a todos nós. Tenha cuidado, Khalid!

— Não consigo mais viver desse jeito! Me sinto como um rato de laboratório! Aquelas crianças que foram queimadas hoje após pedir liberdade... Por quê? Como isso pode ser justo?

— Você vai ter o mesmo fim se não tomar cuidado.

— Vou morrer pela liberdade, não estou seguindo nenhuma seita, estou apenas seguindo minha religião, e eles não podem continuar a mexer com ela ou com minha liberdade!

— Assad — digo.

Ambos olham para mim com rosto inexpressivo. Não sei por que eu disse o nome dele ou por que estou repetindo agora, mas ele continua rolando pela minha língua como se estivesse gostando. Tariq tenta me explicar, em voz baixa, por que eu não devo dizer o nome. Mas por que não deveria? É só um nome, por que eu deveria ficar com medo? Continuo dizendo o nome dele até que do nada Isa se levanta, chuta a mesa e sai voando até seu quarto. O ruído congela o nome na minha boca e eu tenho que engolir para me livrar do impedimento em minha garganta. O rosto de Isa parece um quebra-cabeça. Não gosto do que a guerra está fazendo à minha família. Não sei a quem devo ouvir, todos têm suas opiniões e o noticiário tem outras. Não quero ouvir nenhuma delas. Apenas não quero que minha família e eu fiquemos feridos, não quero que a escola pare e não quero sangue nas ruas com pessoas morrendo. Só quero minha vida normal. Eu odeio a guerra. Ainda estou com fome, mas não quero pedir mais comida a Yasmine, ela anda de mau humor ultimamente.

Baba é órfão e uma vez ele me levou às compras e me disse que havia dias em que era muito maltratado pelos pais adotivos e não davam comida pra ele e ele escondia pão debaixo do travesseiro e o molhava em água para ficar macio e o comia antes de dormir. Disse que dormir o fazia esquecer a infância porque ele se lembrava dos sonhos que tinha e pensava que estava vivendo neles. Baba então me comprou uma sobremesa chamada *sahlab* e me contou como ele fugia da escola toda semana para comer essa sobremesa e escapar da escola assustadora que ele tanto odiava. Ele sempre se metia em encrenca, mas disse que valia a pena porque aquela sobremesa quente o alegrava por dentro.

Uma batida na porta e uma voz alta chamando por Khalid perturba meus pensamentos. Ele se levanta e abre a porta para um dos nossos vizinhos, que está segurando um prato de sobremesa frita. Mal consigo ouvir o que conversam, mas sei que vai acabar com Khalid saindo. Queria que ele ficasse em casa por mais um tempo. Eu gosto de ter companhia.

Khalid volta pra dentro da casa e põe o prato sobre a mesa. O mel brilhando no topo está derretendo e estou com água na boca. Por que os vizinhos têm comida e nós não?

— Quer andar nas ruas com a gente? — pergunta Khalid. Ele nunca pergunta se quero sair com ele e os amigos. Me levanto em um salto, bato palmas e paro em frente à porta, pronto pra sair. O amigo dele ri e nós saímos. Está começando a escurecer, e passamos pelos cafés que costumavam ficar cheios de homens jogando gamão e bebendo chá e agora estão semivazios e alguns até fechados. Passamos por crianças brincando de amarelinha e sinto meu coração pesar. Queria que meus vizinhos brincassem comigo. Fico triste quando ouço crianças brincando lá fora e ninguém toca a campainha de casa para me chamar pra sair. Por isso que eu gosto do Nabil, porque ele gosta de brincar comigo.

Quanto mais longe caminhamos enquanto eles falam e eu ouço, mais altos ficam os sons das pessoas marchando. Ouço um eco de pessoas cantando "Abaixo o regime" e consigo identificar uma bandeira erguida muito alto. Será que é essa a revolução de que Yasmine vem me falando e à qual eles foram? Tem um forte cheiro de gasolina saindo da boca do amigo do Khalid. Não sei se gosto dele ou não. Geralmente eu sinto a aura das pessoas, mas a dele é difícil de definir. Não me sinto confortável com isso, então me afasto dele e fico ao lado de Khalid.

Cinco minutos depois, é como se tivéssemos entrado em um mundo novo. Prédios caídos pela metade estão cercados por escombros. Um dos prédios parece um monstro adormecido. As ruas estão abarrotadas de pessoas cantando e segurando bandeiras. Parecem um exército de formigas famintas prestes a atacar. Também me fazem lembrar uma cena de *Coração valente*. Muitas pessoas cumprimentam Khalid e seu amigo. Parecem ser muito conhecidos por aqui. Khalid está andando de um jeito diferente de quando está em casa. O peito está estufado pra fora e uma das sobrancelhas está erguida. Ele parece sério. Eu não sabia que as pessoas conseguiam mudar o comportamento de um lugar para outro.

Pulo sobre os ombros de Khalid para ver as coisas lá de cima, mas acho que sou muito pesado porque ele está arfando. Tem uma caixa retangular com a bandeira síria e flores em cima. Acho que é um cadáver. Sinto o cheiro daqui, é o cheiro de mamãe. Fico enjoado. Bato nos ombros de Khalid e grito para que ele me desça ao chão. Ele me põe no chão rapidinho e pergunta o que há de errado comigo, mas eu apenas corro até a calçada e vomito. Vomito por dois minutos e quatro segundos. Tudo o que havia de violeta em mim agora está no chão. A calçada ao meu redor está violeta. Ergo o olhar, e Khalid está violeta também.

Acordo com Yasmine tirando o cabelo do meu rosto. Meu cabelo cresceu além das orelhas. Preciso cortar. Não me lembro de ter ido pra cama. A última coisa de que me lembro é daquela sensação arrebatadora que tive na revolução. Eu me sento na cama, olho ao redor e vejo no chão três sacolas com roupas.

— Yasmine, você está indo pra algum lugar?

Ela sorri e continua a brincar com meu cabelo.

— Vamos ficar alguns dias na praia, o que acha disso?

— Sim! Sim! Sim! Yasmine, eu vi uma casa... uma casa metade destruída, e duas crianças olhando pela janela. A casa pela metade tinha marcas de bala por toda parte, no formato de um óvni. Eu sonhei que um óvni chegou destruindo tudo. — Não percebo que estou chorando até Yasmine me pedir calma e que pare de chorar. Ela continua brincando com meu cabelo porque isso é o mais perto que a deixo chegar de mim.

— Você viu essa casa ontem, Habibi?

— Sim.

— Não participe dos protestos lá fora, você pode se machucar.

— Khalid me levou. Em casa eu fico muito sozinho.

— Estamos indo à praia para nos divertir, venha, levanta! — Yasmine me puxa e me empurra até o banheiro. Ambos começamos a rir e eu volto a ter energia, porque fiz Yasmine ficar rubi de novo.

Todos nos aprontamos em meia hora e visto meu boné para o sol; adoro feriados. Tem um táxi nos esperando lá fora, e todos entramos e começamos a cantar músicas de viagem por todo o caminho. Assim que saímos da cidade, consigo ver o sol de novo e sinto meu coração florescer como uma rosa. Espero que o sol apareça nos poucos dias que ficaremos fora. Paramos num posto de gasolina no caminho e eu corro dezessete vezes em volta do carro antes de ficar tonto e entrar de novo. Já estou me divertindo demais. Queria que tudo fosse sempre divertido assim. Os meninos e Baba estão fumando do lado de fora da janela, então a fecho antes que o cheiro me sufoque e eu caia estrangulado no chão. Ponho minhas mãos ao redor do pescoço e finjo que aquela fumaceira está me estrangulando. Bato na janela com o meu cotovelo para que eles se virem e me vejam. Eu adoro fazer as pessoas rir.

Chegamos ao litoral em duas horas e vinte e três minutos. Está muito quente por aqui.

— Yasmine, passe filtro solar em mim.

— Espere até chegarmos à casa.

— De quem é a casa, Yasmine?

— Da tia Rana.

— Ela vai estar em casa?

— Não, Habibi, ela nos emprestou por uns dias.

— Ebaaa!

Corro até a casa onde Khalid está parado fumando. O motorista e os meninos estão levando as malas até ela.

A casa é muito diferente da nossa. O sol brilha dentro dela e por um momento esqueço que na minha casa tem uma guerra. Subo os degraus para vê-la. Decido ficar no quarto que tem vista pro mar. Depois mudo de ideia. Não quero ficar imaginando monstros marinhos de noite quando olhar pra baixo. Fico com o quartinho ao lado desse. Daqui ainda consigo ouvir as ondas. O cheiro no ar é igual ao de uma concha que a mamãe comprou pra mim quando veio aqui visitar a irmã. Isso me faz pensar na mamãe, mas eu desço correndo a escada e sacudo a cabeça antes de ficar triste.

Dou um puxão no vestido de Yasmine e pergunto quando vamos pra praia. Ela diz que primeiro precisamos comer. Não vejo a hora de ir nadar. Baba costumava me levar à piscina do nosso vizinho toda semana quando eu era pequeno. Adoro ficar na água, me sinto tão livre. É o único momento em que posso ser eu mesmo e rir até cansar. A sensação da água na minha pele me faz lembrar de uma história que ouvi: um príncipe pensava que o mar era um lugar mágico e construiu um palácio em cima da água e aprendeu a viver submerso porque a água que pressionava sua pele o entendia melhor do que qualquer pessoa. A água é minha melhor amiga porque ela brinca comigo pelo tempo que eu quiser.

Baba foi às lojas do lugar e nos comprou dois frangos assados prontos pra comer. Depois de comer, visto minha roupa de banho e corro até a praia. A areia sob meus pés me faz tremer. Está quente, mas a sensação de afundar me dá calafrios na coluna. Pulo na água e começo a bater palmas e cantar uma cantiga que mamãe sempre cantava quando íamos nadar. Os meninos vêm correndo até mim e pulam todos na água ao mesmo tempo. É como se o perfume deles e a água formassem uma cascata. Os três emergem da água com os cabelos encharcados e se põem ao meu redor. Sinto que estou me afogando num arco-íris de perfume. Cada um tem um perfume diferente e consigo farejá-los muito bem, mas quando não presto muita atenção, o cheiro me atinge como se fosse um monstro de perfume tentando me afogar, lutando para me meter debaixo d'água.

Começamos um jogo de bola, e quem deixá-la cair tem que mergulhar por dez segundos e os segundos vão aumentando à medida que a bola cai. Não ligo de ficar embaixo d'água porque sei que se eu não tiver uma casa, posso viver submerso como o príncipe. Não sei se a história que o professor nos contou é real, mas sei que posso viver embaixo d'água e até fingir que sou um peixe. Porém me pergunto como é que os peixes pensam. Saberão que sou um humano fingindo ser peixe ou pensarão que eu sou um peixe? Tipo a menina espanhola da nossa sala que foi criada na Síria e pensa que é síria, mas todos sabem que ela não é. Será que submerso eu serei assim?

Depois de brincar até cansar e nossos dedos se enrugarem por causa da água, eu me sento na areia e começo a construir um castelo.

— Olha, Yasmine, gostou do meu castelo de areia?

Yasmine está sentada numa espreguiçadeira com Baba debaixo de um guarda-sol; ela não gosta de ficar vermelha, mas eu adoro.

— Continue, Adam.

Levanto-me rápido pra tomar água e de repente um tipo de dor completamente diferente das que já senti percorre o meu corpo e eu grito e caio no chão. Fecho meus olhos e tudo está roxo. Será que por acidente apertei um botão roxo no meu corpo? Yasmine diz que eu torci meu tornozelo.

Passo o resto do dia sentado na areia ao lado de Yasmine aplicando gelo no meu tornozelo. Tem muita gente aqui falando uma língua diferente da nossa e de aparência bem diferente. Na água tem uma mulher de cabelo roxo e usando roupas de baixo. Eu não sabia que as pessoas podiam nascer com cabelo roxo. Chuto que ela deve ser de algum lugar distante, como a América. Isa se aproxima e senta ao nosso lado após nadar. Ele põe música no celular e todos cantamos juntos.

Vejo dois garotos conversando numa linguagem estranha e apressada correndo até a praia e rindo e fico triste por ter apertado um botão roxo no meu corpo e não poder agora correr por aí.

Capítulo Sete
Amarelo

Passamos três dias longe de casa e o sol só desapareceu hoje. No momento em que voltamos pra Alepo, um quadrado escuro dominou meu coração, deixando-o pesado. Não sei se foi por causa dos céus escuros ou porque esses três dias realmente mudaram nossa cidade, mas tudo parece a sombra de um anjo negro. Um dos prédios, com um carro estacionado no térreo, lembra um anjo com a cabeça caída. Talvez anjos maus assombrem nossa cidade, ou talvez essa seja a cidade dos anjos maus.

Seguro nas mãos de Yasmine pela primeira vez. Sussurro baixinho a prece que Baba me ensinou. Sinto uma aranha tecer sua teia em volta das camadas do meu coração. Repito a prece baixinho esperando uma transmissão de pensamentos positivos. O carro não está longe da nossa casa. Consigo sentir que Yasmine me mira com seus olhos por eu ter segurado sua mão, mas eu não devolvo o olhar. Tenho medo de perceber à minha volta alguma coisa de que eu não gosto. Minhas sensações quase sempre estão certas; espero que dessa vez essa sensação não seja um mau pressentimento. Baba abre a janela e acende um cigarro, e pela primeira vez olho pra sua mão alcançando a janela e não reconheço as linhas dela.

Começo a me sentir um pouco melhor depois de repetir minhas preces. Contornamos nossa casa e, assim que o carro para, eu saio correndo. Acelero no pequeno beco que conduz à nossa porta à direita, e para minha surpresa a porta está um pouquinho aberta. Pergunto gritando a Yasmine se alguém esqueceu a porta aberta antes de a gente viajar. Isa vem correndo, jurando que trancou a porta e verificou duas vezes antes da viagem. Ele empurra a porta lentamente e entra, eu o sigo e saio da casa correndo de novo. Vejo um anjo negro correndo na minha direção, corro até Yasmine e peço pra ela entrar e ver. Yasmine me segue conforme eu corro. Ela entra na casa lentamente e vê Isa catando nossa mobília do chão. Yasmine dá um grito e cai no chão. Tento levantar Yasmine e Isa vem me ajudar. Nós a deitamos no chão, mesmo porque toda a mobília está quebrada ou atirada pela sala. Isa olha pra cima e faz uma reza, pedindo a Deus que nos perdoe e nos ajude. Baba e os outros dois meninos entram com as malas e as deixam cair apavorados. Todos reagem do mesmo jeito: caminham pela sala rezando a mesma prece. Isa trouxe água para borrifar no rosto de Yasmine. Vou até as cadeiras e começo a levantá-las.

Tariq se senta ao meu lado e pergunta se estou bem; não respondo, mas olho para o chão. Ele me puxa pra trás lentamente e põe o dedo sobre a boca dizendo para eu ficar calado. Fico parado onde ele me deixou e aguardo alguma coisa acontecer. Não sei se estou esperando o pior ou torcendo pelo melhor. Seja como for, estou congelado nesse lugar aguardando que me digam o que fazer com meu corpo. Já a minha mente está martelando como um tambor com a música de fundo abafada pelo meu medo. Por que está tudo de cabeça para baixo e a porta está aberta? O que aconteceu? Tinha uma guerra acontecendo lá fora, e agora uma guerra começou aqui dentro.

Tariq pede pra eu ir à cozinha pegar umas frutas para Baba porque a glicemia dele baixou. Estou vendo todos da minha família ruir, um a um. Nunca achei que esse dia ia chegar. Sempre pensei que eu é que sempre precisaria de ajuda, mas agora eu estou do outro lado do balcão e não sei como lidar com as coisas. Se mamãe estivesse aqui, ela saberia o que fazer. Mamãe era as nossas asas; agora estamos sem asas e sem esperança.

Vou até a cozinha, e para minha surpresa parece que ela mal foi tocada. Tudo está em seu lugar, e eu abro a geladeira, pego uma maçã, corto em quatro e ponho num prato. Baba está sentado com a mão na testa e Yasmine está deitada com borrifos de água caindo do rosto. No meu quarto eu tenho uma pintura que se parece exatamente com esse momento. Aperto com mais força o prato na mão e fico enjoado ao fazer essa associação. Tariq me chama e eu corro com o prato até Baba e ponho no colo dele. Seu rosto está pálido como o de um fantasma. Nunca vi um fantasma, mas já ouvi essa metáfora tantas vezes que vou simplesmente presumir que um fantasma é branco. Eu me sento no chão ao lado de Yasmine e Baba e fico pensando em como chegamos a esse ponto. Vivíamos uma vida com uma rotina perfeita que me fazia bem e agora não sei mais onde estamos ou o que está acontecendo. A guerra suspende muitas incertezas acima da minha cabeça, como uma nuvem cinza esperando para chover e trovejar. Não quero que ela troveje em cima de mim.

Tocam a campainha, e Khalid, que estava arrumando a mobília, vai abrir a porta. Se eu não ficar pensando nisso, consigo apagar o fato da memória, e será como se apenas um furacãozinho tivesse passado por aqui. Sempre quis que aparecessem um quadro e uma borracha na nossa mente quando fechássemos os olhos para podermos reescrever nossas memórias ou simplesmente apagá-las. Quando eu crescer, quero estudar o cérebro para produzir uma invenção assim.

Ouço uma voz desconhecida, e em seguida uma menina entra com sua mala e fica parada junto à porta. Ela se parece muito com Baba, mas não sei quem é. Baba dá um pulo e a abraça enquanto ela chora no ombro dele. Não acho que a conheço, então me aproximo pra dar uma olhada melhor. Ela tem um perfume tão forte e tanta maquiagem que parece não ser da região. Baba a faz se sentar enquanto Khalid e Tariq põem a mobília de volta no lugar. Eu ouço a conversa enquanto Yasmine lentamente se levanta e cumprimenta a garota também. Ela pergunta o que aconteceu na casa, mas quando Baba começa a explicar, ela diz a Baba que o marido dela morreu. Baba interrompe a frase no meio. Tem tanta coisa acontecendo ultimamente que eu não sei o que ele está pensando agora. Só espero que ele não caia no chão. A garota explica que o marido saiu certa noite e foi baleado pelo exército.

— Eu fiquei vagando pela estrada e preciso de uma casa, agora que ele me deixou.

Ela se apresenta a mim como Amira, e seus lábios se projetam como o desabrochar de uma rosa. Ela é linda. Amira significa "princesa" em árabe, e embora eu nunca tenha conhecido uma princesa, não acho que ela esteja muito longe de ser uma. Ela tira o lenço da cabeça e seus cabelos escorrem pelos ombros e se encaixam perfeitamente no lugar. Fico encarando intensamente até que Yasmine bagunça meu cabelo com delicadeza e ri um pouquinho. Ela ainda está em choque. Amira também ri um pouquinho, mas suas lágrimas ainda estão caindo. Quero pintá-la.

Amira vai ficar com a gente por um tempo e vai dormir no quarto de Yasmine.

Amira ficou o dia todo sentada à janela da sala retocando o rosto. Seus olhos têm uma aparência opaca, uma névoa que não dá pra apagar. Pelo resto da tarde limpamos a casa e Yasmine fez o jantar. Assim que a noite cai, Amira sai da janela e fica no banheiro por mais tempo que o normal. Espero vinte desesperados minutos para poder ir também.

Agora que Amira mora com a gente, temos ainda menos comida. Gosto dela, mas estou sempre com fome e portanto me sinto cansado boa parte do dia. Desde que ela se mudou pra cá e a escola fechou, não consegui fazer muito mais que pintar e ler. Baba diz que posso jogar algum jogo no computador para relaxar quando a eletricidade voltar. Faz quatro dias que não tomo banho porque a água acabou. Estou fedendo e sinto meu fedor, mas tudo está mudando tão depressa e eu não consigo acompanhar. Eu me olhei no espelho ontem e minha cara tinha um aspecto molambento que me recuso a aceitar, então não vou mirar no espelho de novo até tomar banho. Todos aqui parecem cansados e parecem se arrastar pela casa. Agora toda noite ouvimos tiros e bombardeios. Isso se tornou uma parte normal da nossa vida.

Tariq volta pra casa depois de alguns dias com um enorme sorriso no rosto. Faz tempo que não temos nenhuma felicidade.

— Tenho uma surpresa pra você, Adam.
— Uma surpresa! Me mostraaa!
— Feche os olhos e venha cá.
— Mas não enxergo aonde estou indo...

— Venha, vou cobrir seus olhos com minha mão e te levar.

As mãos de Tariq são tão grandes que cobrem uma à outra quando ele tampa os meus olhos. Os dedos são frios e compridos, pouco aconchegantes. Projeto minhas mãos à frente do corpo só por precaução. Caminhamos onze passos e paramos sem dizer nenhuma palavra. Eu toco seus dedos em busca dos nós. Ele tira as mãos e por alguns segundos só consigo ver estrelas cadentes vindo em minha direção.

— Surpresa!

Não consigo focar no que Tariq está apontando com minha cidade desmoronando atrás do objeto. Há umas pedras enormes e poeira na frente de uma sequência de lojas do lado oposto à nossa casa, e lá longe tem uma fumaça cinza cobrindo boa parte do céu. Olho para baixo e vejo a bicicleta que Tariq está apontando.

— Tariq, é pra mim?

— Gostou?

— Sim... Sim... Sim!

— Quer aprender a andar agora mesmo?

— Sim! — Salto sobre a bicicleta e caio do outro lado. Tariq ri de mim, me levanta e me põe firme no selim. Ele curva o corpo sobre mim e segura no guidão, dizendo para eu pedalar. Eu obedeço e começo a me mover devagar. Eu achava que as bicicletas eram mais velozes. Damos uma volta no quarteirão com Tariq ainda me ensinando, e logo consigo ir mais e mais rápido. Vou poder voar se eu for mais rápido e pedalar mais forte. Adoro essa sensação de que posso largar tudo e voar com minha bicicleta como em ET, *o extraterrestre*. Nunca pensei que pudesse ser tão divertido.

— Onde foi que você arranjou essa bicicleta, Tariq?

— Encontrei quebrada e consertei.

— Você consertou na universidade?

— Sim, lá mesmo.

— Eu queria estar na universidade!

— Ha, ha, é um saco! Aproveite a juventude e a liberdade.

— Mas eu me sinto velho.

— Adammmm! — Baba me chama e eu olho mais uma vez pro rosto de Tariq e corro de volta pra casa. Não sei por que ele me respondeu de um jeito assustador. Eu só queria ser mais velho pra poder fazer coisas por conta própria também.

Baba me puxa pra dentro assim que eu chego e diz para Tariq correr. Ele fecha a porta depois de entrarmos e diz para o seguirmos. Vamos até o seu quarto e ele abre outra porta que eu sempre pensei que fosse um armário. Descemos alguns degraus até chegar num quarto pintado de branco, cheio das pinturas que eu dei pra mamãe pendurar.

— Essas são minhas pinturas, Baba.

— Garotos, caso aconteça alguma coisa e vocês não tenham pra onde ir, ou se o exército chegar atacando, se escondam nesse quartinho e tranquem a porta. Parece um armário; ninguém vai adivinhar que vocês estarão aqui dentro.

Tem um toca-discos no canto do quarto e uma grande pilha de vinis.

— Você vai vir com a gente, Baba?

— Quem entrar aqui não tem que se importar com quem ficar lá fora; cada um é dono de si. Agora você é um homem, certo, Adam? Você tem que se garantir por conta própria. Pode ser que a gente não se encontre no fim.

— A Yasmine sabe disso?

— Contei pra todos, você é o último a saber.

— Baba, não quero que a gente se separe.

— Adam, você é um homem. Homem não sente medo. Você só deve sentir medo do som do próprio choro.

Capítulo Oito
Vermelho

Passamos a última semana sem luz; agora vivemos num mundo diferente. Todos estão escuros e deprimidos, exceto Amira, que ainda se senta à janela com sua maquiagem colorida. Mas ela ainda chora. Não ando conseguindo dormir bem ultimamente. Não consigo deixar de pensar em mamãe e em quem vai visitá-la primeiro. Penso em voltar ao quartinho que Baba nos mostrou e ficar lá ouvindo discos, mas não tem eletricidade. Quero saber que discos ele tem. Saio do meu quarto e olho para os dois lados do corredor antes de ir na ponta dos pés até o quarto de Baba. Colo meu ouvido à porta para saber se Baba está lá dentro. Não ouço nada e lentamente abro a porta. Antes que eu consiga entrar, Yasmine me chama da cozinha. Por que todos sempre estão me chamando?

— Leve alguma comida para os vizinhos, Habibi.

— Por quê, Yasmine?

— Não seja ganancioso, Adam, temos que cuidar dos nossos vizinhos, isso é ter boas maneiras.

— O que teremos para o jantar, Yasmine?

— Arroz.

— Arroz com o quê?

— Só arroz.

Minha vontade é gritar que temos que guardar a comida na casa porque a gente não tem comida, mas eu só fico escutando pra não deixá-la chateada.

Yasmine costumava mudar de cor dependendo do seu humor, mas agora ela é de um cinza constante. Não sei se é porque eu não tenho energia pra prestar atenção ou porque ela realmente está muito monótona agora. Acho que é porque ela não pode ver o rapaz que ama. Eu queria saber a verdade em vez de sempre tentar entender tudo como se fosse um mistério. Adoro mistérios, mas estou cansado de ser o Sherlock Holmes.

Farejo o prato que Yasmine me dá. Estou muito tentado a tirar o papel-alumínio e pegar um pouco da comida. Olho pra trás, ninguém está olhando, então abro o papel, mas, assim que vejo o arroz, fecho de novo e peço perdão a Deus. Talvez os vizinhos precisem mais do que eu. Bato na porta dele três vezes e aguardo e depois bato mais três vezes e chamo pela mãe.

— Tia, cheguei com comida.

Não ouço resposta.

— Mohammed? Tio Jamal?

Empurro a porta um pouquinho e vejo que está aberta. A casa tem cheiro de unhas arranhando metal. Essa imagem espeta minha mente e eu tenho que fechar os olhos e cobrir os ouvidos por causa do impacto; só de pensar nisso já fico enjoado. Passo até a sala com meu prato de arroz e naquele silêncio total ouço o movimento de algo que soa como um rato. A sala tem uma curva que não me permite ver o fim do cômodo, então eu viro à direita, e o cheiro fica mais forte. Não ouço mais meu coração batendo e deixo cair o prato de arroz no chão. Vejo toda a família enroscada na direção da parede; corpos cobertos de sangue seco e com poças ao redor. Estão todos bem-vestidos, e as mulheres têm lenços na cabeça. Isso significa que estavam se preparando para ir a algum lugar. O cheiro penetra mais fundo na minha cabeça e eu quase consigo farejar o medo que eles sentiram antes que tudo isso acontecesse. Eu me aproximo um pouco mais para ver os rostos e todos eles estão de olhos fechados, exceto a mãe. Saio correndo. Os olhos dela jorravam cor-de-rosa. Passo pelo arroz derrubado e por um milésimo de segundo vejo uma sombra sair do outro quatro. Eu congelo. E se alguém tiver se escondido para me matar? Não quero morrer. Grito muito alto, mas minhas pernas não me levam embora. Nos meus sonhos, sempre acordo às lágrimas quando não consigo me mover. Mas isso aqui é a realidade, e lágrimas de nada adiantam. Inspiro e expiro silenciosamente e saio da casa na ponta dos pés. Assim que vejo a luz do dia na porta, saio correndo por ela e, sem prestar atenção, olho para a minha camiseta cheia de vômito.

— Adam. — Ouço alguém sussurrar atrás de mim. Corro até a porta de nossa casa e até Yasmine na cozinha.

— O que foi, Adam, o que foi? — Yasmine me sacode. Não consigo recuperar meu fôlego nem achar palavras. Não consigo nem me mexer.

E vomito mais uma vez.

Acordo vendo o rosto do filho caçula do vizinho. Todo o acontecido me vem à lembrança e eu não entendo como ele chegou até aqui. Talvez eu tenha imaginado tudo aquilo. Espero muito que sim.

— Você desmaiou de novo.

Levanto e vejo Yasmine no cantinho do sofá, com o rosto muito pálido.

— Yasmine, o que aconteceu?

Yasmine olha para Ali, nosso vizinho.

— Lamento que você tenha visto aquilo. — Yasmine costuma me tratar por "Habibi" e sempre me explica tudo com simplicidade, mas agora ela nem mesmo olha pra mim quando tem algo a dizer.

— O que aconteceu com eles?

Ali começa a narrar tudo de um jeito que nem parece se tratar de sua própria família. Ali é dois anos mais velho que eu, então ele tem dezesseis.

Aparentemente o exército entrou na casa e começou a blasfemar e xingar todo mundo e eles os alinharam e abateram todos a tiros. Ali estava escondido debaixo da cama. Mesmo tendo dezesseis, ele parece ter dez e cabe debaixo de qualquer lugar. Isso aconteceu ontem, e Ali não se mexeu nem saiu correndo até que eu entrei na casa. Era ele se mexendo e era dele a sombra que eu vi. Depois que desmaiei, Tariq e Yasmine foram até a casa do vizinho e viram tudo. Eles encontraram Ali e o trouxeram pra cá.

— Ele também vai morar com a gente, Yasmine?

— Adam! Não seja rude!

— Estou só perguntando, não estou sendo rude.

— Sim, ele vai.

Todo mundo está morando com a gente. Nossa família está desmoronando. Até agora eu não sabia como uma guerra podia ser desagradável.

— Nós vamos enterrar eles? — pergunto a Yasmine. Não vou conseguir dormir sabendo que tem cadáveres na casa ao lado.

— Não temos como tirá-los de lá, não temos dinheiro pra quatro caixões.

— Vai deixá-los lá?

— Por enquanto, sim.

Não quero ter mortos como vizinhos.

— Queremos liberdade, queremos o fim do regime! Queremos liberdade, queremos o fim do regime!

Yasmine se levanta e estapeia Khalid assim que ele entra e começa a cantar isso.

— Que diabos?!

Corro atrás de Yasmine.

— Se você quer cantar, cante lá fora, não traga suas opiniões pra dentro desta casa, está entendido? Não quero uma revolução aqui dentro também. Já é ruim o bastante. Estamos todos perdendo a cabeça e tem gente morrendo sem motivo, e você aí pedindo mais!

Eu nunca tinha visto Yasmine falar tanto ou ficar tão irritada.

Khalid sai depressa e Yasmine o xinga.

— Calma, Yasmine, você não tem como controlar tudo o que se passa nesta casa — diz Baba a ela.

— Então me deixem viver minha própria vida em vez de viver a de vocês! — grita Yasmine e corre pro seu quarto. Nossos dois hóspedes desviam o olhar como se não conseguissem ouvir o que está acontecendo. Não consigo tirar meus olhos da porta de Yasmine.

— Vamos buscar comida, Adam. — Baba me acorda com uma sacudida de leve.

— Vamos comprar comida?

— Isso, vamos, só eu e você. — Levanto em um salto e antes de contar até cinquenta eu estou na frente de Baba. Faz dias que estou faminto. Estou com desejo de legumes recheados, arroz e torta de maçã. Acho que até sonhei com isso.

Baba e eu andamos por uma cidade morta. Não há uma única pessoa à nossa volta. Há teias de aranha na porta do vizinho. Baba me conta histórias sobre o profeta Maomé enquanto caminhamos. Essas histórias sempre me inspiram a dar o meu melhor. Quando chegamos à feira, encontramos apenas duas barracas abertas na rua inteira. Detrás de cada barraca tem dois homens louvando a Deus usando contas de oração. Um deles limpa os dentes usando um pincel marrom chamado *miswak*, que o profeta — que a paz esteja com ele — costumava usar. Baba tinha um e eu tentei usar, mas o cheiro era estranho e eu não me acostumei. Porém é legal ver os outros usando. As barracas não estão tão coloridas quanto costumam estar, mas no momento tudo me parece muito saboroso. Praticamente só há tâmaras.

— Por que tem tanta tâmara, Baba, e nada mais?

O homem me ouve falar com Baba e me afaga a cabeça.

— Rapazinho, uma casa sem tâmaras é uma casa faminta, disse o profeta, que a paz esteja com ele. Basta comer três tâmaras toda vez que sentir uma pontada no estômago para esquecer a fome.

Eu sorrio e olho para Baba.

— É verdade, Adam; vamos, escolha quantas tâmaras quiser.

Gosto das minhas tâmaras bem macias e de um marrom brilhante. São as mais doces. Baba compra uma sacola enorme de tâmaras, umas poucas bananas e me dá uma.

— Obrigado, Baba.

— Quer saber um negócio interessante?

— Sim, Baba.

— Uma vez li num livro que muitas frutas e legumes parecem certas partes do corpo e de fato fazem bem para essas partes. As nozes, por exemplo, lembram cérebros, e está comprovado que fazem bem para o cérebro. As uvas pendem num cacho que lembra o formato de um coração e são boas para o coração. Não é curioso?

— Tem certeza de que isso é verdade, Baba? Parece lenda.

Baba ri e me garante que é verdade. Adoro ouvir Baba me contar fatos e histórias. Ele sabe de tudo. Um dia quero saber de tudo, como ele. Mas não quero ser professor como ele, porque não sou bom com pessoas. Voltamos pra casa caminhando com duas sacolas cheias de tâmaras e bananas. Daqui consigo ver o prédio da minha escola. As luzes estão apagadas e parece que ninguém entra nela faz muito tempo. Ouço passos pesados atrás de mim. Olho pra trás e vejo quatro homens caminhando em duplas. Andam depressa e nos ultrapassam. Daqui percebo que os dois que vão atrás estão apontando armas para os dois da frente.

— Baba, eles têm armas!

Baba cobre a minha boca e me puxa para trás de uma casa.

— Adam, não diga uma palavra, podemos ser mortos.

Eu congelo ali mesmo. Como pode todo mundo agora falar da morte com tanta facilidade? Antes nunca falávamos da morte. Seguro na camisa de Baba e fico atrás dele. Ele não diz nada. A distância ouço a voz de alguém gritando.

— Tenha fé em Deus, nunca perca a fé em Deus!

— Calem-se, seus... — É o que acho que os caras com as armas responderam. Não posso repetir a palavra que disseram, mas foi muito feia. Baba tapou meus ouvidos. Porém eu ouvi. Baba diz que não tem problema andarmos e então andamos devagarinho atrás deles. Estão a quatro metros à nossa frente, eu contei. Baba põe um dedo sobre os lábios e eu me limito a segui-lo sem pressa. Não tiro os olhos dos homens. Ouço os homens armados conversando em voz alta, mas não consigo entender o que dizem. Parece ser árabe, mas é um dialeto muito estranho que não vem de nenhuma região árabe. Soa como árabe em um dialeto bem estranho que não pertence à região. Eles me soam como estrangeiros falando árabe. Eu não sabia que estrangeiros podiam se alistar no exército. Preciso perguntar sobre isso a Baba... Antes que eu consiga terminar a frase na minha cabeça, os dois homens mais à frente se agacham e correm com uma rapidez que nunca vi. Cantam "Deus é grande" enquanto tentam fugir. Um deles cai no chão e um dos homens armados o agarra e atira nele. Nunca ouvi um tiro tão de perto nem vi ninguém ser baleado. Não consigo descrever. O mundo parou por um segundo quando o tiro foi disparado. O homem no chão deu um salto quando a bala o acertou e eu vi sangue jorrando. Depois ele continuou imóvel. O segundo soldado capturou o outro moço e, enquanto eu esperava mais um tiro e cobria meus ouvidos, ele torceu o pescoço do homem e cuspiu nele. Ainda consigo ouvir os ossos rachando. Baba me puxa para trás de outro prédio e olha pra mim. Ele murmura a palavra "Desculpa" e me deixa segurar na sua camisa até que os passos sumam do alcance. Eu choro porque não gosto da guerra. Sinto meu corpo tremer, mas não consigo controlar. Vejo Baba embaçado. Porém sua voz é nítida; ele está orando por mim. Fecho os olhos bem apertado e penso em como mamãe ficaria triste se eu não fosse forte o bastante. Abro os olhos e digo a Baba que estou pronto pra partir. Passamos pelos dois corpos no chão. O primeiro abatido parece só estar adormecido e sonhando. Quem me dera. Porém o segundo tem sangue escuro no pescoço, mas é dentro dele. O rosto parece horrorizado. Me lembra um filme de terror que vi uma vez com Khalid. Não consegui dormir a noite toda. O outro homem não tem muito cabelo, mas este aqui tem cabelo comprido até os ombros. Seu cabelo é a única coisa nele que parece ter vida. Sigo Baba rapidamente até nossa casa, três portas depois, e guardo na memória uma ideia de pintura.

Assim que chegamos à porta, Yasmine se sobressalta e pergunta se estamos bem. Baba não diz nada e continua caminhando. Yasmine continua me perguntando o que aconteceu. Isso é o máximo que ela fala comigo há dias.

— Atiraram em dois homens, Yasmine.

— Vocês viram eles sendo mortos?

— Sim, foi muito assustador.

— Meu pobre Adam, você está bem?

— Sim, Yasmine, estou bem. Posso te contar um segredo?

— Claro.

— Tenho uma nova ideia para uma pintura.

— Qual é?

— De todo mártir que eu encontrar, vou tirar um pouco do seu cabelo e fazer um retrato. — Yasmine salta pra trás.

— Adam, você enlouqueceu? Não toque em ninguém.

— Só no cabelo.

— Não! Estamos entendidos?

Yasmine está gritando comigo sem motivo. Não gosto quando ela fica roxa comigo, mas eu simplesmente digo "Entendido" e vou pra cozinha. Ainda quero aplicar minha ideia. As tâmaras já foram colocadas num prato e as bananas numa tigela. Me sirvo um tantinho de leite num copo e como três tâmaras. Baba estava certo e eu não sinto mais fome. Abro a torneira pra beber água, mas sai um líquido laranja. Eu não sei por que está cor de laranja, então espero ela ir embora, mas ela não vai. Eu não posso beber essa água.

— Yasmminneeee!

Yasmine vem até a cozinha e não diz nem uma palavra. Abaixo minha voz e digo que não tem água pra beber.

— Vou te mostrar a única coisa que podemos fazer. — Yasmine enche uma panela com água da torneira e põe pra ferver no fogão. A eletricidade volta todo dia por uma hora. É quando conseguimos fazer tudo.

— Vamos beber água quente, Yasmine?

— Não temos escolha. Tente ligar a caldeira no banheiro, veja se funciona. O resto de nós precisa tomar banho hoje.

— O resto de nós?

— Ali, Amira, Khalid e Tariq tomaram banho ontem quando voltou a água.

Corro ao banheiro em quatro passos; estou ficando muito veloz. A caldeira está ligada, mas a luz não está vermelha e a água ainda está fria. Eu realmente preciso de um banho. Sinto meu fedor e o sebo no meu cabelo. Isso deixa minha cabeça mais pesada.

— Yasmine, não tem água quente! — digo sem fôlego.

— Certo, vou aquecer um pouco de água pra você beber e tomar banho, mas tem que ser rápido para sobrar para os outros.

— Mas como vou tomar banho com a mesma água que vou beber?

— Faça como mandei, não temos muita escolha.

Saio da cozinha e lá fora aguardo a água ferver. Pensei que a guerra unia as famílias; mas agora é cada um por si. Nunca pensei que Yasmine fosse me deixar sozinho.

Eu me sinto livre pela primeira vez em séculos. Estar na água me faz esquecer todas as coisas que me deixam triste. Deito-me na banheira e penso na ideia que tive para minha pintura. Eu poderia criar uma série de pinturas que reunissem o sangue coagulado de nosso país. Tirei essa frase do noticiário. Me soou bem. Vou me divertir muito tentando trabalhar com cabelo e tinta pela primeira vez. Já consigo visualizar os olhos que vou desenhar e depois delinear com fios de cabelo. Não sei o que significa a expressão "obra visceral", mas uma vez vi um programa e o apresentador de TV disse que certa pintura incrível era uma "obra visceral". Quero que minha pintura seja uma obra visceral também.

Começo a brincar mentalmente, pensando em títulos de filmes que começam com a última letra do primeiro filme que vier à minha cabeça. Ouço uma batida na porta e Baba pede que eu me apresse. Não quero sair da água. Eu bebo um pouco da água que me envolve porque não sei quando poderei beber tanta água novamente.

Depois de me vestir, eu ligo a TV para assistir a algo que me alegre. Ultimamente tenho ficado muito entediado em casa. Ali entra e se senta ao meu lado. Ele nunca foi meu amigo. Na escola ninguém costumava falar comigo e agora ele está tentando saber quando é que eu acho que vou poder voltar à escola. O rosto dele sempre pareceu ter um aspecto realizado. Como se estivesse satisfeito com tudo o que tinha. Uma vez tive um devaneio de que ele queria ser meu amigo e durante o resto do dia fiquei encarando-o na expectativa de que ele pudesse ler minha mente. No fim, ele e os amigos dele ficaram rindo de mim por ser estranho. Agora o rosto dele parece vazio. Não quero mais ser amigo dele. Ficamos sentados vendo *Punk'd* com o Ashton Kutcher. Acho-o muito engraçado e ele me faz lembrar o Omar, amigo do Tariq. Ele se parece muito com ele. Acho até mesmo que fala como ele, mas Tariq diz que eu exagero. Ali e eu rimos muito alto de uma pegadinha que ele faz com o Zac Efron. É claro que estamos vendo o episódio com legendas em árabe. Da minha sala eu sou o melhor em inglês, mas em escrita, não em conversação. Acho difícil entender os diferentes sotaques. O mais difícil pra mim é o irlandês. Ali gosta do Zac Efron. Eu lembro que na escola ele chegou com um pôster do Zac Efron e o pregou na sua carteira. No fim do dia, o professor confiscou o pôster, mas uma semana depois ele o pegou de volta. Eu não gosto muito do Zac Efron, prefiro o Leonardo DiCaprio. Yasmine ama todos os filmes dele, e quando está passando algum na TV ela não permite que ninguém se dirija a ela.

Eu me pergunto se Ali sente falta da família. Ele parece muito quieto em relação a isso e está rindo normalmente. Alguns meses depois da morte de mamãe eu ainda era totalmente incapaz de rir. Até mesmo hoje, quando rio, nunca é como era antes.

Isa vem à sala e bagunça meu cabelo.

— Do que é que estão rindo? Deixa eu participar.
— Fizeram uma pegadinha incrível com o Zac Efron no *Punk'd*.
— Posso me sentar aqui do seu lado no sofá?
— Sim, pode vir, Isa.

Isa tem um cheiro bom, não importa o que aconteça ele tem um cheiro almiscarado. Sentar ao lado dele me deixa feliz.

— Isa, você vai mostrar seus poemas ao Ali depois?
— Só se ele quiser. Quer ouvir, Ali?

Ali concorda com a cabeça e sorri. Já faz cinco dias que ele mora com a gente, mas ainda não diz muita coisa.

O segundo episódio é exibido, e Ashton Kutcher começa a falar. Antes mesmo de saber quem é que vai ser tapeado hoje no programa, sinto a terra tremer. Imediatamente começo a rezar e olho pra Isa.

— Calma, vou ver o que está acontecendo.

Eu o sigo até a janela. Yasmine vem correndo e me pede pra dar lugar pra ela poder ver. Não conseguimos ver muita coisa, mas o céu fica preto de repente, mesmo sendo de manhã. A cidade está cheia de fumaça, consigo até sentir o cheiro entrando na casa.

— Ligue no jornal, rápido! — Baba vem correndo até a sala.

A tela está passando as notícias de última hora e aparece a mesma mulher que vem me contando o que está acontecendo na minha rua antes mesmo de eu ficar sabendo.

— Dois mísseis foram disparados contra a cidade de Alepo hoje e o resultado começa agora a cobrir a cidade de fumaça. Dezessete pessoas ficaram feridas. Este cidadão relata o que aconteceu: "Eu estava com o meu filho limpando o carro quando sentimos o chão tremer por uns cinco segundos e vimos mísseis passando por cima de nós. Parecia a trombeta do dia do Juízo Final. É um chamado para a ação, só pode".

Baba desliga a TV e tenta inspirar e expirar.

— Maha, pegue um copo d'água pra mim.

Todos nos viramos e ficamos paralisados ao ouvir o nome da mamãe. Sinto minha coluna estalar e os fios de cabelo no meu rosto me cutucar. Não ouvi Baba dizer o nome da mamãe nem uma vez desde que ela nos deixou. Baba não abre os olhos, nem mesmo se corrige.

— Baba, essa é Yasmine — digo a ele.

— Alguém me pegue água logo, por favor.

Yasmine vem com um copo d'água da jarra que enchemos mais cedo. Baba toma tudo num gole só.

A sala nunca pareceu tão agitada antes; todos estão olhando pela janela. Olho ao meu redor e percebo como a sala lembra uma paleta de cores; eu poderia pintar a guerra com as cores do rosto deles. Tariq liga a TV de novo. O noticiário ainda está falando do bombardeio. Eu me concentro no que estão dizendo. Eles exibem uma cobertura ao vivo. Posso ver minha escola lá longe. Agora tem muitos prédios no chão e pessoas estão correndo. Vou até a janela a tempo de ver um prédio alto, a três ruas de distância, juntar poeira e desmoronar como uma casa feita de Lego. Agora os gritos são mais fortes e ouvimos sirenes. A eletricidade acaba e a TV se apaga. Tem uma mulher correndo com seu filho e alguns homens indo logo atrás. Um deles passa por nossa janela e vejo o formato de uma arma em seu bolso. Eu já não sei mais quem é bom e quem é mau.

Essa guerra é injusta, ninguém usa uniforme ou dá pistas. Uma mulher que parece ter a mesma idade de Yasmine passa correndo por nossa janela alguns minutos depois, mas parece estar lutando com seu vestido. Ela para por um segundo, se vira e nos vê olhando pela janela. Consigo perceber a confusão que há nos olhos dela. Nenhum de nós se move pra oferecer ajuda; a janela é como uma barreira. Estamos observando a mulher como se fosse uma tela de cinema. Ela levanta o vestido e sai correndo. Eu me sinto mal assim que ela sai correndo. Podíamos ter ajudado, mas ficamos lá parados observando.

As coisas começam a se acalmar passadas quatro horas do incidente. Nossa rua não sofreu a força total do golpe, mas sentimos o tremor e uma de nossas paredes agora está um pouco torta. Pode cair sobre nós a qualquer momento. Isa sintoniza o rádio de pilha no Corão. Todos nós sentamos em círculo como fizemos no funeral da mamãe. Isso tudo me parece familiar demais; nossas caras estão compridas do mesmo jeito. Baba tosse forte e quase consigo ouvir a secura de sua garganta. Ninguém diz nada. Tento pensar em algo para dizer ou fingir conversar, mas não apenas minha boca está seca, como também meus pensamentos. O elástico que tenho na mão começa a pedir para ser puxado. Minha cabeça fica girando em círculos ao redor dos ombros e eu começo a piscar rápido. Esse lugar está começando a me deixar incomodado. Enquanto giro minha cabeça, noto a expressão facial e os movimentos de cada um. Todos os sete estão balançando pra frente e pra trás em ritmos diferentes. Parecem aqueles grupos religiosos que se sentam em círculo e se embalam entoando algum louvor religioso. Começo a ficar zonzo olhando pra todos eles e me concentro em Baba. Seus olhos parecem embaçados, ou leitosos — isso os descreve melhor. Só vi olhos como esses na vovó, mas a mamãe disse que isso se devia à velhice. Porém Baba não é velho, ele tem... Não consigo adivinhar quantos anos ele tem, mas ele não é velho. Deve ter só uns cinquenta.

— Adam, você está bem? — Yasmine me pergunta, e eu perco a concentração e me viro para ela.

— Sim.

Levanto e começo a puxar meu cabelo na nuca. Cresceu demais desde a última vez que verifiquei, agora já passou do meu pescoço.

— Aonde você vai? Fique aqui, devemos ficar juntos agora.

— Não quero, Yasmine, estou entediado.

— Você tem razão; estamos todos em segurança e em união, deveríamos agir com alegria. Vamos jogar algum jogo de tabuleiro ou ver um filme. O que acha, Baba?

Yasmine olha pra Baba, que nem se mexe. Acho até que ele nem a ouviu. Dou um tapa na mão de Baba, mas ele continua parado. Bato mais forte e ele gira a cabeça com muita lentidão, como se ela fosse pesada demais para carregar. Ele me lembra uma coruja que uma vez vi no zoológico com a mamãe que girava a cabeça contornando todo o pescoço. Acho que depois daquilo tive pesadelos por uma semana.

Yasmine repete a pergunta, mas Baba só pede pra ela trazer mais água. Eu vou no lugar dela. Preciso fugir; estou começando a sentir meu peito se apertar e ficar verde-escuro. Mal sobrou água, mas mesmo assim encho um copo e caminho lentamente até a sala de estar, pra não derramar.

— Yasmine, não tem mais água.

Entrego o copo a Baba, mas ele atira a água da minha mão. Eu o miro dentro dos olhos e juro que por um milésimo de segundo vi suas pupilas ficar branco-acinzentadas.

Olho pra baixo e vejo minha mão sangrando. Não sinto dor nenhuma, mas já consigo sentir o cheiro dela. O cheiro sobe à minha cabeça e sinto braços e pernas anestesiados.

— Yas... mine... — Minha voz estremece ao chamar Yasmine, mas ela não se volta pra mim. Sinto uma mão na minha cintura e sou lentamente deitado no sofá. Ergo o olhar e vejo o rosto de Amira. Ela tem purpurina nas pálpebras. Fecho os olhos e tento inspirar e expirar para não desmaiar. Amira brinca com o meu cabelo e começa a cantar. Abro os olhos e fito o rosto dela. Sua voz parece pertencer à garota que tem olhos de Nutella. Sua voz lembra as ondas do mar. A voz me conduz até a praia em que estivemos e eu me concentro mentalmente nas ondas batendo. Sinto minha cabeça começar a melhorar e sorrio. Me pergunto o que será que a garota com olhos de Nutella está fazendo agora.

Yasmine se aproxima de mim e pergunta se estou bem, enquanto Amira limpa o corte no meu dedo. É estranho ser cuidado por duas mulheres. É como se fossem Yasmine e mamãe, só que não são. Os meninos se levantam e fumam fora de casa, e a sala parece mais escura sem eles. Sento-me e resolvo ir ao meu quarto pintar, estou sentindo uma pintura vindo. Tive sorte de não ter cortado o dedo com que faço minhas pinturas. Pego meu estojo de lápis e começo a esboçar um desenho dos meus irmãos lá fora de casa, da maneira que eu vi. Dois deles se apoiam na parede com uma das pernas levantada e Isa encara os dois. A fumaça que produzem se une no meio do triângulo. Começo a desenhar os olhos, mas estou achando difícil. Vejo fogo nos olhos de Tariq, a bandeira síria nos olhos de Khalid, mas não consigo identificar o que tem nos olhos de Isa.

Acho que seus olhos simplesmente estão vazios, como se estivessem procurando algo a que se agarrar. Dou uma risadinha e resolvo desenhar um leão nos olhos de Tariq, em vez de fogo. Adoro desenhar leões. Sou muito bom com leões, pratiquei bastante. Termino de fazer o esboço e pego outro lápis com grafite mais grosso para escurecer.

Capítulo Nove
Marrom

Yasmine está no chão com a mão no rosto e Baba de pé gritando com ela:
— Como pôde fazer isso comigo?
Yasmine ergue o olhar sem dizer nada. O que Yasmine fez? Eu amo Baba por cuidar de nós e nos ensinar coisas novas todos os dias, mas agora ele está diferente.
— Eu sou Yasmine. — A voz de Yasmine está trêmula, como um sachê de sal depois de agitado.
— Quem é Yasmine? — pergunta Baba.
Meto a mão entre os cabelos e conto até dez enquanto fico puxando os fios. Não sei o que está acontecendo. Tem tanta coisa acontecendo ultimamente, nunca há paz. Amira me envolve com os braços e tenta me afastar dali, mas no momento me sinto forte e irritado então eu mesmo saio antes que machuque alguém. Às vezes me sinto tão forte que acabo me sentindo pesado, como se eu pudesse deixar uma parede em pedaços. Mas isso nunca tentei. Quando fico irritado eu sento e, se já estou sentado, deito e rezo. Foi o que Baba disse que o profeta Maomé — que a paz esteja com ele — manda a gente fazer. A raiva é a cor mais forte que eu já vi alguém usar. Amira se afasta de mim e caminha até a janela para olhar lá fora. Agora eu estou raspando uma mão na outra e a dor se mistura à minha confusão. Não estou gostando nem um pouco disso tudo. Nenhum dos meninos está

por perto e Baba ainda está gritando com Yasmine, mas eu parei de escutar e comecei a recuar.

— Maha, você me traiu! Por que ainda não saiu da minha casa?

Yasmine se afasta de Baba rastejando e se vira para mim. Eu a ajudo a se levantar; ela está com os olhos inchados e tem lágrimas caindo pelo rosto. Suas mãos estão tremendo. Ela recua e me leva até seu quarto. Tranco a porta depois de olhar outra vez para Baba. Ele ainda está de pé, gritando. O rosto dele está azul.

Yasmine começa a chorar bem alto mesmo e se senta no chão com os joelhos contra o peito. Ela parece uma bola.

— Аннннннн!

Yasmine está me deixando assustado. Agora ela está chorando mais alto. Entre os soluços violentos que ela dá, parece que está perdendo o fôlego.

— Yasmine — sussurro pra ela. Eu não sei o que fazer. Não quero que gritem comigo.

— Eu odeio essa casa!

— Yasmine, você me odeia?

Ela ergue o olhar pra mim e aos poucos vai parando de chorar tão alto. Mas ainda está chorando, apesar de não ter mais lágrimas caindo pelo rosto.

— Não, Adam. Venha sentar aqui comigo.

Fazia muito tempo que eu não sentava com Yasmine, e sentamos juntos.

— Estou com fome.

Yasmine dá uma risada cavernosa.

— Faz um tempo que não nos sentamos juntos, mas você continua igual desde a última vez: com fome.

Nós dois rimos e encaramos um quadro na parede de Yasmine. É a fotografia *Dalí Atomicus*.

— Por que você tem essa foto, Yasmine?

— Porque eu amo fotografia. Queria ser fotógrafa, mas mamãe disse que eu seria enfermeira. É mais feminino.

— Você ainda quer tirar fotos?

— Sim, Habibi, penso nisso o tempo inteiro.

— Então por que não voltou ao trabalho, Yasmine? Os hospitais não estão precisando de você?

— Eu trabalho no centro de cirurgia plástica, Habibi; no momento não temos pacientes.

— Então nós não temos dinheiro?

— Não se preocupe, seu bobão, vá brincar com o Ali. Finalmente você ganhou um amigo.

— Não sei do que brincar com ele. Gosto de brincar no meu quarto, mas não quero que ele veja minhas pinturas.

— Vão jogar amarelinha lá fora. Só não muito longe da porta. — Ela pega um giz da gaveta de seu criado-mudo.

— Obrigado!

Corro até a sala e procuro Ali. Ele está deitado no sofá, Baba não está mais aqui.

— Quer brincar de amarelinha?

— Com você?

— Sim, lá fora.

Em um salto, ele pega o giz da minha mão. Corro atrás dele e fico observando-o fazer o riscado no chão. Brincamos de amarelinha e cantamos o hino nacional do jeito que fazíamos todo dia na escola na hora do recreio. Nós dois rimos quando Ali cai de cara na última casa. Corro até o fim da travessa e pego umas pedras do chão pra gente poder brincar. Ali me segue e diz que devíamos dar uma volta.

— Estou enfurnado em casa faz muito tempo.

— Eu... eu não posso.

— Por que não?

— Yasmine disse pra gente não ir longe.

— Mas não vamos, é só uma voltinha.

— Não posso.

— Ora, então eu vou e já volto.

Espero na porta de casa brincando com as pedras. Não sei quanto tempo faz que ele saiu, mas durante todo o tempo fico pensando na menina com olhos de Nutella. Queria ver a menina de novo para poder pintar os olhos dela. Eles estão aos poucos fugindo da minha memória, mas tento pensar bastante neles para não esquecê-los. Ali volta correndo, aos risos.

— Ah, como eu estava sentindo falta de um passeio! Você devia ter ido.

— Aonde você foi?

— Corri até a escola e encontrei um gato dormindo, assustei ele e voltei correndo.

— Por que você assustou o gato?

— Porque é divertido.

Já não gosto de Ali tanto assim. Eu amo os animais e odeio quando as pessoas os maltratam. Não é divertido maltratar pessoas ou animais.

— Vem, vamos voltar a brincar. — Ali fica me circulando e está me deixando tonto. Ouço alguns disparos ao longe, mas talvez eu esteja imaginando coisas.

— Você ouviu isso?

— Sim, mas parecia bem distante.

— É melhor a gente entrar.

— Vamos jogar só mais uma partida, não deve ser nada de mais.

Olho ao meu redor e tento captar outros sons, mas não há mais nada. Ali começa a contar até dez antes de jogarmos amarelinha de novo e eu sou o primeiro a pular na casa e ele tenta me empurrar, aos risos. Jogamos até o sol começar a se pôr. O céu está cor-de-rosa num ponto e cinza em outro. É muito bonito, mas também assustador. Começa a fazer frio, então resolvemos entrar. Hoje eu me diverti, é legal ter amigos. Eu me pergunto se Ali sabe onde o Nabil mora.

— Eu sei, sim, você quer ir lá?

— Sim! — Estou animado pra ver o Nabil e contar pra ele que agora eu sou amigo do Ali.

Pela primeira vez em séculos sinto o aroma de comida. Me sinto tão contente; tenho um amigo e agora temos comida.

De repente ouvimos uma forte batida na porta, como se alguém estivesse com muita pressa. Fico com medo de abrir. Da cozinha, Yasmine grita para que eu abra a porta. Um homem sem fôlego está de pé na frente da porta. Nunca vi esse homem antes.

— Diga à sua família para vir ao hospital no fim da estrada, Isa está ferido! — Ele fala muito rápido mesmo e depois sai correndo e chama outros caras e todos correm na direção do hospital. Eu não acredito no que ele disse. Corro até a cozinha e conto pra Yasmine, e ela leva as mãos à cabeça e dá um tapa no próprio rosto. Mas o Isa não estava fumando lá fora?

— Não, isso não pode estar acontecendo! Adam, vá correndo pegar meu lenço. — Saímos voando da casa e corremos pela estrada. O hospital não fica longe, dá uma caminhada de sete minutos, mas fazemos em cinco. Yasmine sai perguntando assim que chegamos. Tem pessoas sangrando deitadas no chão e algumas delas estão em camas cercadas por médicos. Eu nunca vi tanto sangue. Tem mais sangue do que vi na casa do vizinho. O cheiro, no entanto, é o mesmo. Todas as pessoas são diferentes, mas todas cheiram igual quando estão sangrando. Tento não pensar no cheiro porque não quero fazer Yasmine passar vergonha fora de casa. Tantos sons e vozes ao redor. Tem pessoas falando, pessoas gritando, pessoas berrando e algumas gemendo. Eu encontro o amigo de Isa que veio bater na nossa porta e o aponto para Yasmine. Ela segura a barra da saia e sai correndo atrás dele.

— Onde está Isa? Fale logo onde ele está!

O moço simplesmente olha para a direita e ali está Isa. O peito dele tem seis buracos de bala e suas pernas estão sangrando. Consigo ver isso mesmo com ele de ponta-cabeça. Yasmine corre até ele e começa a beijá-lo. Sigo atrás dela devagarinho. Ainda não consegui ver o rosto dele. Quanto mais perto eu chego, melhor me sinto. Consigo sentir o cheiro de Isa. Uma das mãos dele está pousada no peito, também atravessada por uma bala. Ele sorri ao me ver. Os olhos estão contundidos e os lábios estão inchados. Em minha cabeça vejo corvos sobrevoando. Não quero que Isa me abandone. Ouço pessoas berrando duas camas mais à frente. Um médico vem às pressas e me empurra do caminho.

— Todo mundo pra fora, por favor, afastem-se daqui. — Duas enfermeiras o acompanham e o médico pega um palito de metal com uma das enfermeiras e começa a cutucar os buracos de bala em Isa. Isa geme muito alto, num som que lembra o choro de um burro. Um som negro.

— O que ele está fazendo, Yasmine? O que ele está fazendo com Isa? — Eu puxo a saia de Yasmine e ela enterra meus olhos em seu peito.

— Estão ajudando Isa, resta aguardar, Habibi. — Sua voz está completamente mudada. Consigo sentir o eco das suas palavras dentro do peito dela, mas a voz soa como de um bicho-preguiça falando. Isa grita ainda mais alto, e uma das enfermeiras nos empurra pra fora e fecha a porta na nossa cara.

— Deus, por favor, salve Isa, por favor, salve Isa! — grita Yasmine.

Eu agarro bem forte na saia dela.

O médico abre a porta e Yasmine salta do chão, eu a sigo. Ela espreita dentro da sala, mas não sei se ela realmente consegue ver alguma coisa.

— Que ele descanse em paz — diz o médico. Yasmine começa a tremer e gritar alto. Não sei por que ela está fazendo isso; se o médico disse que espera que ele descanse em paz, Isa deve ficar melhor depois que ele descansar. Yasmine corre para dentro do quarto e a porta se fecha na minha cara. Consigo ouvi-la gritar. Eu entro e vejo o corpo de Isa coberto com um pano branco até o rosto. Odeio quando cobrem meu rosto com alguma coisa; fico me sentindo desconfortável e fraco. Yasmine está de joelhos ao pé da cama chorando e rezando. Eu chego perto e tiro o pano do rosto de Isa para que ele não fique se sentindo desconfortável também. Yasmine se levanta em um salto e começa a berrar comigo para não tocar em Isa e me empurra. Por que ela está agindo assim? Eu vi o olhar no rosto de Isa antes que Yasmine me empurrasse, e ele parecia contente por estar descansando. Não vejo a hora de ele acordar e declamar seus poemas pra mim.

Sinto uma brisa fria roçar em mim. Yasmine está no chão lendo o Corão. Acredito que ela esteja esperando Isa acordar.

— Isa vai ficar desconfortável com o pano cobrindo o rosto, Yasmine.

Ela ergue o olhar pra mim e continua a ler o Corão. Não gosto de estar no hospital. Ficam chegando pessoas cobertas de sangue e aos prantos. Na última cama tem uma menina com a perna amputada e o médico está colocando uma atadura enorme nela. Fiquei olhando pra ela, mas ela não chorou nem uma vez. Os olhos dela estão fechados.

— Agora vamos embora. — Yasmine se levanta e fecha o Corão. Beija a capa e toca o livro na testa.

— Mas e Isa? — Yasmine olha pra Isa e começa a chorar de novo. Dessa vez ela não emite som nenhum. Ela se inclina e beija Isa por cima do pano. Yasmine pega minha mão e partimos deixando Isa na cama coberto de branco. Já sinto falta dele.

Ao chegar em casa vemos todos sentados em círculo.

— O que aconteceu? Onde está ele? — Khalid é o primeiro a se levantar. Baba parece estar bem de novo. Os olhos dele parecem nítidos. — Não! Não! Não! Não me olhe desse jeito! — Khalid começa a chacoalhar Yasmine em busca de uma resposta.

— Ele está descansando em paz — eu disse.

Khalid cai de joelhos e reage do mesmo jeito que Yasmine reagiu. Tariq se levanta e se tranca no quarto com um estrondo. O que está acontecendo?

— Yasmine, o que está acontecendo?

— Vamos sentar no meu quarto.

Baba não diz nem uma palavra, mas pela primeira vez eu o vejo chorar. Eu fico paralisado e encaro Baba.

— Por que Baba está chorando, Yasmine?

Yasmine olha na direção de Baba e vai até ele. Ela beija a testa dele e o abraça. Ouço-a sussurrar algumas coisas, mas não consigo entender o que diz.

Me sinto sozinho aqui esperando Yasmine. Já sinto falta de Isa. Quero que ele volte e veja TV comigo. Baba me chama e diz que é pra eu sentar no colo dele. Eu me sento na ponta dos seus joelhos.

— Você está bem?

— Sim, Baba, eu estou bem. Você está bem?

— Tudo está nas mãos de Deus. Agradeço a Deus por ter me dado a visão, e não apenas olhos.

— O que isso quer dizer, Baba?

— Quer dizer que para ver não é preciso olhos, é preciso visão.

É como se Baba estivesse falando francês. Francês é a língua que tenho mais dificuldade em aprender, então eu não entendi nada.

— Mas, Baba, nós vemos com os olhos.

— Você tem razão, Adam. Você é um garoto muito esperto, sabia?

— Eu sou mesmo!

— Isa não vai voltar, Adam. — Yasmine ainda chora. Está sentada no sofá com os ombros caídos.

— Por quê, Baba?

— Porque ele foi encontrar mamãe.

— O quê? Não, Baba! O médico disse que ele apenas precisa descansar em paz.

— Adam, Habibi, Isa não vai voltar. Nós vamos dizer adeus pra ele assim como dissemos adeus pra mamãe — diz Yasmine.

— Por quê, Yasmine? Por que ele tinha que sair? A gente estava se divertindo! — Eu começo a chorar.

— Eu sinto muito, Adam. Fique em casa hoje e seja um bom menino. Tenho que providenciar o funeral.

Não posso crer no que Yasmine disse. Eu não disse adeus a Isa. Meu coração começa a martelar muito forte e consigo ouvir o dragão verde sussurrar no meu ouvido, como sempre faz depois que ouço más notícias.

— Adam, acalme-se, inspire, expire. — Baba está esfregando meu peito, mas não consigo respirar direito. A mão dele está me dificultando inspirar e expirar. Eu tombo no chão e começo a sentir meus olhos inchar e meus lábios tremer. Khalid se levanta do chão e vem sentar ao meu lado.

— Está tudo bem, Adam, ele vai ficar feliz ao lado da mamãe.

— Ele não me disse "tchau"! Eu gostava de brincar com ele!

Corro pro meu quarto e me cubro com o edredom. Aqui está escuro e meu cantinho começa a ficar úmido com minhas lágrimas, mas eu não quero sair. Quero que Isa retorne. Mamãe me disse adeus antes de partir para que eu soubesse que ela estava indo embora e me preparasse para mudanças. Mas Isa não disse nada antes de partir. Ele não pode simplesmente partir.

Capítulo Dez
Preto

Estou com o coração no estômago. Acho que ele despencou por eu estar muito triste. É como se tivessem derramado piche sobre o meu coração e ele tivesse afundado. Estou realmente faminto. Ontem ficamos o dia inteiro sem comer e meu estômago está fazendo sons rebeldes. Está tentando consumir minha gordura. Deixo o quarto e corro até a cozinha. Avisto meu reflexo no fogão. Meu cabelo está desalinhado e cresceu até abaixo das orelhas e claramente dá pra ver os ossos das minhas bochechas. Não me reconheço. Yasmine entra usando um vestido preto e um lenço e, pela primeira vez desde que parou de trabalhar, ela está usando um batom vermelho.

— Gostei do seu batom.
— Isa também gostava.
— Aonde você está indo, Yasmine?
— Estamos todos indo ao funeral de Isa. Vá se vestir.
— Eu estou com fome.
— Pegue uma tâmara, não temos mais nada para comer.
— Você não cozinhou ontem?
— Sim, mas ficou queimado quando saímos às pressas.

Como a tâmara e me apronto. Meus olhos e meus lábios estão pesados. Visto minha calça, mas ela cai; está folgada demais. Chamo Yasmine em voz alta e ela entra no meu quarto. Os olhos dela estão pretos.

— Minha calça está muito grande.
— Use um cinto, Adam.
Não tinha pensado nisso. Visto um cinto e um agasalho que parece não ser meu e saio do quarto.
Na sala todos estão vestidos de preto, menos eu. Será que eles combinaram o que iam vestir?
— Você tem que vestir preto. — Ali se aproxima e sussurra no meu ouvido.
— Por quê? — Ninguém me disse que eu tinha que usar preto.
— Porque é o que as pessoas usam quando vão a funerais.
— Eu não tenho roupas pretas.
Yasmine bufa e diz pra eu simplesmente ir logo. Esqueci algo no meu quarto, então volto correndo e pego a pintura que quero pôr junto com Isa. Era a preferida dele.
Saímos todos e lá fora encontramos quatro homens carregando um corpo enrolado na bandeira da Síria em duas varas de madeira. Levantam as varas e começam a caminhar.
— Quem é aquele, Yasmine?
— É Isa, Adam. Pare de fazer pergunta idiota.
— Se Isa estava no hospital, como foi que chegou aqui?
Yasmine não responde minha pergunta e começa a seguir os quatro homens, chorando. Todos começam a entoar "Alá é o único Deus, e o profeta Maomé, que a paz esteja com ele, é seu mensageiro", a começar pelos homens que carregavam Isa, seguidos por toda a família. Passamos pelo hospital e pela estrada principal e fomos até onde dissemos adeus a mamãe. As pessoas nas ruas começaram a se juntar a nós, cantando com a gente. Acho que nem mesmo conhecem Isa. Ouvi um moço dizer a Isa: "Te encontro no céu, meu querido mártir". Começo a cantar junto com eles e seguro no vestido de Yasmine. Ela ainda está chorando. Assim que chegamos ao cemitério, vemos uma enorme multidão às nossas costas. Os quatro homens põem Isa no chão e se voltam para encarar a multidão.
— Por favor, vamos todos ler a sura Al-Fatiha pela alma dos mártires.
Todos ficam em silêncio, levantam as mãos e começam a sussurrar. Não consigo contar quantas pessoas têm aqui. Comecei a contar, mas não

consegui enxergar muito longe. Preciso subir em algo para poder enxergar. Eles terminam a leitura e enxugam o rosto com a mão. Os quatro homens voltam a carregar Isa e atravessam o cemitério até uma caixa de terra vazia, onde põem Isa. Mamãe está à direita dele. As lágrimas que caem pelo meu rosto me machucam. Sinto falta de Isa e quero que ele volte. Aperto ainda mais a pintura que eu trouxe comigo. Eles cobrem Isa com terra e Yasmine tomba no chão. Ela escava a terra com as mãos e começa a berrar e a chorar loucamente. Khalid se inclina e sussurra algo. Eu dou um tapinha no ombro do Tariq e digo que quero pôr minha pintura sobre Isa. Ele me pergunta como é a pintura, e eu mostro a ele o desenho de um tanque esmagando três pessoas e em cima o verso da oração que escrevi.

— Você não pode pôr isso lá, Adam.
— Por quê? Era a pintura preferida do Isa.
— Foi você que desenhou?
— Fui eu, sim.
— Então tudo bem, vamos juntos.

Tariq me pega pela mão e me puxa para mais perto dele. Olho para trás e vejo as pessoas indo embora. Ponho a pintura no chão e, de coração, peço pro Isa dizer "oi" pra mamãe. Yasmine se levanta e limpa as lágrimas com o lenço. Todos estão chorando, até mesmo Ali. Me pergunto se a família dele ainda está na casa. Ele nunca menciona a família. Yasmine põe a mão no meu ombro e aperta forte. Começamos a ir embora, e a bengala de Baba afunda na terra e ele quase cai. Todos estão roxos hoje. Vamos embora devagarinho porque Baba não consegue andar rápido e as pessoas estendem as mãos e Tariq as aperta e agradece por terem orado por Isa. Ouço um grupo de pessoas gritando muito alto e correndo, se aproximando de nós. Olho para Yasmine e antes que eu consiga olhar para trás ouço uma sequência de disparos e vejo balas atravessando o ar e atingindo pessoas. Cinco caem na nossa frente, gritando. Yasmine me puxa pra baixo rapidamente e empurra minha cabeça contra o chão. Entra terra no meu nariz e não consigo respirar. Sacudo a cabeça, mas Yasmine me empurra ainda mais. Ouço tiros, mas não sei se estão perto ou se serei atingido. Ouço homens gritando "ASSAD É NOSSO MESTRE!". Se estão do lado do presidente, por que estão matando pessoas do país dele?

Depois de repetir setenta vezes uma oração para Deus nos ajudar, o tiroteio para e as vozes furiosas dos homens desaparecem. Yasmine solta minha cabeça e eu dou um salto e respiro. Tenho terra no nariz e na boca. Não fosse pela oração, eu teria sentido claustrofobia. Todos parecem estar bem, e prosseguimos. Viemos para acompanhar um funeral e acabamos presenciando um massacre no cemitério. Reconheço agora no chão alguns rostos que nos acompanharam até aqui. Um dos amigos que carregou o corpo de Isa está com a boca escancarada e sangue ainda escorrendo. É um sangue vermelho-vivo e fresco. Desvio o olhar rapidamente antes de começar a imaginar coisas e ficar inquieto o dia todo e ter pesadelos. Yasmine caminha pelo cemitério na ponta dos pés e eu acompanho seus passos.

— Khalid, você está sangrando! — Tariq grita atrás de nós e vem correndo. Olho para o lado e vejo Khalid e sua camisa amarela, que agora parece marrom no lugar onde fica o rim. Pelo menos acho que é onde fica o rim. Ele olha para baixo, toca a camisa e agora consigo ver sangue nos seus dedos. Não sei se está machucado, porque ele caminha normalmente e não está gritando. Depois de ver isso, nunca mais vou chorar por causa de um arranhão ou por topar com o dedão na mesa da cozinha.

— Eu estou bem, vou aplicar café na ferida quando chegarmos em casa.

Por que ele aplicaria café na ferida? Acho que ele não ouviu direito quando falaram que ele está sangrando.

— Khalid, você está sangrando porque levou um tiro, então precisa ir ao hospital!

— Não se preocupe, Adam, o café vai funcionar. Não vou lamentar por causa de uma bala, quando Isa levou oito.

Não sei o que dizer, então continuo caminhando e penso no rosto de Isa. Agora eu o coloquei ao lado da mamãe, em minha mente. Tenho várias pastas na minha mente, e agora mamãe e Isa estão lá fechados. Eu fecho as pastas para não ficar pensando tanto neles e para não sentir o negrume se espalhar sobre o meu coração. Vou destrancá-las só quando eu pensar em coisas boas.

Enquanto ponho Isa na pasta nova, ouvimos o chamado para a oração. É a única coisa que não mudou, então eu abro um sorriso quando ouço o chamado.

Yasmine belisca meu ombro.

— O que eu fiz, Yasmine?

— Não é pra rir depois de um funeral.

— Mas você não está ouvindo o Azan, Yasmine? Significa que o xeque ainda está vivo e nada mudou. — Vou me afastando para não ter que ouvi-la falar mais sobre meus sorrisos. Eu gosto de sorrir. Uma vez mamãe me disse que o sorriso é uma caridade e que Deus diz que a caridade extingue a chama da Sua ira. Não sei como é que Deus fica com raiva, porque mamãe disse que Ele é diferente de tudo e de todos e que eu não deveria ficar pensando muito nessas coisas, mas sei que agora Ele está com raiva porque está acontecendo uma guerra. Espero que eu não tenha feito nada para deixá-Lo com raiva.

Eu gostava quando Baba me levava com ele à mesquita e eu ficava vendo os homens rezar e todos costumavam se levantar e se abaixar exatamente ao mesmo tempo como se tivessem ensaiado. Às vezes tento rezar, mas Baba diz que não preciso porque ainda sou jovem. Quando eu rezo me disperso rapidamente, então deve ser por isso. Começo a ler uma sura do Corão e daí paro e penso em ir lavar meu rosto porque está coçando. É que simplesmente prefiro seguir as pessoas quando estão rezando a rezar sozinho.

— Quero rezar na mesquita — diz Baba. Sua voz está realmente calma agora. Depois de ter gritado com Yasmine e pensado que ela era a mamãe, ele passou a usar mais a bengala, e sua voz está mais baixa.

— Tem certeza de que consegue ficar em pé, Baba? — pergunta Khalid.

— Eu ainda sou jovem, mocinho! Aguento mais do que você!

Khalid ri e diz a Yasmine que estão indo rezar.

— Certo, vou buscar velas para casa e encontro vocês lá. Adam, você vai com os meninos.

— Eu quero ir com você, Yasmine.

— Só vou pegar umas velas; vá rezar.

— Por favor, Yasmine, eu estou com medo.

Os olhos de Yasmine rodopiam dentro das cavidades. Não sei como ela faz isso, tentei tantas vezes.

— Está bem, mas não quero ouvir uma palavra no caminho.

Yasmine está sendo má comigo, mas não quero deixá-la então caminho atrás dela e conto quantas casas têm sacadas.

— Espere fora da loja, não vou demorar.
— Por que não posso entrar, Yasmine?
— Eu já falei que não quero ouvir pergunta nenhuma.
— Posso comprar comida?
— O que você quer?
— Compra um pacote de batatas fritas pra mim?
— Isso não vai matar a fome, Adam.
— Mas são gostosas e você sempre colocava na minha lancheira.
— Está bem, espere aqui, então.

Yasmine entra e eu fico girando em círculos e paro e daí fico rindo de como as coisas ficam engraçadas quando estamos zonzos. É bem divertido fazer isso. Fico girando e girando e parando. Vejo três caras caminhando na rua com armas enormes nos ombros. Vejo os três de ponta-cabeça agora porque estou zonzo. É como se eles estivessem caminhando usando as mãos. Aperto os olhos com bastante força para deixar de ficar zonzo.

Yasmine volta e eu me escondo rapidamente atrás dela porque os homens estão se aproximando e a risada deles lembra o gemido de um porco. É assustador e eu não gosto da aparência deles. São todos carecas e grandes e estão batendo os pés como se quisessem matar todas as formigas do chão.

— Venha cá, garoto! — gritam eles. Yasmine segura minha mão atrás das costas. Acho que estão falando comigo. Não tem mais ninguém por perto. O lojista sai e eles gritam pra ele voltar e ameaçam matá-lo. Estou muito assustado. Meu coração está batendo tão depressa que é capaz de eu vomitar.

— Você não me ouviu, *ya kalb*? Venha cá!

Não gosto que me xinguem, mas eles me xingam e continuam a rir. Sinto a cor de Yasmine mudar e ela está lentamente me arrastando pra trás, tentando fugir. Eu só quero que isso acabe para voltarmos pra casa.

Um dos caras tira a arma comprida do ombro e apoia a mão nela.

Yasmine saca uma arma e a aponta para os homens. Suas mãos estão tremendo e a arma fica pulando pra cima e pra baixo. Ela parece assustada. O braço dela inteiro está tremendo, mas seu rosto parece pronto para socar alguém. Ela grita para que eles se afastem, e os homens começam a rir.

— Eu vou atirar! Eu vou. — Até sua voz está tremendo.

O homem com o rifle caçoa de Yasmine antes de empurrar a arma dela para longe e acertar o estômago dela com o cabo de seu rifle. Ela se agacha de tanta dor.

— Ora, ora, temos uma teimosinha aqui, pelo jeito.

Os outros dois riem e se aproximam nos cercando pelos lados.

— Mestre, você quer que a gente entre em ação?

— Tragam a garota.

Os dois grandões levantam Yasmine e ela tenta escapar. Seguro ainda mais forte na sua saia e choro. Ela está berrando e gritando por ajuda. Um dos caras me empurra com força no chão e cospe em mim. Posso sentir o cheiro do seu hálito verde na minha cara.

— Yasmine, não vá!

— Adam, vá pra casa!

— Yasmine, aonde é que vão te levar?

— Vamos levá-la para a nova casa dela.

O maior deles se vira e ri olhando pra mim.

— O que é que você pode fazer, hein, menininho?

Não sei o que dizer, continuo correndo atrás deles tentando puxar Yasmine dos braços deles, mas ela nem se move. Eles têm braços fortes. Yasmine está gritando e chorando. Não sei o que fazer.

— Yasmine, por favor, não vá!

— Adam, vá pra casa, eu vou voltar.

Lágrimas marrons escorrem pelo seu rosto. É como se ela tivesse marcas de pó e pele ressecada. Ela não parece a Yasmine que conheço. Antes que eu consiga dizer alguma coisa, um dos caras pega a arma e a empurra contra a minha testa. Sinto minha cabeça vibrar. Quero dizer alguma coisa, mas minha garganta não deixa. Ponho minhas mãos na cabeça para impedir que ela rodopie. Sinto um negócio molhado na minha têmpora. Tiro a mão e vejo sangue. Vejo a palavra "sangue" se multiplicando e se espalhando pela minha mente. Ela fica mais e mais escura à medida que se multiplica. Acho que não consigo mais suportar.

Minha cabeça está latejando como se eu tivesse um rádio dentro do meu crânio. Sua música é silenciosa, no entanto, porque não consigo ouvir nada. Abro os olhos por um milésimo de segundo e os fecho de novo porque senti queimar quando os abri. Tem uma luz clara brilhando direto nos meus olhos. Lembro o que aconteceu, mas não sei onde estou agora. Eles levaram Yasmine embora, por que tinha que ser a Yasmine? Eu começo a chorar, mas mesmo assim não abro os olhos.

— Abra os olhos, você está a salvo.

A voz não me parece familiar, mas consigo sentir um cheiro tranquilizante saindo da boca dele, então abro os olhos. Não reconheço o homem que está olhando para mim. Ergo a cabeça e sinto cada músculo no meu corpo reclamar. Olho em volta e percebo que estou numa loja. Estou realmente faminto, mas não tenho dinheiro. A loja parece semivazia. Pelo que consigo ver daqui, as prateleiras estão empoeiradas e não há tantos produtos como costumava haver. Identifico as batatas fritas que pedi pra Yasmine comprar. Me pergunto onde é que ela está. Não quero imaginar nada de ruim acontecendo a ela, então espero que ela volte. Quero ir pra casa. Quero estar no meu quarto. Yasmine disse que voltaria, então sei que ela vai. Não tem como ela simplesmente partir e não voltar mais.

— Você sabe chegar na sua casa?

— Sim.

Eu me levanto e toco minha cabeça onde estava sangrando. Sinto que tem uma almofadinha de algodão ali.

— Vá pra casa, garoto. Que Deus proteja sua família.

Saio e olho pros dois lados, pois vai que tem algum homem por aí. Não vejo ninguém e saio correndo pra casa contando quantos passos dou. Sinto o sangue escorrer da testa para o rosto, mas corro cinquenta e dois passos até chegar à porta de casa e batê-la com muita força.

Khalid abre a porta depressa.

— Ah, graças a Deus!! Aí está você, o que aconteceu com sua cabeça? Onde está Yasmine?

Começo a chorar e a tentar explicar o que aconteceu, mas sempre que tento me sinto assustado demais.

Capítulo Onze
Yasmine Índigo

— Corra, Adam, corra! Não deixe eles te pegarem. — Tento gritar, mas as palavras ficam presas na minha garganta. Eu me desvencilho, mas eles me seguram ainda mais forte. Meus braços estão ardendo. — Seus malditos... malditos... vocês mataram meu irmão e arruinaram nossa vida... Malditos sejam! — Tem uma guerra acontecendo em minha cabeça, sentimentos de medo, ódio e pesar entrando em conflito uns com os outros. O que foi que fizemos para merecer esse destino? Adam, você consegue ler meus olhos? Adam, olhe pra mim! Não desista agora, seja forte! Sei que estou pensando comigo mesma enquanto vejo Adam cair no chão, mas mesmo assim tento estender a mão para alcançá-lo. O homem ergue o rifle e golpeia minha cabeça... minha vista fica toda embaçada... Adam...

Finalmente recupero a consciência, atordoada pelo golpe de rifle. Olho ao redor e me vejo num prédio escuro. Não tem luz nem fachada, apenas um fedor avassalador de mijo. Eles parece nojentos, então é claro que vivem num lugar nojento. Eles abrem a porta do apartamento e me atiram contra a parede. Seguro minhas lágrimas e finjo não ter me machucado. Minhas costas estão doendo e implorando por uma coçada, mas fecho os olhos e rezo a Deus que me ajude. Preciso sair daqui... Não quero ficar aqui... O que devo fazer? Seja forte, Yasmine, seja forte... Eu choro conforme sussurro essas palavras para mim, esperando encontrar consolo na esperança de conseguir escapar e voltar a encontrar minha família. Os três homens se aproximam e eu fico sabendo que o líder não é chamado de outra coisa senão de Mestre. Os outros dois cachorros devem ser escravos desse filho da mãe. Nenhum desses homens tem dignidade, são pura escória. Fico imaginando como é que eles foram criados. Eles são um nojo. Se eu apenas conseguisse demonstrar quanto os desprezo... O Mestre se ajoelha e se aproxima do meu rosto.

— Qual é o seu nome, gracinha? — Seus olhos são do verde mais claro que eu já vi em gente com esse tom de pele escuro. Como pode existir tanta beleza envolta na maldade? Queria cuspir em seu rosto e mostrar do que eu sou feita. Queria que Wisam estivesse aqui pra me ajudar, ele me protegeria desses filhos da mãe.

— Já vi que você gosta de parecer durona. — Ele arranca meu lenço com a força de um homem desavergonhado e começa a acariciar meu cabelo. Tremo de tanto nojo. Se ele estivesse um bocadinho mais perto, eu ia me debater pra chutá-lo, mas estou impedida de resistir. Ele ri na minha cara e consigo sentir o cheiro de seu hálito rançoso. Deve ter comido ovos no café da manhã. Queria encontrar ovos pra comprar pro Adam. Espero que ele se vire sem mim. Que Deus esteja com ele, por favor. Eu tenho que cuidar dele até meu último suspiro, prometi isso à mamãe.

— Está gostando do meu carinho, não está? Viram isso, rapazes? Ela estremeceu com meu toque. Acho que temos uma preciosidade aqui.

Os outros dois homens riem, se aproximam e me mandam beijos.

— Teremos nossa vez?

— Quando eu terminar com ela, sim. Sejam úteis e me busquem chá.

Um deles sai correndo para lhe fazer chá, como um fracote covarde, e o outro fica ali parado até receber uma ordem. Quero muito chorar, as lágrimas estão brotando, mas estou fechando os olhos bem forte e pensando que Wisam está me alegrando e me dando forças.

— Abra os olhos, lindinha, não fique assustada.

Eu mantenho os olhos fechados.

— Eu disse pra abrir os olhos! — Ele grita e sua saliva pousa no meu rosto. Eu queria ter a força necessária nesse momento. Abro os olhos e olho pra baixo.

— Vá buscar um balde de água gelada!

Deus, como estou assustada; não quero morrer. Deus, fique comigo. Por favor, Deus, me proteja. Uma lágrima escorre do meu rosto enquanto eu imploro com todas as minhas forças.

Os dois homens voltam e ficam lado a lado, aguardando novas ordens. O Mestre se levanta, senta numa cadeira e bebe seu chá. Começo a tremer de medo. Agora que ele se afastou de mim, todos os meus sentimentos vêm desmoronando como uma queda-d'água. Mentalmente eu me censuro para parar de tremer e chorar, mas não consigo controlar mais nada. Perdi o controle. Estou assustada e sinto a bile subir pela garganta. Controle-se, Yasmine! Eles não passam de animais!

Ergo o olhar e vejo os homens me encarando, sem dizer nem uma palavra. Agora sabem que estou com medo. Eu lhes dei o total domínio sobre mim. Ai, se todos os poemas e as histórias que li pudessem me socorrer agora! Meu verso preferido preenche minha mente: "Deixemos este lugar onde sopra uma fumaça preta e a rua escura se curva e se dobra". Estou tomada por culpa e medo, à mercê de três homens. Quero deixar este lugar onde uma fumaça preta sopra no meu coração. Só posso recorrer a Ti, Deus, por ajuda. Por favor, Deus, se me salvar agora, eu Te serei fiel e nunca vou ignorar Tuas palavras.

Só posso agradecer por terem capturado a mim, e não Adam. Espero que Adam esteja bem. Quando começo a lembrar da cara dele enquanto eu era arrastada, sinto o enjoo subindo. Não consigo mais me controlar e me desmancho em lágrimas, mostrando aos sequestradores meus maiores medos e culpas.

— No fim das contas, ela não é tão durona, não é? Tragam as algemas e prendam-na.

Minha cabeça está girando e mal consigo ver à minha frente, mas posso ouvir claramente. Espero não ter de fato escutado o que penso ter escutado. Espero ter ficado louca.

Fecho os olhos na esperança de que minha cabeça pare de girar, mas só piora, e vejo um túnel onde um elefante está bloqueando a luz. Não sei o que aconteceu depois.

Acordo com uma água extremamente gelada sendo jogada no meu corpo nu. Abro os olhos e observo o meu entorno, mas minha visão está coberta de pontinhos pretos. Tento concentrar o olhar até conseguir ver além dos pontinhos pretos. À medida que minha visão começa a ficar mais nítida, sou surpreendida com mais um balde, e dessa vez engasgo com um pouco de água gelada. Tento tossir, mas um pouco da água parece descer pelo lugar errado e começo a fazer minhas preces finais. Pensei que esse seria o fim da minha tortura, mas consegui tossir toda a água, dolorosamente. Meus braços estão amarrados, pendurados no teto. Meus pés não tocam o chão. Estou pendendo de uma parede, nua e chorando. Nunca pensei que isso pudesse acontecer. Eu mesma nunca tive tempo para ficar contemplando meu próprio corpo, e agora esses três homens já viram mais do que eu vi de mim em toda a minha vida. Consigo claramente ver os risinhos em seu rosto enquanto engasgo e choro de dor. Assim que levanto a cabeça e miro o Mestre nos olhos, percebo que o ar-condicionado do aposento está ligado no máximo, e sinto minha pele se enrugar tentando encontrar aquecimento. Todo o meu corpo procura formas de rejeitar essa brutalidade e tento imaginar o calor da minha cama para conseguir bloquear o que está acontecendo. Não sei quanto tempo faz que estou longe da minha cama ou quanto tempo faz que estou aqui. É como se séculos tivessem se passado. Sempre estive cercada pela família, sempre cuidando dela, e agora estou afastada das únicas pessoas que conheci em toda a minha vida.

— Está gostando? — sussurra um dos homens. Ele se aproxima; traz na mão uma vara de pescar comprida. Eu sempre quis pescar e ser capaz de descobrir como usar uma vara de pesca. Só nunca pensei que fosse acontecer assim. Ele gira a ponta, agarra o anzol e o lambe.

— Você vai curtir isso, Rose. Sim, esse é o seu novo nome.

Fecho os olhos de tanto medo. Não tenho nem ideia do que ele pode fazer com essa vara de pescar além de me fazer berrar de dor. Por favor, Deus, me salve.

Ele chega ainda mais perto e lambe o meu umbigo. Estou inteiramente à mostra. Começo a repetir minhas preces mentalmente, na esperança de não sentir nenhuma dor. Só que eu sinto. Nunca gritei tão alto. Também nunca pensei que o registro de minha voz pudesse alcançar essa altura. Ele engancha o anzol no meu umbigo e eu olho pra baixo e vejo um rio de sangue jorrando até meus joelhos. Eu berro e grito pela ajuda de Deus com todas as minhas forças.

— Cale a boca! Ninguém pode te salvar!

Continuo a gritar pela ajuda de Deus e consigo sentir o anzol abrir caminho na minha carne.

— Cale a boca! — O Mestre se levanta e sobe numa cadeira para me calar com um tapa.

Grito o nome de Deus ainda mais alto. Eu sei que Ele vai me salvar. Malditos animais! Conforme meu ódio cresce e minha fé em Deus domina meu coração, paro de gritar por um mero segundo, certa de conseguir não sentir nenhuma dor. Mas o outro homem me açoita e a dor volta a me inundar. Nunca soube que pudesse existir tanta dor.

— Pare! — O Mestre ergue a mão e os dois homens ficam paralisados. — Preparem a minha cama!

O Mestre passa a mão na minha coxa. Parece que as lágrimas serão minha única companhia. Deus, me perdoe... Não consigo mais lutar. Aqui estou eu pendurada toda frouxa e olhando pra cima, bloqueando tudo o que posso. Pensei que eu tinha me superado na arte de bloquear o presente, mas olho pra baixo e vejo que estou sozinha no quarto. Começo a chorar alto, pensando que está tudo acabado. Olho ao redor e lembro que ainda estou pendurada e sinto os músculos dos meus braços se distendendo. Pressinto que esse é só o começo. Desculpa te deixar sozinho, Adam, prometo que vou voltar logo. Sei que você já está grandinho e consegue se virar sozinho, confio em você.

Vejo uma sombra e depois um dos seguidores entra com uma tigela de comida pra cachorro. Ele a põe no chão e me desamarra sem dizer nada. Ele me ergue quando me estatelo no chão. Não tinha percebido a altura em que eu estava pendurada. Ele me arrasta até um quarto minúsculo, leva a tigela de cachorro e me tranca. Consigo ver um negócio todo encolhido num canto. Fico observando, mas não se mexe. Imediatamente me recolho a outro canto. A outra pessoa também está nua e consigo ver sua caixa torácica nas costas. Não sei se é homem ou mulher. Olho para o prato e encontro um pedacinho de pão todo embolorado e um pouco d'água. Agradeço a Deus pela comida. Meu estômago começa a se revoltar assim que deito os olhos sobre o prato. Aperto minha barriga para o barulho ir embora. Não quero despertar a outra pessoa. Consigo sentir o frio que entra pelas rachaduras na parede. Faz um frio congelante. Mergulho o pão duro na água e como. Minhas lágrimas dão certo gosto à água. Me encolho num canto e mastigo devagar as últimas migalhas do pão, tentando não chorar muito alto. Sinto saudade da minha família. Me desculpa, Adam, me desculpa, agi mal com você. Só queria que você aprendesse a ser independente. Acho que usei o método errado. Me desculpa, Habibi. Não sei que horas são, mas espero que você esteja se alimentando e dormindo bem. Eu te amo. Fecho os olhos e rezo por Isa e espero que ele esteja ao lado da mamãe.

Parece que fechei os olhos há apenas cinco minutos, quando sinto um enorme balde de água gelada sendo derramado sobre mim. Quase sufocando, tento tomar fôlego em meio ao fluxo interminável de água. Sinto as unhas do homem se cravar na minha pele, levantando-me pelo ombro. Não abri os olhos por inteiro para conseguir ver quem era, mas agora não tem mais importância. Não consigo imaginar o que vai acontecer hoje. O Mestre está no quarto principal deitado sobre algumas almofadas, fumando seu *shisha* como se tudo isso fosse normal. Ele aponta o dedo para mim e gesticula para que eu vá até ele. Não me mexo. Não consigo me mexer. Sou violentamente empurrada até ele e caio de joelhos na sua frente. Aos trancos tento me erguer, mas ele segura o meu braço.

— Aonde pensa que vai? — Ele sopra fumaça no meu rosto. — Senta aqui, gracinha. — Miro os olhos dele na expectativa de que ele consiga sentir o nojo e o ódio que eu lhe dedico. Eu me sento, temendo outro tratamento abominável de seus homens.

— Boa garota. — Ele meneia a cabeça indicando aos homens que eles devem sair. Não aprecio nem um pouco a forma como abusam de mim, mas rezo para que não me deixem sozinha com esse homem. Eles vão embora e trancam a porta à chave. Meu coração despenca até meus pés. Sinto o coração tão pesado que nem consigo me mexer.

Ele passa seu *shisha* para mim e pede que eu fume. Com relutância, pego o *shisha* e fumo. Ele ri quando eu tusso quase engasgada. Diz pra eu continuar fumando e se levanta. Não sei o que está prestes a acontecer.

O rosto dele emana antigas monstruosidades. Não duvido que ele vá me matar. Não posso me dar ao luxo de pensar na morte, preciso me concentrar em sobreviver e escapar. Eu me pergunto há quanto tempo a outra pessoa na cela está aqui. Será que abandonou a esperança? Ainda não consegui ver seu rosto.

Ele volta com uma corda enrolada no braço. Eu engasgo com a fumaça assim que ele volta e quase sufoco novamente. Meus olhos marejam, mas ainda consigo ver o risinho em seu rosto.

— Por favor, me solte! — Eu não contava com pedir misericórdia ou dizer qualquer palavra a ele, mas minha boca emitiu essas palavras. Pude ver seu rosto se iluminar assim que eu disse essas palavras. Preciso ficar calada. Ele arranca a embocadura do *shisha* da minha mão e me entrega a corda.

— Me mostre o que você sabe fazer com isso.

Não sei o que ele quer dizer com isso, mas pego a corda e a estendo no chão esperando que ele vá me soltar.

— Sua idiota! — Ele vem até mim rastejando e amarra minhas mãos e meus pés juntos. Fico deitada de bruços com braços e pernas presos às costas. Estou tentando bloquear a dor e as lágrimas. Não posso exibir outro momento de fraqueza. Ele desafivela o cinto e eu fecho os olhos e rezo a Deus que me ajude. Por favor, Deus, me ajude. Só a Ti posso recorrer.

— Não toque em mim, seu filho da mãe!

Ele ri e abaixa a calça. Me perdoe, Deus, me perdoe, Baba, me perdoe, Adam, não consegui lutar. Meu choro se agrava, mas isso não vai refrear um filho da mãe como ele.

No meio dessa tortura, ele chama seus homens para revezar com ele, e todos riem. Eles não vão se safar disso. Deus tarda, mas não falha.

Lembro de ter fechado os olhos com força suficiente para me deixar tonta, de ter sentido o peso de um desmaio e agradecido a Deus por ter parado a dor. Olho para baixo e vejo cortes que não tinha notado antes. Fico feliz de não ter sentido nada; não quero saber o que aconteceu. Estou de volta à cela. Eu me viro e encaro a outra pessoa, que ainda está toda encolhida. Estou começando a duvidar que ela exista. Estarei imaginando coisas, ou estará morta? Eu me dirijo até ela lentamente para não despertar nenhuma dor no corpo. Assim que me aproximo, consigo sentir um cheiro, quase como o de urina, porém mais forte e mais concentrado. Cutuco o ombro dela esperando uma resposta. Ela ergue a cabeça e olha ao redor. Pulo pra trás e ponho uma mão sobre a boca antes que saia um grito. Nunca vi tantas cicatrizes no rosto de uma pessoa. Vejo que é uma mulher por causa de seu peito, mas nada em seu rosto deixa entrever seu gênero. As sobrancelhas estão raspadas, seu lábio superior está rachado e parte dele está pendurada. Peço perdão a Deus por ter me assustado. Imagino que ela deve ter passado por coisa muito pior. Ela sorri ligeiramente e abranda meu coração. Eu lhe digo meu nome e ela sussurra o dela. Não sei se ouvi bem, mas continuo a conversa.

— Você está aqui há quanto tempo?

— Tempo demais.

Não consigo acreditar nisso. Ela está trancada aqui há tanto tempo, e ninguém nem descobriu nada sobre esses filhos da mãe.

— Você tentou escapar?

— Duas vezes, por isso meu rosto está assim.

Eu me contraio toda e me sento ao lado dela. Não falamos nada, mas estou feliz por ter alguém comigo. Penso em Adam e em Baba e espero que estejam bem. Ultimamente Baba tem ficado meio esquecido e também precisa de mim a seu lado. Preciso voltar para cuidar da minha família. Não posso ficar meses a fio aqui. Não sei há quanto tempo estou aqui, mas espero que não seja tanto assim e que minha família ainda esteja procurando por mim.

Acordo desesperada para fazer xixi e corro até a porta e a esmurro, aos gritos. Ninguém vem nem responde. Parece que o lugar está morto. Pensei que estivessem de guarda. Talvez não seja assim tão difícil escapar, no fim das contas. Não sei por que as outras mulheres continuam sendo capturadas. No fim não consigo me segurar e sinto uma quentura escorrendo pelas minhas pernas. É a coisa mais calorosa que senti nos últimos tempos. Sinto subir o cheiro, e o constrangimento toma conta de mim. É nojento, mas não tive escolha. Queria ter alguma roupa pra vestir. Estou nua há muito tempo. Volto a olhar onde adormeci, ao lado da mulher, e vejo que ela retornou à sua posição de antes. Acho que ela dorme o dia todo. Olho ao redor da cela para tentar encontrar maneiras de escapar. Identifico um raio de sol entre um tijolo na parede diante de mim. Vou até lá e tento alcançá-lo. Não consigo. Estou certa de que o tijolo está solto e que posso puxá-lo. Talvez a gente consiga chamar ajuda. Colo meu ouvido à parede e aguço meus sentidos para captar algum sinal de vida.

Ouço a porta se abrir e dou um pulo. Mas não é a minha porta. Consigo ouvir mais do que três homens. Bem ao longe ouço uma mulher, mas não sou capaz de afirmar. Conforme se aproximam, ouço os lamentos de uma mulher tentando combatê-los. Acho que lhe taparam a boca, porque alguns minutos depois ela começa a xingar e fazer uma cena. Acredito que esse é o procedimento-padrão. Eu me pergunto se eles têm outras celas com outras mulheres, ou se ela vai acabar ficando conosco. Poderíamos todas tentar fugir.

Eu me pergunto o que está acontecendo. Será que procedem da mesma forma com todas as mulheres?

Sacudo a outra mulher para que acorde rápido. Ela resmunga e afasta debilmente a minha mão.

— Shh, acorde.
— O que foi?
— Por quanto tempo te torturaram antes de te abandonar aqui?
— Não consigo lembrar, me deixa em paz.
— Tente lembrar, por favor.
— Não sei quanto tempo durou, mas quando conseguiram outra mulher, me abandonaram.

Por um instante sinto uma felicidade que não acreditava ser possível em minha atual situação. Será que realmente me deixarão em paz? Posso planejar uma fuga mais rapidamente.

— Como tentou escapar?
— Me deixe fora disso, já estou farta e paguei o preço.
— Mas me diga: você percebeu esse tijolo solto aqui? — Aponto para o tijolo e procuro alguma reação em seu rosto. Nem mesmo os seus olhos respondem diante da ideia; ela apenas balança a cabeça e volta a dormir encolhida.

Tenho um bom pressentimento sobre essa fuga. Preciso sair logo daqui e voltar pra casa.

Justo quando eu pensava que minha tortura tinha acabado, a porta se abre e sou puxada pelos cabelos. Berro e luto, mas nada acontece. Sou jogada na frente do Mestre, que está vendo televisão, enquanto procuro sinais da nova garota. Nada.

— Podem trazer.

Acompanho com os olhos o que o Mestre apontou e vejo um barbeador. Eu estremeço e tombo no chão, de medo.

— Por favor, só me deixe em paz.

Ele ri e liga o barbeador na tomada. Não sei o que vai acontecer, mas sei que não estou pronta pra encarar mais dor. Dou um salto e tento correr no meio dos dois caras que estão postados atrás de mim. Eu não sabia que eles estavam tão próximos. Tento morder um deles e grito por ajuda, mas sou empurrada para o chão.

O Mestre agarra o meu cabelo e começa a raspá-lo. Eu me debato e tento gritar, mas o gosto de sangue na minha boca me impede. Não suporto o gosto ou o cheiro.

— Isso sim que é uma boa garota — diz o Mestre e dá um tapa na minha cabeça careca. Consigo ouvir o impacto do tapa, mas não sinto nada. Não tenho mais como esquentar meu corpo. Perdi a única coisa que me esquentaria de noite.

— A partir de agora esta é sua casa; você vai viver naquela cela e eu vou testemunhar você passar fome e morrer! Vou me livrar de todas vocês, sem pressa e sem misericórdia!

Deus, por favor, me salve. Lágrimas quentes e abundantes inundam o meu rosto e eu fico desorientada e desabo no chão. Por favor, Deus, me restitua à minha família.

Sou arrastada pelas pernas e pela primeira vez olho ao redor e percebo na parede algumas fotografias de homens surrados, ligadas por desenhos. Na parede tem uns garranchos que não consigo ler de tão pequenos. Identifico o rosto de um dos homens que trabalhavam no açougue. Há uma fotografia normal dele ao lado da fotografia do homem que vi a princípio, com os olhos fechados e um corte na garganta. Ele tem hematomas por todo o rosto. Então foi pra cá que ele veio. Quando fui comprar carne, perguntei por ele, pois era quem sempre costumava me atender, e disseram que tinha viajado. Agora tudo começa a fazer sentido nesse país. Ninguém viaja — estamos todos presos aqui, mas acabamos por fim "viajando" por causa da guerra. Ainda se houvesse como escapar... Às vezes imagino se tudo isso estaria acontecendo caso os líderes pensassem como nós, as pessoas normais. Ou será que nossa cabeça muda assim que passamos a assumir liderança?

Os dois homens se revezam comigo novamente no quarto deles e eu fico lá deitada e molenga tentando bloquear tudo. Por favor, Deus, venha me salvar. Depois de se cansarem de mim, jogam-me na cela e eu deito a cabeça na pedra imaginando que é o colo de minha mãe e começo a lhe contar tudo o que me vai no coração. Ela é a única que me entende. Não é verdade, mamãe? Eu me deito nos braços de mamãe e adormeço conversando com ela.

Acordo com o som do grito de uma mulher do outro lado da porta. Corro até a porta e tento olhar pela fresta que há embaixo dela. Vejo pés descalços se movendo no chão. É mais uma mulher que chega. Quando é que seremos salvas? Vamos mesmo morrer aqui? Não, não! Não podemos! Sei que Deus vai nos salvar.

Os gritos da garota rasgam meus ouvidos. Espero que ela grite alto o bastante para que a ouçam e venham nos resgatar. Isso, continue gritando. Vamos conseguir. Tenho tanto medo que desejo que o chão se abra e me engula quando eu estiver diante deles, mas agora tenho raiva e ódio que bastam para encher todo um país. Se eu pelo menos tivesse feito as aulas de caratê que Wisam disse que um dia eu precisaria... Espero que ele esteja bem. Será que está vivo? É engraçado como as coisas mudaram de "espero que ele esteja bem" para "espero que ele esteja vivo". Ainda que eu não pudesse me imaginar ao lado dele antes de Adam crescer, eu ainda rezava para que ele esperasse por mim e não arranjasse outra garota. Espero que não tenha sido muito egoísta de minha parte. Espero que não seja por isso que eu esteja sendo castigada agora. Eu simplesmente o amo e o quero para mim. Mas as circunstâncias não ajudam. Achei que bastava de chorar por ele porque eu não podia mudar as coisas, mas continuo chorando por tudo o que aconteceu.

Capítulo Doze
Marrom

— Yasmine! Yasmine! — Acordo às pressas e saio correndo em busca de Yasmine. Não consigo lembrar quando foi que falei com ela pela última vez. Sonhei que ela não estava em casa quando chamei seu nome. Corro pela casa, mas não sinto seu cheiro. Bato três vezes na porta e então entro. Sua cama está arrumada. Sua aura não está no quarto. Onde está Yasmine? Saio e vejo Khalid caminhando pela casa. Corro até ele e agarro sua camiseta. Minha mente está rodando com perguntas sobre Yasmine, mas nada sai.

— O que houve?
— Onde... Onde...
— Yasmine?
— Sim!... Sim!
— Ela vai voltar logo, não fique pensando nisso.
— Khalid, sinto falta da Yasmine.
— Eu também. — Ele fica de joelhos e sorri pra mim. — Tenha a sensação de que ela vai voltar logo.
— Aonde ela foi?
— Você não lembra?
— Eu lembro que uns homens levaram ela, mas não sei pra onde.
— Você lembra da aparência deles?
— Khalid, eles eram enormes.

— Do que mais você lembra?

— Não tinham cabelo e exalavam um cheiro verde.

— Se ao menos eu conseguisse encontrar e matar aqueles filhos da... — Khalid fala baixo, mas eu consigo ouvir tudo nitidamente.

Não estamos autorizados a falar palavras feias em casa. Não sei que palavra ele disse, mas sei que é feia porque quando ele falou vi tinta preta saindo da sua boca.

— Khalid, eu estou com frio.

— Vem, vamos pensar em algo.

Sigo Khalid até a cozinha e conferimos se tem água, mas não tem. Ele abre a geladeira e encontra uma tigela com água. Acho que Yasmine pôs lá antes de sair.

— Pegue carvão naquela gaveta e o isqueiro no fogão e me siga até a sala de estar.

Pego rapidamente as coisas que ele precisa e caminho devagarinho atrás dele. Acho que está tentando não derramar água. Vamos até a lareira e vejo Khalid acender fósforos e isqueiros ao mesmo tempo pra fazer fogo. Depois de muita tentativa e do cheiro forte de chamas apagadas, ele consegue acender a lareira. Isa costumava conseguir acender muito rápido também. Espero que ele tenha contado à mamãe como eu sinto falta dela e que eles estejam se divertindo juntos. Eu quero me divertir com eles. Sinto falta deles. A casa está vazia sem Yasmine e Isa. Não sei o que fazer. Faz tanto tempo que eles se foram...

Khalid passa a água para o pote que Isa deixou perto da lareira antes de nos deixar. O fogo está me aquecendo e finalmente temos água pra beber.

— Conheço um truque.

— Que truque, Khalid?

— Podemos ferver livros com capas de couro; tem bons nutrientes.

— Sim, mas eu adoro todos os meus livros.

— Vamos pegar os do Isa?

Não sei o que dizer; mesmo que Isa não volte, não quero queimar os livros dele. Ele adorava tanto os livros dele e eu adorava ouvi-lo declamar seus poemas.

— E aí, o que acha?

— Certo, mas eu posso escolher os livros?

Corro até o quarto de Isa e entro lá pela primeira vez. Isa nunca gostou que entrassem no quarto dele. É como um mundo à parte. Tem livros na parede, na cama, no chão, na mesa, no armário, no peitoril da janela. É como o paraíso dos livros. É a coisa mais bonita que já vi. Não sei por onde começar, então começo pegando livros do chão. Abro um deles e encontro um poema que Isa leu pra mim uma vez e eu adorei, mas nunca soube direito qual era. Agora sei que é um poema de Mahmoud Darwish, que começa com "Ó, pátria! Ó, águia".

— Por que você está chorando? — pergunta Khalid, e eu ergo o olhar e percebo que meu rosto está molhado. Eu não sabia que estava chorando. Estava me concentrando na maneira como o poema me fazia sentir. Eu queria que Isa estivesse aqui pra explicar as coisas pra mim. — Encontrou algum livro pra gente ferver?

— Esse, não! — grito pra Khalid.

— Não precisa gritar, Adam; escolha alguns livros.

Não sei por que agora estou me sentindo diferente e não quero queimar nem um livro do Isa, mas preciso queimar porque eu disse ao Khalid que ia escolher alguns. No chão achei três livros que Isa já tinha lido pra gente e têm cheiro de couro verdadeiro e entreguei pro Khalid. Colocamos os livros no pote e observamos a tinta se espalhar na água. Vamos comer os livros preferidos do Isa.

— E se acabarmos soluçando poesia, Khalid?

Khalid ri e olha pra mim sem responder.

— Ah, você está falando sério?

— Sim, Khalid. — Não entendo por que ele me perguntaria isso. Por que eu faria uma pergunta se não fosse a sério?

— Isso não vai acontecer, Adam, não se preocupe.

— Como é que você sabe?

— É aquele tipo de coisa que a gente simplesmente sabe.

— O que isso quer dizer? — Khalid está me deixando confuso, não entendo o que ele está querendo dizer.

— Desculpe, Adam, não consigo explicar o que quero dizer. — Gosto de Khalid, mas não estou acostumado a conversar com ele e não o entendo.

Queria que Yasmine voltasse logo. Não contei os dias porque meu cérebro dói sempre que tento pensar nisso, mas sei que faz tempo porque não tem o cheiro dela na casa e eu sinto falta dela. Quem sabe se eu fechar os olhos e tentar mandar uma mensagem pelo ar ela receba.

— Estou grávida! — Amira corre rindo até a sala de estar.

— Como foi que aconteceu? — Khalid se sobressalta.

— Como assim?

— Seu marido morreu.

— Não morreu, não! Estive agora com ele.

Não sei por que Amira está mentindo; ela mantém a mão sobre a barriga e repete essa última frase.

— Venha se sentar aqui, Amira. — Khalid caminha até ela e a empurra até o sofá.

— Você me acha bonita?

— Sim, eu acho.

Ela sorri e seu sorriso amarelo fica cor-de-rosa.

— Meu bebê vai se chamar Khalid.

— Por que não Adam? — pergunto. Mamãe disse que ia me chamar de Haitham, mas sentiu que Adam me caía melhor. Eu concordo. Nunca imaginaria ter outro nome.

— Khalid se parece com o meu bebê.

Não sei por que Amira fica dizendo coisas esquisitas que não fazem sentido. Ela nem viu o bebê, como poderia saber que se parece com Khalid? Olho para o pote fervente que agora parece tinta. Vamos realmente tomar tinta?

Khalid vai até a cozinha e volta com três tigelas, onde serve a tinta. Faz alguns dias já que não vejo Baba e Ali, e no momento em que penso neles vejo Baba entrando na sala de estar. Não acho que faz muito tempo desde que Baba saiu do seu quarto, mas ele parece mudado. Sua mandíbula está comprida e parece que ele traz um rosto triste. Tem mais rugas do que as que eu já tinha contado. Eu tinha o hábito de olhar para Baba e contar suas rugas, porque pareciam esquisitas nos rostos. Como crescem as rugas? É como se crescesse pele demais no rosto das pessoas. Espero que eu não tenha rugas quando crescer. Agora as rugas de Baba são numerosas demais pra eu contar. Ele tem rugas nas bochechas, nos olhos, na testa, no queixo e no pescoço. São numerosas demais para contar.

— Maha!

Todos voltamos o olhar na direção de Baba e consigo sentir aranhas rastejando em meu coração. Meu coração está ficando cada dia mais escuro, porque eu nunca mais fiquei feliz.

— Onde está Maha?

— Está com fome, Baba? — pergunta Khalid.

— Eu perguntei onde está Maha.

Nenhum de nós responde. Não sei o que dizer. Olho em volta e Amira ainda está falando aos sussurros com a sua barriga e os olhos de Khalid estão baixados. Acho que ele está assustado.

— Arranje-me um pouco de comida, então.

Khalid se levanta em um salto e dá uma tigela a Baba.

— Pedi comida e não uma bebida azul; por acaso acha que eu sou uma criança?

— Não temos comida, Baba.

— Por que não? Não trabalho o bastante para alimentar vocês?

— Nenhum de nós tem dinheiro e não há mais empregos.

— Do que está falando? Onde pensa que vive? Eu sempre cuidei de vocês!

Baba e Khalid continuam a conversa e eu começo a pensar na comida da mamãe. Seu frango assado com alho era o melhor. Minha boca começa a salivar e meu estômago faz de novo um barulho engraçado, então bebo a tinta e espero que não acabe por soluçar poesia. Não quero que Isa fique chateado por eu estar lendo seus livros. Baba não perguntou de Yasmine, só de mamãe. Não sei como ele esqueceu que mamãe já se foi.

— Só cale a boca e chame Maha, estou farto de discutir com você.

— Baba, mamãe está morta — digo. Eu não quero que Baba fique bravo, mas minha cabeça é como uma máquina de lavar: bate e gira e só dói mais cada vez que ele diz o nome da mamãe.

— Do que está falando? Como ousa falar isso sobre sua mãe?

Khalid senta Baba no sofá e começa a declamar passagens do Corão em seu ouvido. Baba não diz nada e seus olhos começam a fechar. Me lembro do quarto que ele me mostrou e saio escondido enquanto Khalid cuida de

Baba. Vou na ponta dos pés até o quartinho de Baba e, assim que entro, sinto um cheiro estranho que me lembra remédio. Procuro ao redor e encontro frascos de remédio abertos no chão. O cheiro atinge minha garganta e eu quase vomito.

Entro correndo no quartinho para fugir do cheiro. Sigo e encontro Tariq sentado num canto. Ele se levanta em um salto quando abro a porta.

— Tari...! — O nome dele fica preso na minha garganta. Não sei como.

— Vem sentar comigo?

Eu me sento e vejo vários discos no chão. Parecem arco-íris empilhados.

— Como você tem passado, Adam?

— Eu tenho passado fome, sr. Tariq.

Tariq ri e tenta explicar que ele está perguntando como eu estou.

— Baba está de uma cor diferente e estou com medo dele.

— Como assim, uma cor diferente?

Não sei como explicar ao Tariq que eu enxergo cores diferentes.

— Estou farto desses protestos todos os dias, estão me dando dor de cabeça. A vida era muito melhor quando o povo ainda não tentava dar uma de esperto e protestar contra tudo. Agora Isa está morto e Yasmine desapareceu — diz Tariq.

— Yasmine vai voltar, Tariq.

— Como você sabe? Não sabemos nem onde ela está.

— Porque ela me disse que voltaria.

— Adam, não sabemos onde ela está. Não sabemos nem mesmo se ela está viva.

Meu coração fica vermelho e quente. Por que Tariq diria uma coisa dessas? É claro que Yasmine está viva. Ela só saiu um tempinho e vai voltar. Eu sei disso.

— Você está bem? — Tariq põe a mão no meu ombro. Eu me afasto dele. Sinto uma fumaça vermelha subindo dentro de mim. Quero ficar sozinho.

Fico longe de Tariq e embalo meu corpo pra frente e pra trás para me livrar da fumaça vermelha. Se eu não fizer isso vou ficar irritado e machucar alguma coisa. Bato minha cabeça na parede para me livrar dos maus pensamentos. Por que Tariq disse aquilo? Agora tem fumaça preta e violeta brigando no meu coração.

— Adam, você está bem? — A voz de Tariq agora está mais alta e ele está começando a me assustar.

As vozes na minha cabeça passam a ficar mais altas e eu começo a embalar meu corpo mais rápido. Ouço o toca-discos mudar para uma música que me soa familiar e me acalma.

A fumaça na minha cabeça começa a desaparecer e se desfazer como se fosse gelo. Agora toda ela foi embora, mas o rosto de Isa no hospital agora está em minha mente. Começo a chorar demais e meu corpo chacoalha e treme. Consigo sentir cada lágrima me chacoalhar.

Ouço a voz de Tariq misturada à música, mas ambas parecem estar em câmera lenta, como se saíssem da boca de um robô.

Tariq me carrega e sai correndo. Tento me desvencilhar dos seus braços, mas ele é muito forte. Ele tem músculos grandes. Quem me dera ter músculos grandes. Começo a me acalmar quando penso em como posso lutar contra ele e me soltar de suas mãos. Ele tem cheiro de chuva antiga. Não cheira bem. Como será que estou cheirando?

Khalid vai até Tariq e eu e pergunta o que está acontecendo. A voz dele não parece feliz.

— Pegue um daqueles comprimidos que mencionei. — Tariq me senta no sofá e olha nos meus olhos. Algo ruim está acontecendo. Estou vendo serpentes.

— Que... que... que comprimido? — pergunto. Minha voz soa fria, trêmula.

— Relaxe, você está passando por muita coisa.

Tariq segura minhas mãos e se inclina sobre mim. Que coisa é essa que eu estou passando e não estou sabendo?

Khalid volta com uma caixa de comprimidos e a entrega pro Tariq, que abre a caixa e tira um comprimido e quebra na metade. Um pouco do pó do comprimido cai em mim. Já vi esses comprimidos antes. Quando mamãe morreu e eu não estava me sentindo bem, Baba me levou ao médico. Disse que eu estava passando por um momento difícil e que na minha condição eu precisava de algo que me tranquilizasse. Eu ficava perguntando a Baba o que o médico quis dizer com "minha condição", mas Baba não respondia. Sei que sou diferente porque falo diferente. Só não sei qual é a minha condição. Aqueles comprimidos sempre me deixavam sonolento. Uma vez eu dormi por três dias, Yasmine me contou. Quando acordei, lembro que senti ter dormido só algumas horas.

— Khalid, eu não quero o comprimido, eu estou me comportando bem.
— Shh, Adam, pode relaxar.
— Não, não, não!

Parece que Khalid e Tariq estão conversando entre si, mas eles não estão abrindo a boca e não consigo ouvi-los falando. Nenhum deles está me ouvindo. Tariq segura minha cabeça pra trás e eu começo a me afastar e tentar combater os dois. Eles me seguram firme e não consigo me safar. Abrem minha boca e enfiam o comprimido. Não quero engolir. Eu não sei o que esse comprimido faz. Tento cuspir o comprimido, mas Khalid cobre minha boca e puxa minha cabeça pra trás pra que eu o engula imediatamente.

Sinto o comprimido descer minha garganta e Khalid e Tariq logo me soltam. Realmente acho que eles estão falando em segredo. Não sei o que está acontecendo. Será que estamos jogando algum jogo? Os dois estão sorrindo. Eu me levanto e corro até meu quarto. Não gosto de me sentir confuso. É como se um trilho de trem dentro da minha cabeça estivesse se desconectando.

Entro no meu quarto e encaro a pintura que não terminei porque estava com tanta fome que minha mão começou a tremer. Tenho uma pilha de desenhos na minha mesa que não tenho espaço pra pendurar. No topo da pilha tem um desenho de Isa sorrindo como ele sorria quando via minhas pinturas. Quanto mais me concentro no rosto dele, mais embaçado ele fica. Tento falar com ele, mas ele não me responde. Por que não está me respondendo, Isa? Você vai voltar? Você sabe onde está Yasmine? Na minha cabeça, minha voz soa distante e Isa continua sem me responder. Ele parece tão feliz na pintura, mas seu rosto está congelado. Congelado. Congelado. Não consigo me lembrar do que eu estava dizendo. Ainda estou encarando a pintura e agora Isa está falando comigo, mas não consigo responder. Minhas pálpebras e minha respiração estão ficando pesadas. Consigo até imaginar que um monstro noturno está tentando fechar minhas pálpebras por mim. Antes eu não estava cansado. Por favor, monstro, não me faça dormir. Tento dizer alguma coisa, mas minha garganta está fechando. Venha me ajudar, Isa. Volte, Isa.

Capítulo Treze
Lima

Um grupo de homens com farda do exército está do lado de fora da minha janela com armas nos ombros. Por que estariam aqui? Eu me escondo embaixo das cobertas antes que me vejam. Não quero que me levem embora. Deito de bruços e abro um buraco pra poder espiar. Agora tem outros homens e não estão de uniforme. Seus olhos estão cobertos por um pano branco. O que é que vão fazer com eles? Eles fazem os homens sentar na calçada e consigo ver a boca de um deles se mexer, mas não sei o que está dizendo. Continuo encarando e então percebo alguém parecido com o Khalid andando por ali. Aperto os olhos pra enxergar melhor, mas não consigo dizer se é Khalid ou não. Olho para as roupas dele e percebo que está usando a mesma camisa que Khalid usa faz uma semana. O que o Khalid está fazendo ali? Está falando com um dos homens de uniforme. Não sei quem são os caras maus. Será que Khalid está com os caras maus? Não gosto de política nem de guerra. Cada pessoa diz uma coisa diferente sobre isso; mesmo quando você vê alguma coisa, as pessoas dizem que foi outra.

O homem golpeia Khalid no ombro e meu coração despenca até os pés. Por favor, não levem Khalid também. Khalid começa a rir e entra em casa. O que está acontecendo? Será um sonho? Esfrego os olhos com força e abro de novo. Vejo pontos cinza e amarelos cobrindo minha visão. Não sei que comprimido os meninos me deram ontem, talvez eu esteja imaginando tudo isso.

Uma vez li sobre um sonho acordado em que você desperta mentalmente e consegue ver e fazer coisas, mas seu corpo não consegue se mexer. Será que estou sonhando acordado? Será que estou mesmo me movendo? Minha visão desembaça e eu vejo os mesmíssimos rostos lá fora, mas Khalid não está lá. Tento serpentear por baixo da cama que nem a cobra que eu vi no canal da National Geographic para alcançar as cortinas e fechá-las. Começo a fechá-las devagarinho, daí ouço uma batida na janela e tento correr, de volta. Ouço mais uma batida, e antes que eu consiga me levantar e correr a janela se arrebenta e entra uma arma por ela. O que está acontecendo? Por que estão atacando meu quarto? Eu me levanto para sair correndo e piso num enorme caco de vidro. Sinto o caco atravessar meu pé como se fosse uma corrente elétrica; olho pra baixo e vejo o caco no meu pé e sangue ao redor. Grito tão alto que sinto os meus pulmões chacoalhar. Nunca imaginei que eu fosse capaz de berrar tão alto. Ouço passos na sala de estar e repito o nome de Deus mentalmente para afastar a dor. Khalid esmurra a porta e entra.

— O que diabos aconteceu?

Ele olha pela janela e começa a xingar baixinho. Ele se inclina sobre mim e diz pra eu fechar os olhos. Não quero fechar os olhos, mas fecho porque meu cérebro dói e pouco a pouco tudo está ficando azul. Ouço barulhos de coisas se quebrando em minha mente e vejo vidro azul se quebrando de novo e de novo em minha mente. O vidro começa a girar e eu tento segui-lo.

— Pare de tremer, Adam!

Não consigo sentir que estou tremendo, mas posso ouvir a voz de Khalid tão nítida que abro os olhos e agora nada mais está azul. Cada coisa tem sua própria cor. Khalid tira rapidamente o caco de vidro do meu pé e eu não sinto nada até ele finalmente sair da pele. Olho pra baixo e vejo um corte do tamanho de um dedo.

— Está tudo bem, Adam, tudo bem.

— Kh...

— Fale, Adam, não se preocupe, é só um arranhão. Vamos pôr alguma coisa nele.

— A janela...

— Não se preocupe, foi só um acidente. Eles estão lá fora, venha comigo.

— O que estão fazendo, Khalid? Por que estão na minha janela?

— Vamos logo, Adam, não estamos seguros aqui. — Khalid me ajuda a ir até o banheiro e fica falando comigo, mas não consigo me concentrar no que ele diz. Quero que as pessoas na minha janela vão embora. Não quero que a guerra fique na minha janela. Ouço Baba chamar o nome da mamãe.

— De novo, não! — sussurra Khalid. Sua boca cospe palavras amarelas. Ele envolve meu pé com uma atadura. Não acho que vai fazer diferença. Quanto mais ele aperta a atadura, mais meu pé dói.

— Dói.

— Eu sei, aguenta firme.

— Dói mais com a atadura.

— Adam, ouça aqui: você precisa da atadura. — Eu não digo nem mais uma palavra. Só Yasmine me entendia.

— Khalid, por que você falou com os malvados?

— Com os soldados do exército, você quer dizer?

— Isso.

— Tentei enganá-los pra que não atacassem nossa casa.

— Como?

— Quando você crescer, vai entender que o melhor amigo do homem é a manipulação.

— O que significa manipulação?

— Significa enganar as pessoas para que acreditem no que você quiser que acreditem.

— Ou seja, mentir para as pessoas?

— Por aí.

— Mentir é feio, Khalid.

— Às vezes é preciso se proteger.

— Mas Deus disse pra nunca mentirmos.

— É verdade, Adam, mas não tive escolha.

Olho nos olhos de Khalid e não vejo a mesma aura que ele sempre carrega. Seus olhos estão cinza como os de Baba. Todo mundo está ficando da mesma cor. Todo mundo está ficando escuro.

Ouvimos xingamentos vindos lá de fora. É quase como se os homens estivessem dentro da casa. É assustador. Khalid me diz pra andar na ponta dos pés. Agora não estamos em segurança. Espiamos quietinhos pela janela da sala de estar. Amira está sentada em seu lugar de sempre, ela nem se mexeu. Nada assusta Amira. Ela nem nos pergunta o que estamos fazendo andando pela casa às escondidas. Se eu fosse ela, estaria curioso e faria um monte de perguntas. Foi o que Yasmine disse que detestava, antes de ir embora. Quando ela voltar, não vou fazer tantas perguntas a ela. Só quero que ela seja feliz. Gosto de andar às escondidas com Khalid, é como se estivéssemos jogando algum jogo. Eu até chamaria o Ali pra brincar, mas já faz dias que ele está dormindo. Imito Khalid e também estico minha cabeça pra fora. Vejo os mesmos homens de uniforme xingando e os outros sentados no chão com a boca aberta e apoiada na calçada. Eles até estão com os olhos vendados. Me pergunto como será que estão se sentindo sendo incapazes de enxergar, sentados no meio da rua. Quando meus olhos estão cobertos, me sinto sufocar e fico inquieto. Não consigo parar de pensar em coisas ruins e parece que todo o meu corpo se encolhe em volta do cérebro de tanto medo que tenho. Eles devem estar com muito medo. O soldado chuta a cabeça de um dos homens. Por que ele está chutando o homem? Fecho os olhos, mas continuo ouvindo o som do sapato batendo no rosto do homem e o homem gritando "Deus é grande". Abro os olhos e embaixo do homem vejo uma poça que antes não estava lá. Olho pro Khalid, que está resmungando coisas, e me pergunto se ele também odeia violência.

— O que é aquela poça, Khalid? — sussurro. Sei que se eu falar alto eles vão ver a gente.

— O homem fez xixi nas calças. — Khalid não sussurrou. Ele falou normalmente. Talvez tenha se esquecido de que estamos escondidos. Nunca ouvi falar de um homem que fez xixi nas calças. Olho lá fora de novo e me concentro no chão. Acho que consigo ver um tom amarelado na poça. Achei que só as crianças fizessem xixi nas calças. Mamãe me dizia que se eu fizesse xixi na cama mais uma vez, ela iria me trancar no meu quarto durante uma hora, para eu aprender a lição. Eu não gosto de ser trancado, então nunca mais fiz xixi nas calças depois disso. Talvez a mãe desse homem nunca tenha ensinado isso pra ele.

— Por que ele fez xixi nas calças? — Khalid não olha pra mim nem me responde. Continua a resmungar consigo mesmo. Começo a pensar que ele está muito constrangido. Lembro que uma vez uma menina da minha sala fez xixi nas calças e todos caçoaram dela. Eu não; nunca nem falei com ela. Por falar em escola, me lembro da garota com olhos de Nutella e antes mesmo que eu consiga sorrir pensando nos seus olhos, ouço gritos, berros e tiros, tudo no mesmo instante. Foram todos disparados ao mesmo tempo. Levanto a cabeça um pouco mais pra ver melhor, e os sete homens que estavam com os olhos vendados e deitados com a boca aberta sobre a calçada agora têm sangue por todo o corpo e o rosto destruído. Sobrou um homem, e o soldado pisa na cabeça dele e mentalmente consigo ver em câmera lenta a maneira como sua boca vai se escancarando até quebrar. Voa sangue pra todo lado. Nos livros sempre leio cenas com sangue voando pra todo lado, mas nunca fui capaz de imaginar como o sangue pode voar pra todo lado. Agora todas essas cenas ressurgem aos montes. Sangue realmente voa pra todo lado. Khalid me puxa pra baixo e tenta cobrir meus olhos, mas eu já vi tudo e agora estou tremendo. Como isso pôde acontecer? Por que é que fizeram isso com eles? Quero ver o que vai acontecer com os soldados. Eu me afasto dos braços do Khalid e espio.

— Não olhe!

Não respondo e vejo os soldados se afastarem dos homens que estão no chão. No chão tem xixi misturado com sangue e pele. Parece papel machê, mas não é. Sinto o vômito subir pelo meu estômago, porém desvio o olhar e tento inspirar e expirar como a Yasmine me ensinou pra evitar vomitar.

Saio correndo até o meu quarto e tranco a porta. Meu quarto parece vazio e exposto. Nunca pensei que uma janela pudesse ser tão importante. Fico um tempinho sentado olhando para os homens na calçada lá fora. Quanto mais observo, mais a cena me lembra uma pintura. É algo que Dalí pintaria, como seu quadro *A face da guerra*, porém com mais rostos. Sinto que já vi essa cena antes, mas sei que não vi. É só uma sensação estranha que não sei explicar. É como se eu conhecesse aqueles rostos. É como se eu tivesse estado aqui antes. Mas sei que não conheço. Sei que não estive.

Escalo minha janela e tomo cuidado para não pisar em cacos de vidro. A janela é baixa e nem preciso pular pra chegar lá fora. Agora que estou pertinho dos homens, tudo tem uma aparência mais real. Eu não achava que poderia ficar ainda mais real. É como uma pintura que você não sente até esboçar cada detalhezinho e compreender o todo. É isso que eu faço quando gosto de uma pintura. Uma vez sonhei com George Orwell falando comigo. Não se parecia com ele, mas ele disse que era. Mamãe disse que o significado desse sonho é que eu realmente gosto muito desse escritor. Eu realmente gosto dos livros dele. No sonho ele me contou que o sangue é um substituto da tinta. Como o sangue poderia substituir a tinta? Mas agora, com tanto sangue na minha frente, uma parte de mim está me provocando a pegar um pouco de sangue e pintar. E assim eu faço. Olho cautelosamente ao redor e garanto que ninguém está por perto. Estendo o braço por dentro da janela e pego o estojo que deixo no peitoril. Esvazio as canetas e coleto sangue com elas. O sangue é realmente muito grosso, mas tem tanto sangue que parece água. Por mais que eu tenha sido cuidadoso, um pouco de sangue toca minha mão por acidente. A sensação é esquisita. Não existe nada igual. É quente e frio ao mesmo tempo. É como se suas sensações se desconectassem ao tocar sangue. Meus sentidos ficam confusos. Eu recolho minha mão imediatamente.

Um dos homens tem cabelo comprido, que está caído sobre os ombros. Eu me agacho e pego alguns fios e volto correndo pro quarto saltando a janela. Sinto que estou perdendo a cabeça. Ouvi Yasmine dizer essa expressão tantas vezes que acho que ela me transmitiu a sensação junto com a frase. A guerra está me deixando zonzo. Não consigo me entender mais.

Sento e fico pensando em Yasmine. Será que ela está se alimentando bem? Estará longe daqui? Quanto tempo vai demorar pra voltar? Ela é minha pessoa preferida no mundo. Ao pensar nela começo a pensar na mamãe, depois no funeral dela, depois em Baba, e depois tudo começa a desmoronar em cima de mim como se fosse um acidente de avião e meus ombros ficam pesados.

Olho para o estojo cheio de sangue e resolvo começar a pintar. Arrumo tudo e pego meu lápis preferido. Inicio esboçando uma boca escancarada como a dos homens lá fora, mas daí ela fica mais parecida com um olho, então começo a desenhar no meio da página um olho que tem uma pupila que contém uma história. Daí esboço prédios altos, depois um incêndio na base e um prédio desmoronado. Nunca sei o que estou desenhando ou por que estou desenhando até terminar minha pintura. Geralmente deixo meu cérebro fazer todo o trabalho. É por isso que eu amo pintar, é a única hora em que não preciso pensar, só tenho que mexer minha mão e ver o que é que sai.

Eu me afasto e dou uma olhada no esboço. Não sei o motivo, mas vejo Yasmine na pintura. Será que esse olho é dela? Será que é isso que ela está vendo nesse momento? Meu estômago começa a se revoltar e fazer barulho de repente. Eu não tinha percebido minha fome. Esqueci quando foi que comi pela última vez. Em geral tenho boa memória e guardo tudo o que acontece, mas esses dias ando esquecendo facilmente. Não gosto nada disso.

Termino de fazer o esboço e começo a pintar; meu estômago ainda está revoltoso. Estou com medo de ir lá fora, todos estão diferentes. Começo com a cor preta, para o traçado. O meu cheiro preferido é o de tinta. Quando cheiro tinta, vejo triângulos. Mergulho o pincel na água, que eu já não troco há séculos porque não temos água. Será que posso beber essa água? Mas se eu beber, não terei como pintar. Prossigo pintando e pensando o que é que eu poderia comer. Eu poderia comer tinta! Eu amo o cheiro e as cores da tinta, então por que eu não adoraria o gosto? Tenho pilhas e pilhas de tinta que uso raramente, mas na maior parte das vezes uso as três cores que estão na mesa por serem minhas preferidas. Me debruço sobre a gaveta onde estão todas as minhas tintas e pego uma lá do fundo, onde estão as que eu quase não uso. As cores estão todas misturadas porque eu costumava usar essas tintas quando era menor e a mamãe estava me ensinando a pintar. Mamãe também costumava pintar quando era mais jovem, tinha uma galeria na universidade antes de se casar e ficar ocupada demais. Já eu nunca vou abandonar a pintura. Eu espremo o tubo de tinta verde e começo a comer. No momento em que ponho a tinta na boca, meu corpo reage com um calafrio. É a mesma reação que tenho quando como mel. Estou tão faminto que continuo a comer mais um pouco. Consigo sentir o gosto da cor verde. É uma sensação estranha, mas tem gosto de verde. Me pergunto que gosto têm as outras cores. Continuo espremendo o tubo na minha boca. Quanto mais eu aperto, maior é a gororoba. Estou começando a ficar enjoado. Deixo a tinta de lado e tento engolir o que restou na minha boca. Esfrego meus dedos na língua para tentar me livrar da tinta. Minha língua e meus lábios estão verdes; vi no espelho. Preciso me livrar disso antes que alguém veja. Eu puxo minha camiseta e esfrego a tinta da boca e da língua. Ainda ficou um pouco, mas não parece mais que eu comi tinta. Meu estômago parou de fazer aquele barulho esquisito. Talvez tenha sido uma ótima ideia comer tinta. Tenho um monte. Vai demorar pra acabar.

Ouço o telefone tocar na sala de estar. Faz um tempão que não ouço esse som. Corro até a sala de estar e atendo. Isso significa que estamos com eletricidade de novo.

— Alô! — Estou tão feliz de poder falar um alô de novo.

— Alô! Está me ouvindo? Sou eu. — Não sei por que as pessoas dizem "Sou eu" no telefone; por que não dizem logo o nome? Seria bem mais fácil. Reconheço a voz, mas não sei exatamente de quem é.

— Sim, estou ouvindo. Quem é?

— Aposto que é o Adam! Você é o único que fala com educação. Sou eu, sua tia. — Ela ri. Eu tenho muitas tias, então isso não facilitou nem um pouco.

— Que tia seria?

— Ha, ha, você não mudou nada. Sou eu, tia Suha. — Eu gosto da tia Suha, ela é irmã de mamãe. Costumava vir sempre aqui e nos convidar pra ir à casa dela em Damasco. Ela tem uma piscina enorme em que eu costumava nadar direto. Quem me dera estar lá.

— Como você está? Como está a família? Estão em segurança? — Não sei que pergunta responder primeiro. Ela fez várias. Ouço-a sussurrar a alguém próximo a ela, mas não entendo o que estão dizendo.

— Titia, você ainda tem uma piscina na sua casa?

— Sim! Venha me visitar! — Ela ri.

— Como é que chego até você, titia?

— Pergunte a Yasmine, onde ela está?

— Três homens a levaram. Acho que ela volta em breve.

— Como assim, três homens a levaram? O que aconteceu? Vamos, fale depressa! — Sempre que me pedem pra falar depressa eu não sei o que dizer. É como se meu cérebro desligasse. Por que as pessoas simplesmente não ouvem o que eu digo em vez de pedir pra eu falar depressa? — Adam, você ainda está na linha? Tem mais alguém com quem eu possa falar?

Olho em volta e vejo Khalid entrando na sala.

— Quem está no telefone? — Ele corre até mim e sorri pela primeira vez desde que Yasmine foi embora.

— É a titia Suha.

Ele toma o telefone da minha mão e começa a falar depressa, explicando tudo. Por que é que eu não consigo fazer isso? Por que é que tenho que ser tão diferente?

Caminho até o interruptor e acendo a luz. A luz realmente faz diferença. Ela está de volta.

Puxo a camisa de Khalid, mas ele não se move.

— Khalid!

— Shhh!

— Khalid, como eu faço para ir a Damasco? — Khalid não me responde e continua a contar toda a história à titia. Por que é que ele tem que explicar tudo? Do outro lado da linha consigo ouvir a voz alta da titia.

Khalid desliga o telefone e se senta na cadeira. Ele não olha pra mim, olha pra suas mãos e depois passa as mãos no cabelo. Ele inspira e expira pesado, que nem um menino da minha sala que tem asma. Mas Khalid não tem asma.

— Khalid, como faço pra chegar em Damasco? Quero ir à piscina dela.

— Adam, agora não tenho tempo pra você.

Como pode ele não ter tempo pra mim? Um dia tem vinte e quatro horas e mil quatrocentos e quarenta minutos. Ele não usa tudo isso. Ele só está sentado, sem fazer nada.

— Por quê, Khalid? O que você está fazendo?

Ele ergue o olhar pra mim e vejo que seus olhos estão vermelhos. Como se veias tivessem explodido em seus olhos.

— Por favor, Adam, vai embora.

— Pra onde eu iria?

— Pra onde quiser.

Eu abro a porta para tomar um pouco de ar fresco. Não dá pra ver os homens mortos lá fora porque eles estão na esquina, mas sei que estão lá, então consigo sentir que olham pra mim. Tem um gato rondando a casa do vizinho. Será que os corpos ainda estão lá? Será que alguém mais vive lá? Eu me levanto e vou até lá. O gato começa a sibilar no momento em que chego perto da porta. Eu me agacho e acaricio seu pelo. É um gato preto com olhos brancos. Acho que ele é cego. Quando toco nele, sinto suas costelas. Imagino se comeu alguma coisa. Mamãe costumava jogar comida para os gatos, mas não sei se Yasmine já fez isso. Será que está com fome? Pego o gato e ponho no meu peito. Talvez eu consiga escondê-lo no meu quarto e cuidar dele. Posso ter um novo bichinho de estimação. Vou batizá-lo de Alcaçuz porque ele me lembra o meu doce preferido. Eu abro a porta da casa do vizinho e o gato começa a sibilar de novo. Acaricio seu pelo para ele relaxar. Talvez só queira um pouco de comida. Mas mesmo assim ele não para de sibilar. O interior da casa está escuro e o cheiro é muito forte. Não sei que cheiro é esse, mas imediatamente me dá dor de cabeça. Alcaçuz está tentando pular das minhas mãos, eu o aperto, mas ainda assim ele pula.

— Volta aqui, Alcaçuz!

Eu nunca tinha dado ordens, sou eu que sempre recebo ordens por ser o mais novo. Como é bom!

— Não, Alcaçuz, volta aqui!

Corro atrás dele, mas o cheiro fica mais forte e não consigo avançar mais.

— Venha...

Estou muito assustado. Não quero mais avançar. É como se o cheiro estivesse me cercando, prestes a me esmurrar o estômago. Eu paro e abro a porta onde o gato se esgueirou. Abro-a devagarinho; tem algo errado. A única coisa que vejo é o rabo do Alcaçuz se mexendo pra lá e pra cá. O que será que ele está fazendo? Abro a porta um pouquinho mais e ouço o gato farejando. Não tem luz, mas vejo tudo claramente. É daqui que vem o cheiro. Tem muita gente morta no chão. Não consigo contar quantas pessoas são. Estão todas deitadas de costas uma ao lado da outra e cobertas com pano branco. Não sei se a família de Ali está ali. Não consigo reconhecer nem um rosto. Por que estão todas aqui? Quem as colocou aqui? Cheiram a pés, a sangue e bolor. Não consigo descrever como é horrível. Sinto meus pensamentos se distanciar cada vez mais, quanto mais encaro a cena. Alcaçuz está cheirando todos eles. Está faminto. Reconheço a sensação de estar perdendo a cabeça. Significa que estou prestes a desmaiar. Começo a sentir náusea. Vem a ânsia, mas não vomito. Saio da casa correndo o mais rápido que posso antes que aconteça alguma coisa. Não quero cair desmaiado no meio de gente morta. Ninguém vai poder me ajudar. Chego à entrada e inspiro e expiro como se eu não tivesse respirado ar fresco havia anos. Sinto meus pulmões se estreitar. Não percebi que estava prendendo a respiração.

Por que é que entrei lá? Às vezes dou uma de curioso e acabo me sentindo enjoado. Espero Alcaçuz sair enquanto faço minhas preces. Quem é que está abandonando os corpos na casa do vizinho? Eu me sinto vivendo dentro de um filme de detetive. Talvez eu devesse assumir este caso e tentar descobrir quem abandona os corpos na casa vizinha. Eu posso ser o Sherlock Holmes da Síria.

Por fim, Alcaçuz sai daquela casa e corremos para a nossa. Verifico se tem alguém na sala de estar antes de ir correndo até o meu quarto. Ponho Alcaçuz na cama e me sento e inspiro e expiro. Não sei por que estou sentindo falta de ar. Não corri tanto assim.

Eu me deito na cama e o gato sobe em minha barriga e se enrosca. Acho que gostou de mim. Gosto da sensação de ter o estômago quentinho. Fico sonolento. Não faço muita coisa durante o dia, mas sempre estou cansado. Não quero acabar como Ali. Nem sei se ele já se levantou. Ele nunca sai do quarto de hóspedes.

Acordo com Alcaçuz ainda na minha barriga. Não acho que dormi por tanto tempo. Ainda está escurecendo. Tive um pesadelo. Queria que Yasmine estivesse aqui. Sempre corro até ela depois de um pesadelo. Ela geralmente esquenta um copo de leite pra mim e me deixa sentar no quarto dela. Sonhei com a garota com olhos de Nutella. Ela corria na minha direção e eu me sentia feliz. Eu pensava que enfim tinha um amigo de que realmente gostava. Ela me alcançou e caiu no chão e começou a beijar meus pés. Eu pulei pra trás e então ela se levantou e os olhos dela se transformaram nos olhos da mamãe e ela ficou me dizendo para voltar correndo com ela. Eu tentava escapar, mas não conseguia correr. Daí acordei. Por que será que os olhos da garota-Nutella se transformariam nos olhos da mamãe? Eles parecem errados, mas ao mesmo tempo corretos. Acho que parecem familiares.

Alcaçuz ronrona pra mim.
— Dormiu bem, Alcaçuz?

Alcaçuz ergue o olhar pra mim, mas não me responde. Preciso treinar Alcaçuz para me entender. Isso vai ser divertido. Não preciso de mais amigos. Acho que é "ela". Alcaçuz soa como uma gata.

De repente, ouço tiros lá fora e vejo um tanque descendo nossa rua. Meu coração despenca até o pé. Nunca tinha visto um tanque na vida real. Corro para procurar todo mundo e contar isso.

— Amira! Tem um tanque lá fora!

— Não tem, não. — Ela responde sem olhar pra trás. Preciso procurar Tariq e Khalid. Bato três vezes na porta do quarto do Khalid e espero ele me mandar entrar.

— Khalid, sai daí, tem um tanque lá fora!

— O quê? Filhos da mãe! Você sabe do quartinho secreto?

— Sim.

— Fique lá até eu te mandar sair.

— Posso levar Alcaçuz comigo?

— Do que você está falando? Não temos alcaçuz nenhum.

— Alcaçuz é minha nova gata.

— Adam! Vá logo pro quartinho!

Ouço pessoas gritando lá fora. Pego Alcaçuz e corro até o quartinho. Dessa vez ele está vazio. Eu me recosto e sussurro pra Alcaçuz uma canção que a mamãe cantava pra mim. Volta logo, Yasmine. Não sei fazer nada sem você.

Ouço a voz de Ali e levanto em um salto. Eu estava esperando ele acordar. Encosto meu ouvido na porta e então abro um pouquinho para tentar escutá-los. A porta do quarto de Baba está escancarada, mas não consigo ver ninguém pela fresta. Ouço uma porta ser arrombada e Amira gritar. O que está acontecendo? Ouço vozes mais graves se aproximando. Quantos homens estão entrando em nossa casa? Vejo a sombra de um homem, porém não sei quem é ele.

Ouço a voz de Baba, mas estou com medo de sair. Khalid disse que era pra eu ficar aqui. Estou com medo. O que querem de nós? Deus, por favor, não deixe que machuquem nenhum de nós. Ouço pratos se quebrando acompanhados de gritos e berros. Eu me enterro ainda mais num canto e enfio meus olhos no pelo de Alcaçuz.

— Querem liberdade, não é? Vou mostrar o que é liberdade, seus filhos da mãe.

— Por favor, eu imploro, nos deixe ir. Eu posso beijar os seus pés. — É a voz de Amira que consigo ouvir.

O que estão fazendo com eles? De repente ouço Amira berrando. Não ouço a voz de mais ninguém. O que é que estão fazendo? Espio pela fenda da porta de novo, mas não consigo ver nada.

Não sei quanto tempo fico esperando no cantinho, cantando baixinho, mas após algum tempo não ouço mais nada nem vejo sombras. A casa está silenciosa. Isso me dá calafrios. Saio devagar do quartinho e passo pelo quarto de Baba. Alcaçuz não se contorce nos meus braços. Ela fica quieta. Entro na sala e encontro o sofá de ponta-cabeça e todo rasgado, pratos quebrados no chão e nossa TV aos pedaços em cima da mesa de centro. Baba está ali no meio deitado no chão. Seus olhos estão abertos. Consigo vê-los, mas ele não pisca. Corro até ele sem procurar por ninguém.

— Baba! Baba! Consegue me ouvir?

— Khalid...

— Baba, sou eu, Adam!

— Khalid...

Procuro Khalid ao redor, mas não o vejo. Ali está agarrado na cintura de Amira enquanto ela se levanta para começar a limpar tudo.

Eu acaricio o rosto de Baba e tento fazê-lo se levantar. Amira começa a limpeza sem afastar Ali de sua cintura. Ela canta baixinho. Ouço só um murmúrio. Tudo está escuro e bagunçado. Até o cantarolar da Amira soa escuro.

— Baba, levanta.

Baba não responde, ele segura minha mão e eu tento puxá-lo devagar. Onde está o Khalid? Estou com medo de perguntar.

— O que aconteceu, Baba?

— *Khanjar* — responde Ali. Não sei o que ele quer dizer.

— O que você quer dizer?

— É um mercenário. Ouvi falar no nome dele.

— O que ele estava fazendo aqui?

— Destruindo nossa vida.

— Onde está o Khalid?

— Eles o levaram.

— O quê?

— Sim, levaram mais um dos nossos.

Corro até a porta e grito o nome de Khalid. Não é possível que tenham levado ele também. Eles já levaram todos os outros! Grito até sentir minha garganta raspando. Paro antes de perder completamente a voz. Minha mente, no entanto, ainda grita o nome de Khalid. Se Yasmine estivesse aqui, ela saberia o que fazer. Volta, Yasmine, volta, Khalid. Não quero perder mais ninguém. Quero que fiquem comigo. Por que é que estão levando meus irmãos? O que foi que fizemos a eles? Nunca levei embora ninguém da família deles. Enxugo as lágrimas e sinto os meus dedos arranhando o rosto. Olho para minhas mãos. Elas se parecem com as de Baba. Minha pele é dura e áspera e parece que eu estive esfregando as mãos na madeira. Cuspo nelas pra umedecer, mas não sai muito cuspe. Minha boca está muito seca. Será que minhas mãos estão assim porque eu pinto? Eu volto e peço para o Ali me deixar ver suas mãos. As dele são iguais às minhas.

Sento-me ao lado de Baba e tento não chorar. Baba está chorando. Seu corpo está tremendo.

— Baba, o Khalid vai voltar?

— Eu não sei, Adam. Eu espero que você nunca tenha que sentir a dor de levarem as suas crianças embora.

— Khalid não é uma criança, Baba.

— Ele é a *minha* criança!

Baba não explica o que quer dizer, como geralmente faz; ele apenas repete a mesma resposta. Queria conseguir entender. Eu me embalo pra frente e pra trás e tento cantar mentalmente. A música me acalma. Eu me levanto e começo a rezar. Não fiz minha ablução, mas sinto uma vontade súbita de me levantar e rezar a Deus. Eu sei que Deus vai me ajudar.

— Ontem falei com Yasmine em sonho — disse Baba.

— Como, Baba? O que foi que ela disse?

— Ela não disse nada, ficou quieta, fui eu que falei.

— O que você falou pra ela? Você falou pra ela voltar, Baba?

— Falei, sim. Acho que ela está bem. Parece que sonhar uma conversa com alguém é um sinal.

— Isso! Isso! Yasmine está voltando!
— Shh, Adam, é só um ditado, não sei se é verdade. — Baba enxuga as lágrimas.
— Eu sei que ela está voltando, Baba.

Capítulo Catorze
Verde

Faz trinta e dois dias e quatro horas que Yasmine sumiu. Comecei a contar os dias de sumiço desde que minha cabeça parou de doer. Espero por ela todos os dias na mercearia onde ela me deixou, mas ainda não apareceu. Vou pra lá diariamente às três e meia da tarde e torço para que os homens a libertem. Sei que ela vai voltar, só não sei quanto tempo vai levar. Eu realmente sinto a falta dela. A casa está muito quieta sem ela. Baba fica sempre no quarto e os meninos saem para protestar e voltam tarde da noite já cansados e caem na cama. Eu estou passando fome e ninguém está se alimentando. Não temos comida em casa, mas Amira me ajuda todos os dias a ferver água na lareira porque a energia não volta faz oito dias. Estamos vivendo no escuro. Todo dia o som das rezas se mistura ao som dos tiroteios ou das bombas. Não temos mais uma televisão para saber o que está acontecendo e ninguém sai de casa. Ali dorme boa parte dos dias. Acorda por umas duas horas e volta a dormir. Não sei por quê. O rosto de Amira agora lembra uma tábua de madeira. Está magro e comprido. Ela ainda passa maquiagem todos os dias.

— Venha, quero te mostrar uma coisa.

Sigo Amira até o banheiro, onde ela me diz pra entrar. Nunca estive no banheiro com outra pessoa, então eu espero lá fora.

— Entre, tenho uma coisa aqui.

Entro na ponta dos pés. Não consigo pensar direito quando estou faminto, então só obedeço o que me pedem.

Amira tira um dos azulejos do chão logo atrás do vaso. Tento dizer alguma coisa, mas só sai um chiado em vez de palavras. Por que ela está quebrando o assoalho? De lá, ela tira uma jarra de mel. Eu arregalo os olhos e imagino como as abelhas arregalam seus olhos quando veem pessoas se aproximando de sua colmeia. Eu só quero me alimentar.

— Onde conseguiu isso?

— Trouxe comigo quando vim pra cá, sabendo que um dia íamos precisar.

— Posso comer um pouco?

— Venha, senta aqui.

Eu me sento e ouço meus joelhos ranger. Meus braços parecem compridos e amarelos, assim como minhas pernas. Parei de me olhar no espelho. Além disso, não tenho escolha, pois um dia Amira o quebrou. Eu estava no meu quarto, pintando, quando ouvi um grito vindo do banheiro. Corri e vi Amira no chão, com vidro ao redor e um pedaço na bochecha dela. Ultimamente tenho visto muito sangue. Odeio o cheiro de sangue.

— Abra a boca — diz Amira. Eu paro de devanear e volto à realidade. Amira está com dois dedos mergulhados no mel. Não quero beber mel da mão dela. Não gosto de pessoas tocando na minha comida.

— Posso eu pôr o dedo?

Amira fecha os olhos e sorri.

— Vocês, homens, são todos iguais.

Não sei o que quer dizer, mas ela me passa a jarra de mel e eu ponho meu dedo no lado onde ela não tocou. Ninguém é igual a ninguém, então como poderiam todos os homens ser iguais? Eu mal falo com Amira. Então converso com minhas pinturas. Elas nunca me confundem, elas sempre dizem as coisas certas. Ponho o mel na boca e logo de cara estremeço. A doçura do mel sempre me faz estremecer. É bom ter algo além de água.

Quero pegar mais mel, mas Amira está cobrindo a jarra e guardando de novo.

— Por que está fechando a jarra, Amira?

— Precisamos fazer render mais uns dias, senão vamos morrer de fome.

Não sei muito bem como as pessoas morrem de fome. Faz dias que eu não como. Apenas bebi água quente nas vezes em que conseguimos fazer fogo com os tocos de lenha. Estou faminto e me sinto cansado o tempo todo, às vezes mesmo acordado eu sonho que estou morrendo por causa da dor, mas nunca morro. Fico me perguntando quanto tempo alguém deve passar fome antes de morrer.

Amira se levanta e sai do banheiro. Agora estou sozinho com a jarra de mel e estou realmente faminto, mas não posso roubar. Se eu roubar, viro uma pessoa ruim, e eu quero ser bom para poder ir para o Céu. Tenho que rezar a Deus para que Ele nos dê o que comer. Saio rastejando do banheiro porque estou cansado demais para me levantar. Não estamos autorizados a rezar no banheiro porque no banheiro vivem os *jinns*. Não é lugar onde se fique muito tempo. Ergo as mãos no ar e peço a Deus que nos dê comida e traga Yasmine de volta. Sei que Deus não vai me abandonar sem me fornecer ajuda. Fecho os olhos e torço para que minha prece voe direto até Deus.

São onze e quarenta e sete da noite agora. Estou mesmo muito cansado. Estou deitado na cama tentando pensar em como poderia sonhar com Yasmine. Tento pensar nela sem me distrair para conseguir dormir e sonhar com ela. Talvez ela fale comigo no sonho. Por que será que ela visitou Baba mas não me visitou? Não sente a minha falta? Quando penso nisso, meu coração parece uma pedra no peito. Eu me levanto e resolvo ir dormir no quarto de Yasmine. Talvez lá eu sinta que ela está presente também. Entro no quarto dela e sinto uma brisa fria. A janela não está aberta. Olho ao redor. Lembro de quando nos sentamos juntos depois que Baba a estapeou e conversamos um pouco. Foi legal. Eu reproduzo a voz de Yasmine na minha cabeça e depois tento reproduzir sua risada. Mas sua risada não está muito clara em minha mente. Como posso ter esquecido a risada da Yasmine? É o meu som preferido. Fico tentando reproduzir o som de cor, mas cada vez soa diferente. Agarro o som que acho que ela faz; vai servir. Seus olhos se contraem e sua boca abre bastante quando ela ri. Tem dentes bonitos, sempre olho pra eles quando ela sorri. O dentista costumava me dizer que eu tenho dentes muito bons. Tenho muito medo de dentistas por causa das ferramentas que eles usam, mas o meu dentista é legal. Gosto dele; ele não põe metal na minha boca porque eu contei que não gostava. O metal me faz estremecer sempre que toca meus dentes. Agora não sei como estão os meus dentes. Passo minha língua neles; não parecem muito retinhos. Consigo sentir a sujeira, é isso que está deixando os dentes meio ásperos. Nunca tinha notado como a água é importante e como abusamos dela antes de ficarmos sem. O quarto da Yasmine costumava ter o cheiro dela, de água de rosas. Agora tem cheiro de ar frio. Levanto o edredom dela e me encolho na cama. É frio e solitário. Não parece o quarto da Yasmine. Eu me sento, junto as mãos e rezo a Deus para que Yasmine e Khalid voltem e esta guerra acabe. Olho ao redor do quarto e vejo mamãe olhando para mim da mesa de Yasmine. É um retrato de quando mamãe era jovem. Ela está usando um vestido vermelho com flores brancas e está sorrindo. Tem o mesmo sorriso de Yasmine. Queria que ela saísse do retrato e viesse dormir na cama comigo. Está muito frio. Fecho os olhos e começo a ouvir disparos lá fora. Acontece toda noite à mesma hora. Cubro os ouvidos com o travesseiro e penso em coisas que me deixam feliz. O quarto de Baba fica do lado do de Yasmine, e consigo ouvi-lo respirar pesado através da porta. Baba está tão mudado. Agora ele está muito magro e tem que ficar se apoiando nas coisas enquanto anda. Antes ele tinha uma aparência boa. Alcaçuz se esgueira para dentro do quarto e salta na cama. Acho que ela seguiu meu cheiro, estou feliz que ela tenha vindo, agora posso me esquentar e dormir sabendo que está no quarto.

Ali entra correndo no quarto sem bater na porta e me acorda. Como ele soube que eu estava aqui?

— Acorda, Adam! Depressa!

Aperto os olhos e olho ao redor. O sol está muito alto; eu não costumo dormir até tão tarde. Levanto em um salto e tropeço na coberta, não consigo enxergar direito.

— Não consigo enxergar direito.

— Esfregue os olhos. É por causa da poeira lá fora. Estamos todos com os olhos doendo.

— Que poeira?

— Venha.

Alcaçuz segue a gente.

— Onde você arranjou o gato?

— O nome dela é Alcaçuz.

— Que nome engraçado.
— Eu gosto.
Baba, Tariq e Amira estão abarrotando a porta. O que é que estão olhando? Por cima do ombro de Amira, que é mais baixa que eu, vejo a rua, que agora não passa de escombros. Isso tudo aconteceu enquanto eu estava dormindo? Não senti nem ouvi nada. Em meio a alguns dos escombros vejo um rosto do lado de uma perna, com roupas no meio. A nossa casa e a antiga casa do Ali ainda estão de pé. No chão tem sangue misturado com água e agora isso nem me deixa mais enjoado. Tem um homem varrendo o chão.
Baba sai de casa e Tariq o segue.
— Aonde você vai, Baba?
Tariq olha pra trás e gesticula pra eu segui-lo. Amira segura minha mão e avança. Aonde vamos todos? Solto a mão dela e ando sozinho atrás de Baba. Chegamos à rua principal e vejo minha cidade de um jeito completamente diferente. É como se eu estivesse no centro de uma história de guerra. O que eu diria caso fosse um dos personagens? Acho que ia ficar descrevendo tudo, mas é indescritível. Eles precisariam ver tudo com os próprios olhos. Embaixo da ponte aonde estamos indo tem um rio, a água está marrom. Não sei se é de poeira ou sangue, ou os dois. Seguimos e eu fico encarando o rio. Quero pular nele. A água parece correr tão livre! Lambo os lábios e sinto a pele seca descascando. Estou com sede. Quando passamos ao outro lado da ponte, a água fica mais clara. Apesar de a água ser a mesma, um lado é diferente do outro.
— Por que a cor da água está diferente, Tariq?
— Porque essa parte pertence ao governo, e a outra é onde vive o exército livre.
— Parecem duas cidades diferentes.
— Agora são mesmo.
Um grupo de homens está juntando as mãos para formar uma corrente humana que alcança a água. Daqui não consigo enxergar o que estão fazendo, então ando mais depressa para chegar à frente. Tem três homens puxando um corpo do rio. O corpo está coberto por um saco preto, amarrado com uma corda. Eles puxam o corpo e o põem no chão e entram de novo e tiram outro corpo. Esse parece ser de uma criancinha, talvez de sete anos.

De onde é que estão tirando esses corpos? Todos parecem tranquilos, como se tivessem feito isso a vida toda. Eles se dão as mãos e seguram firme. O terceiro corpo que puxam está pelado e uma das pernas está faltando. Desvio os olhos. Mas agora eu já vi, não consigo apagar a imagem da minha cabeça. A imagem está grudada nela.

Agora tento não olhar pra trás, mas olho mesmo assim. Vejo outro corpo sendo puxado. Procuro o corpo que vi antes, não sei por que motivo. Acho que preciso vê-lo de novo, alguma coisa na minha mente está me forçando. Olho em volta, mas não o encontro. Localizo o primeiro corpo no saco plástico, mas o outro eu não vejo.

Caminhando na parte da cidade que pertence ao governo, os prédios ainda estão de pé apesar das marcas de bala, mas pelo menos não estão desmoronados, com pessoas esmagadas embaixo. Eu me pergunto se as pessoas que vivem nessa parte da cidade ouvem e veem o que nós vivemos todos os dias. Tem algo de errado. Mamãe costumava dizer que nada nos chega com facilidade, mas talvez aqui tenha chegado. Uma vez li que há exceções para toda regra. Eu me lembro de tudo o que já li e ouvi.

Tem ratos correndo pelas ruas, como se tivessem tomado a cidade. A calçada à minha direita está cheia de lixo que uma criancinha está vasculhando. Boa ideia pra encontrar comida. Estou faminto. Todo mundo caminha sem parar; paro e fico olhando pra ver o que a criancinha vai achar no lixo. Ela pega uma caixa que parece ser de comida de micro-ondas e começa a lamber por dentro. O lugar todo é muito malcheiroso, e não quero nem saber qual é o cheiro daquela caixa. Há crianças correndo e brincando. Na nossa vizinhança ninguém brinca. Queria viver nessa parte da cidade. Tem quatro crianças carregando um coleguinha e brincando de velório. Não sei como podem brincar disso. Não entendo. Eu encaro as crianças, e uma delas mostra a língua pra mim. Alcanço Tariq e os vejo caminhando e cantando uma prece com suas vozes fraquinhas.

— Por que estamos aqui, Tariq?

— Não sei. Estamos seguindo Baba.

— Não é o tio Shady que vive por esses lados?

— Ah, sim, tinha me esquecido. A gente deve estar indo pra lá então. Garoto esperto! — Khalid pisca o olho pra mim. Sei que sou esperto. Mamãe me dizia que às vezes consigo ser mais esperto que as outras pessoas e às vezes preciso ter paciência comigo mesmo. Fico frustrado quando as palavras não saem e eu tenho muito a dizer. Nessas horas, minha vontade é puxar meu cabelo ou esmurrar alguma coisa. É como sonhar acordado, você tenta escapar, mas não consegue. A única diferença é que as pessoas não sabem o que se passa dentro da minha cabeça e começam a caçoar de mim. Não gosto quando riem de mim, então prefiro nem falar com as pessoas.

— Yasmine! *Yalla!* — Sinto meu coração parar de bater quando ouço o nome de Yasmine. Eu sabia que ela ia aparecer! Eu me viro seguindo o som da voz e vejo uma garota correndo de encontro ao pai. Sinto frio, mas estou suando. O nome de Yasmine arrancou toda a minha energia. Sinto como se tivesse corrido por um quilômetro. Mas não me movi nem um centímetro. Não gosto de me decepcionar. Quando fico decepcionado, fecho os olhos e vejo a cor roxa.

Baba está batendo na porta do tio Shady, como eu suspeitava. Ele bate duas vezes e aguarda. Vou até a porta e bato mais uma vez. Sempre temos que bater três vezes; é uma regra. Só que ninguém obedece, porque fui eu que a inventei.

— Afaste-se, Adam. — Baba chia como uma cobra.

Aguardamos setenta e três segundos antes de Baba bater novamente. Estamos todos parados um atrás do outro, como se tivéssemos medo de nós mesmos.

Enfim o tio Shady atende a porta, mas não da maneira como esperávamos. Agora ele está sentado numa cadeira de rodas e teve as pernas cortadas. Baba engasga por um milésimo de segundo antes de entrar e beijar o tio Shady. Fico fora do caminho tentando evitar os beijos e percebo que os dois se olham de maneira familiar. O tio Shady chora em silêncio ainda encarando Baba e depois enxuga as lágrimas e convida Baba a entrar.

— Senti sua falta, irmão mais velho — diz o tio Shady.

— Imagino que tenha passado bem.

— Como você pode ver, estou ótimo.

Essa conversa não faz sentido. Baba não respondeu quando tio Shady disse que sentia falta dele, e o tio Shady diz que está ótimo mesmo estando numa cadeira de rodas, sem as pernas.

— O que aconteceu com o senhor, tio? — pergunto.

Baba olha pra mim e de novo chia. Não consigo entender o que está dizendo, mas aparentemente o tio Shady consegue, porque ele diz para Baba não ser duro comigo. Será que era pra eu ter fingido não ver?

— É uma longa história. Vamos nos sentar e conversar. — Eles vão até a sala e sentam no sofá. Faz séculos que eu não venho à casa do tio. Sempre vínhamos antes de a mamãe morrer, mas quando ela partiu, nunca mais voltamos. Acho que Baba e o irmão não se falam há muito tempo. Vejo círculos amarelos saindo da boca dos dois quando falam; significa que ambos são tímidos. Como alguém pode ser tímido na presença do próprio irmão?

— Adam, você ainda pinta? — pergunta o tio pra mim. Sinto minhas bochechas corar porque não gosto de falar sobre minhas pinturas.

Abaixo o olhar e brinco com meu elástico no pulso. Baba chega mais perto de mim e bagunça meu cabelo.

— Responda, Adam. Não seja tímido com o seu tio, você se lembra dele, não é?

Eu não estava sendo tímido. Quero dizer a Baba que ele, sim, é tímido, mas não faço isso.

— Sim, eu ainda pinto. Sim, eu lembro do tio Shady.

Os dois riem, e o tio diz a Baba que eu não mudei nada. É claro que não mudei. Por que eu mudaria? Se mudasse, não seria mais eu.

— Então, com quem você veio?

— Esta é Amira e este é Ali. É uma longa história, mas agora os dois são parte da nossa família — Baba diz e sorri. Ele está mesmo feliz.

— Onde estão Yasmine, Khalid e Isa? Fazendo as mesmas coisas de sempre?

Baba baixa o olhar. Quero dizer ao tio que não gosto dele por ter trazido o assunto à tona, mas não sei como dizer isso sem que ele ria na minha cara. Quero dizer, isso não tem graça nenhuma.

— Que Deus nos proteja. — Baba só diz isso e tenta se levantar.

— Temos que ir andando.

Tariq ajuda Baba a se levantar e fica do seu lado. É como se fosse seu guarda-costas. Tariq tem ombros e peito largo. A camisa dele fica meio estufada porque ele é realmente grande e forte. É o mais musculoso de todos, mas eu nunca o vi usar a força e nem quero! Seria como uma cena saída do filme com o Arnold Schwarzenegger e seu irmãozinho gêmeo. Aquele filme me fez rir demais. Assim parecemos eu e o Tariq. Rio de mim mesmo e Tariq me encara sem nenhuma expressão facial. Paro de rir para que ele não me bata como no filme. Não quero ser arremessado pra trás. O irmãozinho gêmeo pareceu ficar bem depois daquilo, mas eu com certeza não ficaria.

— Vocês acabaram de chegar, fiquem mais um pouco. Hanan logo volta, ela acabou de ir à casa da mãe no fim da rua.

— Apenas mande lembranças a ela, temos que ir. Adam não gosta de ficar fora de casa por muito tempo. — Será que Baba lê pensamentos? Eu detesto ficar fora de casa por muito tempo. É mesmo por isso que estamos voltando? Sou suspeito para falar, porque não vejo a hora de ir embora. Essa casa aqui parece ao mesmo tempo familiar e desconhecida. Não gosto da sensação. É melhor simplesmente voltar pra casa.

— Não sei se voltarei a vê-lo de novo, irmão mais velho. Hoje em dia as pessoas andam desaparecendo. Cuide-se. — Não sei por que o tio Shady chama Baba de "irmão mais velho" em vez de chamá-lo pelo nome. Será que eu devia chamar Tariq de "irmão mais velho"?

Baba continua andando e eu grudo em Tariq e sussurro:

— Estamos indo pra casa, irmão mais velho?

Tariq ri um pouquinho e balança a cabeça. Gosto de ser divertido e fazer as pessoas rir. Quem eu mais gosto de fazer rir é Yasmine. Hoje estou me sentindo bem. Sei que hoje mamãe está olhando por mim. Queria que ela olhasse por mim mais vezes. Damos "tchau" pro tio e eu me viro pra ele; seus olhos são negros.

— Adam, como está se sentindo? — Baba para e olha pra mim. Imediatamente deixo tio Shady pra lá e digo a Baba que estou bem. Estou feliz por Baba ter olhado pra mim. Sinto falta de olhar pro rosto dele. Caminho ao lado de Baba raspando meu ombro no dele. Lembro que quando mamãe e Baba caminhavam na nossa frente eu costumava contar quantas vezes os ombros dele se esbarravam.

Um homem usando a roupa masculina do Islã se levanta do outro lado da calçada e faz o chamado para a reza. Põe as mãos nas orelhas e grita. A voz dele ecoa pelo meu corpo. Sinto sua voz chacoalhar minhas entranhas.

Por que é que ele não está na mesquita fazendo o chamado para a reza? Faço essa pergunta a Baba e ele responde que a mesquita foi bombardeada. Então por que ele está fazendo isso na rua?

— Na hora da reza, ninguém nos impede, nem mesmo a guerra.

Não respondo e começo a pensar como a reza é importante. Se nem mesmo a guerra a impede, o que impediria? Eu costumava gostar de ver as pessoas rezando todas juntinhas em Meca. Era incrível quando toda a multidão se erguia e se inclinava ao mesmo tempo como se fosse tudo ensaiado. Isso é a única coisa que une todos os muçulmanos, foi o que Baba me disse uma vez. Mamãe dizia que era lindo, então também acho lindo.

Passamos pelo rio e chegamos em casa sem que eu perceba. Fiquei pensando na reza e nem sequer sabia mais onde estava. Adoro quando isso acontece, quando por alguns minutos eu fico ausente. Quem me dera saber como fazer isso pra sempre.

Tem uma caixa de papelão na nossa porta. Parece um pacote. Adoro pacotes, nunca se sabe o que tem dentro deles.

— Baba! Veja, temos um pacote!

— Não toque nisso, Adam! — Baba agarra minha mão.

— Por quê, Baba? É só um pacote.

— Não tenho um bom pressentimento.

Eu não tenho nenhum sentimento em relação ao pacote, só quero abri-lo. Adoro pacotes. Baba pega o pacote e o carrega pra dentro. Eu o sigo até a sala para ver o que tem dentro. Todos os outros vão para os seus quartos e fecham a porta. É como se nem vivêssemos juntos.

— Baba, você vai abrir?

— Busque uma tesoura.

Corro até a cozinha e pego a tesoura para Baba. Seguro a tesoura do jeito que Yasmine me ensinou. Talvez o pacote seja dela! Talvez ela esteja voltando logo. Meu coração começa a disparar. Estou muito animado. Quando Yasmine voltar, vou dizer que a amo e para nunca mais ir embora.

Baba começa a abrir o pacote e meu coração acelera. Será um cartão-postal enviado por Yasmine? Será o endereço dela, pra que a gente possa buscá-la? Nada disso. Baba abre o pacote e posso sentir o ar sendo sugado da sala. Baba fica sufocado e joga o pacote longe. Não consigo respirar. Não consigo dizer nada. Todo o ar que havia no meu corpo foi arrancado. Eu mexo a boca, mas me sinto sufocar. Meu rosto começa a ficar quente. Dentro do pacote estão as mãos de Khalid. As mãos cortadas de Khalid cheias de sangue. Khalid não tem mais mãos. Eu conheço suas mãos de cor. O tamanho, a cor, os pelos nos dedos e... e... a tatuagem no dedo que fez a mamãe expulsá-lo de casa. Recupero certo fôlego e começo a ofegar.

— Não, não! Khalid não! Ele está vivo! Sei que ele está vivo! — Baba está se embalando pra frente e pra trás e dando tapas nos joelhos. — Khalid! Meu filho! Khalid! — Baba está chorando e gritando. Ele começa a puxar o cabelo e a chorar mais forte. Ele repete essas quatro palavras até todos saírem de seus quartos e correrem até ele. Quero explicar o que aconteceu, mas começo a imaginar Khalid sem as mãos e sou incapaz de focar meus olhos. Será que a Yasmine ainda tem as mãos?

Tombo no chão e fecho os olhos. Nunca mais quero voltar a ver. Tariq chuta a mesa de centro e começa a praguejar.

— Por que está praguejando? Devia estar rezando a Deus! — Baba grita com Tariq. Abro os olhos e vejo o rosto dele ficar extremamente vermelho. Eu não sei se prefiro tapar meus ouvidos ou meus olhos. Ainda se desse pra tapar tudo...

— Filhos da mãe! Eles não têm vergonha! Não têm vida! Que merda está acontecendo nesse país? O que está acontecendo com as pessoas?? De onde saíram esses animais? — Tariq esmurra a parede e sai correndo porta afora. — Vou mostrar a esses filhos da mãe que não é pra mexer com o meu irmão!

— Tariq, volte aqui! Não podemos fazer nada! — Baba grita para Tariq. Mas Tariq não olha. Amira abraça Ali e cobre os olhos dele.

Bato a cabeça na quina do sofá de novo e de novo e de novo. De novo e de novo. Khalid... Lembro de quando o sangue me fazia vomitar e girar minha cabeça, agora o sangue corre como água e as partes do corpo vêm em pacotes. Eu nem mesmo sei por que é que está acontecendo uma guerra. Por que há uma revolução? Por que estão levando minha família? O que aconteceu enquanto eu estava pintando e indo pra escola? Por que de repente todo mundo está falando de política quando costumava falar sobre arte, moda, religião e viagens?

— O que aconteceu? — grito e berro. — O que aconteceu? — Não sei pra quem estou gritando isso. Ninguém olha pra mim. Baba ainda está chorando e repetindo aquelas palavras. Amira ainda está embalando Ali no colo e cobrindo os olhos dele enquanto ele cobre os ouvidos. Eu não sei mais quem somos.

Corro até o quarto de Isa e começo a rasgar seus livros e chutar sua cama. Eu nunca tinha sentido a cor preta invadir meu corpo. Agora vejo preto e branco. Tudo se tornou um alvo com uma mira. Tudo está mudado. Ouço um carro estacionar lá fora e paro tudo por um segundo de esperança. Saio porta afora e não vejo mais Baba. Amira e Ali não se mexeram. Parecem congelados.

Ouço o carro engrenar e corro até a porta. Por que foi que pararam em frente à nossa casa? Abro a porta e vejo as luzes sumir lentamente. Era um carro preto. Procuro ao redor e não vejo ninguém. Será que pegaram alguém aqui? Vejo um tronco jogado no chão um pouco mais à frente em nossa rua. É comprido e grosso feito um tronco, mas por que jogariam um tronco ali? Não consegui ver o rosto dos homens. Deixo a porta aberta e avanço um pouco. Não é um tronco. É uma pessoa. O carro jogou mesmo uma pessoa aqui? Estou com medo de chegar mais perto, mas chego. Estou cheio de curiosidade.

Os pés da pessoa estão amarrados nas costas. O corpo está levantando e baixando. Está vivo! Meu Deus, eles jogaram uma pessoa viva! Corro até a pessoa e me inclino. Ela precisa de ajuda. Começo a rezar baixinho e olho pro rosto da pessoa. É Khalid! É Khalid! Ai meu Deus! Khalid está vivo! Grito tão alto quanto posso para que alguém venha me ajudar. Ali e Amira saem correndo e perguntam o que estou fazendo aqui no escuro. Não respondo e começo a desamarrar a corda nos pés do Khalid, e eles chegam e me ajudam sem dizer mais nada. Nós o carregamos pra dentro e o deitamos no sofá grande. Recuamos e o encaramos. Hoje em dia todos sabemos o que fazer. Os olhos de Khalid estão com hematomas e uma das bochechas está inchada e roxa. No pescoço dele tem cicatrizes que parecem profundas, mas não consigo ver porque ele está usando uma camisa. Na camisa tem sangue e um rasgo no ombro. Eu me debruço e sussurro um "olá". Vejo seus olhos se mexer debaixo das pálpebras, mas ele não os abre. Amira diz pra eu me afastar dele ao mesmo tempo que o estômago dela faz um tremendo barulho de fome. O rosto dela fica vermelho e ela finge que nada aconteceu. Sua expressão facial está lutando para dizer algo, mas ela preserva a cara do mesmo jeito.

Não temos água limpa para Khalid beber. Tento lembrar se escondemos água em algum lugar da casa. Lembro do mel que Amira escondeu e corro até o banheiro. É melhor mel do que nada. Volto à sala de estar e vejo os olhos de Khalid abertos. Mas não sei se ele consegue enxergar a gente, os olhos dele estão realmente inchados. Amira me vê com o jarro de mel e se levanta em um salto.

— Quem te mandou mexer nisso?
— É para o Khalid, Amira.

Nunca a tinha visto tão brava.

— O mel é pra mim e pro meu bebê! Ele vai morrer se eu não o alimentar.

Eu não sei o que dizer. Amira parece mais magra, e não grávida.

— Por favor, posso dar só um pouco pro Khalid?
— Certo, um pouco! — Ela abaixa os olhos depois faz uma cara severa e tira o jarro de mel da minha mão.
— Pode deixar que eu dou. Vá chamar Baba.
— Aonde ele foi?
— Procure no quarto dele.

Corro até o quarto dele e bato três vezes na porta. Não recebo resposta, mas abro a porta devagarinho. Vejo as pernas de Baba quando abro a porta só um pouquinho, então escancaro a porta e entro. Vejo Baba sentado apoiado nos joelhos como se estivesse rezando, mas ele segura uma caixa nas mãos. Daqui não consigo ver o que está fazendo, então chego mais perto. Não consigo crer no que vejo. Cubro os meus olhos e os abro de novo. Baba não olha pra mim, não sei se ele me ouviu entrar no quarto.

— Baba...

Baba dá um pulo; ele segura as mãos contra o seu rosto enquanto elas pingam sangue nos seus joelhos.

— Baba, o que você está fazendo?

Baba não responde. Suas pupilas se arregalam.

— Estou sentindo a agonia de Khalid.

Não sei se devo me aproximar dele. Estou assustado. Ele não parece mais o Baba. Seu rosto parece completamente mudado.

Por que ele iria tocar as mãos de Khalid? Por que tocar o sangue? É isso que as pessoas fazem quando perdem alguém? Nunca ouvi falar disso. Acho que Baba está mesmo triste. Uma vez vi um filme em que uma mulher louca não sabia o que estava fazendo ou quem ela era. Será que Baba é como ela?

— Baba... Khalid está aqui.

Os olhos de Baba se esbugalham. Quando eu o chamo de Baba, ele pergunta:

— Khalid? Eles mandaram o cadáver dele?

— Não, Baba, ele está no sofá, na sala.

Baba se levanta em um salto, larga as mãos e sai correndo. Nem mesmo limpa o sangue. Olho para a caixa no chão e sinto um calafrio no corpo. A caixa parece nojenta com todo o sangue e as mãos de Khalid. Como Baba conseguiu tocar nisso?

Khalid está lentamente bebericando mel numa colher.

Sento-me no sofá e o encaro. Baba está sentado ao lado dele agarrando um dos seus braços, mas Khalid fica afastando ele. O que aconteceu? Sempre tenho que ficar ligando os pontos. Khalid cerra os dentes pra que Amira pare de alimentá-lo. Ele tenta se movimentar, mas o seu rosto se retorce de dor. Por que ele não fala? Será que não consegue mais falar?

— Fale comigo, Khalid, você está bem? — pergunta Baba.

Quero fazer muitas perguntas, mas luto com as vozes em minha cabeça. Não quero chatear ninguém. Tem sempre alguma coisa acontecendo com as pessoas à minha volta. E comigo? Será que agora é a minha vez?

Estou feliz porque Khalid voltou pra casa, mas onde está Yasmine? Será que vai voltar logo? Será que também vai voltar machucada desse jeito?

Começo a sentir um peso nos olhos. Quando estou cansado e penso em Yasmine, fico muito deprimido. Tento parar de pensar nela e vou pro meu quarto. Esta noite vou rezar para que Yasmine volte pra casa amanhã. Já faz muito tempo que ela está longe.

Acordo sobressaltado e olho ao redor. Ainda está escuro lá fora e meu coração bate acelerado. Tive um pesadelo em que eu ficava preso. Tentava escapar, mas não conseguia. Não quero ficar pensando nisso. Não sei que horas são, parece que dormi a noite inteira, mas ainda está escuro. Não posso ter dormido mais do que algumas horas.

Eu me levanto e esfrego os olhos. Tem remela seca nos cantos. Tento tirar tanto quanto posso, mas é preciso lavar com água. Vou até a sala de estar e vejo as horas. Ainda são duas e meia da manhã. Dormi por três horas. Não tem ninguém na sala. Volto pro meu quarto e pego meus livros na mesa de cabeceira. Ultimamente não tenho tido tempo pra ler. Ninguém tem tempo pra ler quando tem bombas e sangue por toda parte. Mas eu queria ter mais tempo. Começo a ler e me sinto bem. Adoro ler, é como se eu estivesse viajando. Sinto falta dessa sensação de ser invencível. Mas não dá pra se sentir invencível numa guerra. Aprendi essa palavra na escola quando um menino estava brincando de Superman e subiu na mesa, pulou e gritou: "Eu sou invencível!". Ele é um garoto esperto, sempre tira notas boas. Fui pra casa e procurei o significado no dicionário. É por isso que estou usando essa palavra agora. Sempre que aprendo uma palavra nova tento usá-la o máximo possível em qualquer frase. Yasmine sempre ria quando eu dizia uma palavra nova em cada frase.

Ouço o som do motor de um carro lá fora. A rua está um breu porque não há mais postes de luz. Mas consigo ver os faróis do carro vindo na minha direção. Não ouço outro som nas ruas, mas o carro está chegando. Será que vão jogar Yasmine lá fora? Me escondo debaixo das cobertas para que não me vejam. Não quero que saibam que estou aqui. O carro para na nossa rua, do lado do vizinho. Ainda consigo ver tudo nitidamente. Pela frente do carro sai um homem. O rosto está coberto com um pano. Ele olha ao redor e depois fecha a porta do carro. Caminha até a traseira do carro e abre o porta-malas. Olha ao redor de novo. O que ele está fazendo? Será que vão nos matar? Eu devia sair da cama de fininho e acordar Tariq. Lembro que ele saiu cedo de casa, mas acho que a essa hora já deve ter voltado. Ele não passa mais a noite fora, como fazia muito tempo atrás. Não é seguro ficar lá fora.

Me mexo um pouquinho na cama só pra conseguir chegar à beirada sem fazer barulho. O cara fica um bom tempo com a cabeça mergulhada no porta-malas e depois surge carregando duas pernas. Estão amarradas num pano branco, mas agora já sei reconhecer um cadáver a quilômetros de distância. Outro homem sai da frente do carro e abre a porta de trás e saem mais três homens. Dois deles pegam o corpo com o primeiro cara e o carregam juntos, e o outro tira o próximo corpo e segue os dois primeiros. Estão caminhando na direção da porta de Ali. Serão eles que abandonam os corpos lá dentro? Devo chamar a polícia? Nem sei se a delegacia ainda está funcionando. Não sei de mais nada. Tudo está diferente. Não me mexo e só fico olhando os dois primeiros homens sair da casa e pegar outro corpo do porta-malas. Quantos corpos será que têm ali dentro? Como é os enfiaram ali? O último homem carrega um corpo sozinho e entra na casa também. Não sei dizer se ele está carregando o corpo de uma criança ou a metade de um cadáver. Mas parece que é um corpo pequeno, sem começo nem fim. Quem serão esses caras? São bons ou maus? Hoje em dia não dá mais pra saber quem é bom e quem é mau. Só sei que quero que isso tudo acabe.

Do nada, começa a chover muito forte. Faz séculos que não chove. Quero sair lá fora e beber um pouco da água. Sinto a brisa gelada entrar no meu quarto e puxo bem as cobertas. Quero sair na chuva, mas tenho medo dos homens. Todos saem ao mesmo tempo e correm até o carro e partem rapidamente, como se estivessem sendo perseguidos. Será que tem alguém vivo na casa do vizinho? Só de pensar nisso já fico com medo. Não sei a quem contar o que acabei de ver. Talvez conte pro Tariq se ele estiver de bom humor. Pulo da cama e corro até a porta de cada um. Bato três vezes em uma e corro até a próxima porta. Grito: "Está chovendo!". Grito uma vez e ouço todas as portas se abrir. Acho até que nem estavam dormindo. Todos corremos lá pra fora, juntamos água na palma das mãos e bebemos. Esfrego meu corpo com a água fresca e imagino que é um chuveiro. Abro minha boca, encaro o céu e deixo a água cair.

— Vou pegar uns baldes pra encher! — grita Amira. Está com uma voz alegre. Eu entro e a ajudo porque ela parece muito cansada. Deixamos os baldes enchendo e brincamos na chuva. Posso ouvir outras pessoas saindo de suas casas aos risos. É o momento mais feliz da minha vida. Vejo borboletas brincando com a gente. Sinto como se estivéssemos vivendo uma vida normal de novo.

Vejo Khalid se aproximar devagarinho. Corro até ele e sorrio. Ele está sem a camisa e tem marcas de bala e arranhões na pele. Tem um buraco perto do umbigo. Como se tivesse sido cortado fora. Olho pra ele e tento não olhar pro umbigo de novo. O corpo dele está horripilante.

— Como você está, Adam? — Enfim o Khalid falou! Minha voz fica presa na garganta. Estou realmente feliz.

— Eu estou bem, sr. Khalid. — Khalid sorri e caminha até Baba. Baba olha pra Khalid e Khalid cai de joelhos e começa a pedir perdão a Baba, chorando. Não sei por que ele está fazendo isso. Baba segura a cabeça de Khalid contra si e faz carinho no cabelo dele. Baba começa a chorar também, e todo mundo para de brincar na chuva e os observa.

— O que está acontecendo, Amira?
— Eu não sei dizer.

Khalid se levanta e beija a testa de Baba e começa a chorar. Baba põe a mão no rosto de Khalid e não diz nada. Ainda está chorando. Mesmo quando estamos felizes temos lágrimas, porque a guerra paira sobre nós. Quero pintar essa cena.

Voltamos pra casa com três baldes cheios de água.

— Vá vestir uma camisa, Adam, você vai ficar doente — diz Baba.

Tariq vai até a lareira e acende o fogo. Todos se sentam ao redor para se secar. Não vejo a hora de ir pro meu quarto e começar a pintar. Não consigo mais dormir.

— Não consigo mais dormir, Ali, e você?
— Eu dormiria pra sempre!

Amira ri e faz carinho na barriga.

Todos nos levantamos e eu vou pro meu quarto e pego meu estojo de pintura imediatamente para começar a pintar a cena da chuva. Parecemos uma família feliz, mas atrás de nós tem prédios desmoronados e o céu está mais escuro do que nunca, até para uma noite. Não consigo explicar quão preto o céu está. Não há sinal da lua no céu azul-marinho — só fumaça preta a cobri-lo. Um dia, quando a guerra terminar, vou poder exibir minhas pinturas pra mostrar às pessoas o que realmente estava acontecendo. Minhas pinturas não mentem.

Capítulo Quinze
Cinza

Eu me sento no quartinho que Baba mostrou pra gente e fico ouvindo música. Me esqueço de tudo, até que Tariq abre a porta e entra. Sempre que venho pra cá, ele vem também. Será que ele vem todo dia? Quero contar pra ele sobre a casa do vizinho, mas estou com medo de ele gritar comigo de novo por ter entrado lá. Alcaçuz se contorce no meu colo enquanto penso no que vou contar pra ele.

— Posso contar uma coisa, Tariq?
— Onde você achou esse gato?
— Essa é a Alcaçuz. Alcaçuz, esse é o Tariq, meu irmão.
— Prazer em conhecê-la, Alcaçuz. — Tariq estica a mão para cumprimentá-la. Tariq é engraçado. Damos risada juntos. — Claro, pode contar.
— Não vai ficar chateado?
— Conta logo, Adam.

Agora não sei mais se quero contar. Não gosto quando ignoram minhas perguntas.

De todo modo, eu conto tudo pra ele, incluindo como foi que achei a Alcaçuz e como tento sempre alimentá-la quando tenho alguma coisa pra comer. As expressões faciais dele ficam mudando o tempo todo.

— Uau. Você é muito corajoso, Adam!
— Mesmo?

— Sim! Se eu fosse você, estaria tendo pesadelos.

— Eu estou tendo pesadelos.

— Bem, fico feliz por você ter me contado.

— Então você não está bravo?

— Não, Adam. Esse tipo de coisa acontece. A guerra não é uma coisa bonita de ver.

— Então você me deixa ficar com Alcaçuz? Não preciso ficar escondendo ela mais?

— Claro que pode. Tem um ditado islâmico que diz: "Uma prostituta alimentou um cão sedento e todos os seus pecados foram apagados e ela foi para o Céu".

— O que é uma prostituta?

— Hummm... É uma mulher má.

— Então o que isso quer dizer?

— Quer dizer que cuidar de um animal necessitado é uma coisa muito boa que Deus aprova.

Abro um sorriso porque fico feliz em saber que estou fazendo algo bom. Ficamos sentados em silêncio, ouvindo Abdel Halim Hafez.

Vou à cozinha e bebo um monte de água do balde. Minha boca está seca. É estranho, minha boca geralmente fica seca se eu falo demais, mas agora ela fica seca quando não falo. Mas agora não preciso ficar pensando muito nisso porque tudo está melhorando: temos água, Khalid voltou, e choveu. Mas os braços dele estão muito horripilantes. Não gosto de olhar pra eles. Seus braços terminam nos pulsos e tem uma camada de pele crescendo em cima. Temos que ajudá-lo a fazer tudo. Acho que ele não gosta nada disso. Ele costumava fazer tudo sozinho.

Levo Alcaçuz pra fora porque ela fica se contorcendo e sibilando. Acho que ela quer um pouco de ar fresco. Acho que ela não gosta de ficar em casa. Ela sai correndo no momento em que a ponho no chão lá fora.

— Não, Alcaçuz! Volta!

Corro atrás dela até que ela para do lado de uma lixeira. Ela pula lá dentro e mergulha no lixo. O cheiro é muito forte e repulsivo. Eu nunca tiro o lixo, odeio fazer isso. Por que o que comemos fica fedendo depois que jogamos tudo num saco plástico? Ouço Alcaçuz arranhando dentro da lixeira.

Ela sai com um osso na boca e fica lambendo. O osso parece gostoso. Acho que é a única oportunidade que vou ter de comer carne de novo.

— Posso provar um pouco, por favor? — Tento dar uma puxada no osso, mas ela segura firme. Daí ela larga o osso e salta dentro da lixeira de novo. Pego o osso e começo a chupar. Consigo sentir um leve gosto de carne. Alcaçuz é tão esperta! É assim que ela consegue alimento!

Viro toda a lixeira e Alcaçuz sai pulando e miando. Dou risada e peço desculpas a ela. Ela pula de volta lá como se nada tivesse acontecido e juntos procuramos comida. Tudo ali amontoado tem um cheiro horrível, mas quando Alcaçuz separa alguma coisa avulsa, ela cheira bem. Ela continua a encontrar ossos e até queijo podre que jogaram fora. Por que alguém jogaria comida fora? Ou então ninguém vem recolher essa lixeira faz muito tempo. Acho que demos sorte. Amo Alcaçuz por ter conseguido achar essa comida. Eu a mantive pra poder alimentá-la, mas agora é ela quem me alimenta.

Alcaçuz e eu caminhamos de volta pra casa, pela primeira vez de barriga cheia depois de muito tempo. Trago na mão uma sacola com coisas que encontrei para todos lá de casa. Olho pro céu e tento ver através da fumaça cinza e penso no céu azul e no sol. Dá uma sensação aconchegante, aquece meu coração, como se eu estivesse em casa novamente e tudo estivesse bem. Passamos por alguns prédios que agora são pura poeira. Atrás deles só tem uma enorme bagunça branca. Ali me disse que todas as pessoas se mudaram pra bem longe e agora vivem em barracas. Como é que conseguem? Como é que uma família cabe numa barraca? Eu só quero ficar em casa até a guerra acabar pra poder voltar pra escola e ver a menina com olhos de Nutella. Me pergunto se ela sabe que os olhos dela parecem um pote de Nutella... Ela não parecia ser muito de falar. Acho que é tímida, talvez seja como eu. Talvez existam pessoas como eu por aí.

Caminhamos de volta pra casa e eu corro imediatamente até o quarto do Khalid porque ele é o mais doente. Quando entro, o vejo sentado, encarando o armário. Acho que ele não me ouviu bater na porta.

— Khalid?

— Humm.

— Achei um pouco de comida — sussurro. Estou com medo de ele se virar. E se as cicatrizes ficaram ainda mais feias?

— Não quero.

— Mas você está doente.

— Onde você achou comida?

— Na lixeira, Alcaçuz me ajudou.

Khalid se vira rapidamente e eu consigo pressentir uma explosão. Os olhos dele ficam marrons. Espero que ele não grite comigo.

— O quê? — grita ele.

Fecho os olhos e finjo que estou com Yasmine. Não sei o que dizer. Por que ele tem que gritar? Por acaso fiz algo errado? Eu trouxe comida pra ele!

— Você agora virou carniceiro pra pegar comida da lixeira?

Mesmo fingindo que não consigo ouvir, ouvi sim o que ele disse.

— Estou com fome — sussurro.

Alcaçuz se esfrega na minha perna. Acho que ela sente que estou chateado e triste.

— Estamos todos com fome, Adam!

Não sei o que dizer. A comida estava gostosa e eu não comia havia muito tempo. Sinto falta de comida. Solto a sacola no chão e saio correndo do quarto dele. Alcaçuz me segue, posso ouvir seus passos. Corro até o quarto de Baba e entro no quartinho para que ninguém me encontre. Acho que nem vão notar que eu sumi. Quero viver com os discos de vinil até Yasmine voltar.

Pego Alcaçuz e bato na porta de Baba e entro. Não sei onde ele está. Será que ele está com fome e vai querer a comida que eu trouxe ou será que vai gritar comigo também? Encontro Baba ainda deitado na cama. Seus olhos estão fechados e seu peito está quieto. Não, não! Por que ele não está respirando? Não é possível que ele tenha morrido. Solto Alcaçuz e corro até a cama de Baba e começo a bater com as mãos no peito dele do jeito que vi na TV. Nem sei se é isso que eu devia fazer, mas é a única coisa que aprendi. Baba abre os olhos e aparenta estar confuso.

— Adam, o que você está fazendo?

— Baba, você está vivo?

— É claro que estou vivo. Você quer me matar?

— Não, eu estava tentando reviver você.

— Eu só estava dormindo.

— Graças a Deus! Você está bem, Baba?

— Sim. Onde está Maha?

Baba está fazendo de novo. Fico incomodado pensando em mamãe durante a guerra, porque já vivo triste o tempo inteiro.

— Eu não sei, Baba. — Tento fingir que sei do que ele está falando. Baba está agindo como criança. O que aconteceu com ele? Estará doente ou será que todos os velhos ficam assim? Mas antes da guerra Baba não era velho.

— Baba, estou indo pro quartinho.

— Que quartinho?

Fico confuso. Ele não lembra do quartinho que mostrou pra gente?

— O quartinho que você mostrou pra gente, Baba.

— Não sei do que se trata. Você está falando árabe?

Eu não sei por que Baba está agindo assim. É como se ele não soubesse quem eu sou ou o que ele está fazendo.

— Vá buscar meu almoço.

— Não temos comida.

— Vá buscar meu almoço, eu já disse! — grita Baba, e sua expressão facial de repente muda totalmente. O que ele está fazendo? Ele sussurra um "Ahh!" quando termina, e eu olho pra baixo e vejo que sua cama está molhada. Baba acabou de fazer xixi nas calças! O que está acontecendo?

— Baba! — Ele não ergue o olhar e fecha os olhos pra dormir de novo. Acho que Baba está morrendo... Eu não sei como é que as pessoas morrem lentamente, mas acho que é assim. Corro até a sala de estar e encontro Amira fazendo faxina. Não sei por que é que ela faz faxina todo dia. Não tem nada pra limpar.

— Amira! Pode me ajudar, por favor?

— Sim, Adam. — Ela sorri e faz carinho na barriga. Ela sempre faz isso.

— Pode ir ao quarto do Baba? Ele fez xixi nas calças.

— O quê? — Amira corre até o quarto de Baba e, chocada, dá uma tapa na própria bochecha. — Ah, meu Deus! O que foi que se abateu sobre nós?

— Amira, Baba está morrendo?

— Não diga isso, Adam. Ele só está passando por um momento difícil.

— Ele perguntou pela mamãe de novo e não lembrava do quartinho que mostrou pra gente.

— Não se preocupe, eu cuido dele, Adam. Pode voltar a fazer suas coisas.
— Tem certeza?
— Sim.

Entro correndo no quartinho, deixo uma frestinha aberta e fico de olho em Amira. Ela beija a testa de Baba do mesmo jeito que Yasmine fazia e começa a acordá-lo. De costas, ela lembra Yasmine. Mas ela não é Yasmine. Ela não é Yasmine.

Capítulo Dezesseis
Yasmine Púrpura

Eu divido meu pão duro com um rato que vem me visitar todo dia quando me entregam a comida. A garota no canto quase nunca fala. Às vezes eu falo com ela, mas ela não responde, e no fim acabo falando sozinha. Há quanto tempo estou aqui? Não consigo contar os dias que passei nessa cela. Não temos luz nem esperança. Acho que devia me sentar num canto, feito a outra garota, e esquecer a passagem do tempo e o mundo, mas não consigo parar de pensar no Adam. Estou sempre imaginando o que ele está fazendo ou deixando de fazer na minha ausência. Será que estão cuidando dele? Será que todos ainda estão vivos? Todos os dias monitoro os gritos e a quantidade de mulheres que eles trouxeram até agora. Não consigo ver se estão torturando todas da mesma maneira, mas os gritos são iguais. Meu coração sempre se contrai quando ouço o som de tortura ou quando ouço os gemidos delas. Eu me retraio toda e desejo morrer por dentro. Ainda se eu pudesse arrancar as minhas orelhas! Eu não seria a primeira a fazer isso. Às vezes tento contar até não aguentar mais para passar o tempo e calcular quanto se passou. Uma vez contei até 8.457 antes de me cansar e adormecer. Tento dormir o máximo possível porque não há nada a fazer.

— O quê? Cadê ele? Tragam ele agora ou vocês vão morrer!

— Mestre, eles o levaram.

— E o que você estava fazendo, seu idiota? Sorrindo e o entregando?

— Eu tive que fugir, Mestre.

— Se ele dedurar nossos segredos e nosso esconderijo, estaremos todos mortos! Você sabe disso, seu filho da mãe!

— Farei o meu melhor, Mestre.

— Fora, fora! Não quero ver sua cara até você trazê-lo de volta.

É uma gritaria tão alta que parece que estou sentada entre eles. Talvez seja uma coisa boa para nós. Espero que os matem. Espero que possamos fugir. Só quero ir pra casa. Estou com frio e me sentindo sozinha. Eu mesma me pergunto por que é que estão nos dando pão e nos mantendo vivas. Não querem nos matar? Ou é assim que fazem pra prolongar nossa dor? Vindo desses filhos da mãe, não duvido de nada. A partir de agora, não vou comer mais nada. Prefiro morrer agora a morrer depois. Quero morrer e abandonar todas as minhas preocupações e a minha dor.

Ouço a porta principal bater e o Mestre falar com alguém. Acho que está falando ao telefone.

— Fizeram o Wael refém!... Sim, eu sei, eu o mandei voltar para resgatá-lo, mas sejamos realistas, ele não vai voltar. Precisamos de uma alteração nos nossos planos!

Por um tempo ele não diz mais nada e fica esmurrando as paredes. As paredes são muito finas, conseguimos ouvir tudo. Quase consigo sentir seus murros.

— Interrompa o ataque, por enquanto. Precisamos ter certeza de que não vão conseguir uma delação dele. Ora, o que eu posso fazer? Se eu mesmo for até lá, com certeza vão me matar. Não sei nem se Haitham vai voltar, acabei de enviá-lo... *Khalas*, deixa comigo. Não se preocupe.

Estarão planejando um ataque? Oro para que ele fale mais um pouco e eu fique sabendo onde vai ser. Só torço para que não seja perto da nossa casa. Está fora do meu controle, mas por favor, Deus, não permita que seja perto da nossa casa. Ele não diz mais nada, então acho que desligou o telefone. Droga!

Sei de algo importante, mas não tenho poder para promover uma mudança. Não sei quantas pessoas eles pretendem matar com essa bomba, mas talvez eu possa promover uma mudança. Continuo pensando em como escapar, mas daí olho para a mulher no canto da cela e tremo de medo. Será que sou assim tão corajosa? Não sei. Já estou devastada pela dor.

Rezo o dia todo e suplico a Deus para que ouça minhas preces e nos salve. Sei que Ele me ouve. Por favor, Deus, nos salve, por favor, mantenha minha família em segurança. Olho para o meu corpo nu e choro ainda mais. Não tenho nem mais estômago pra olhar pra mim mesma. Eles conseguiram me fazer odiar ser mulher.

Odeio o estado em que me encontro: fraca e necessitada. Eu nunca dependi de ninguém. Sempre cuidei de minha família desde o início e nunca tive um dia para mim. Não tenho nem mesmo minha própria família — nem um filho para batizar ou para rir comigo. Meu único filho é Adam, e ele nem sequer é meu.

Eu me deito no chão frio de concreto, fecho os olhos com bastante força e fico vendo as estrelas se formar atrás das minhas pálpebras. É a melhor diversão que consigo criar para mim. Diferentes formas se multiplicam e se fundem em animais, depois em casas, depois em pessoas, e então não consigo parar de pensar em Wisam, e o rosto dele adquire forma dentro dos meus olhos, e pedaços dele escorrem pelo meu rosto com cada lágrima que cai.

Abro os olhos quando ouço marteladas e uma serra elétrica zunindo. É o que parece ser. Uma serra elétrica tem um som muito peculiar que não dá pra confundir com outra coisa. O que é que estão fazendo? Sinto culpa por ser aliviada de não estar lá fora. Logo ouço uma garota gritando e minha culpa aumenta. Não sei se tenho o direito de me sentir aliviada. Eu devia rezar pela garota, e não ser egoísta. Minhas preces são minha única companhia. Sei que minhas preces vão me salvar. Tenho fé, sei que este ainda não é o meu fim. O grito para alguns minutos depois, e outra mulher começa a berrar do mesmo jeito. Espero que não seja o que estou pensando. Espero que eu não seja a próxima. Rastejo até a garota no canto da cela e cutuco seu ombro. Seus olhos se arregalam. São enormes, e sua mandíbula é pontuda e magra. Ao vê-la, quase me esqueço do que eu pretendia falar. Ela me encara de um jeito intimidante, como se quisesse me repreender. O silêncio dela é tão intenso; ele se infiltra dentro de mim e incute medo em minhas lágrimas. Engulo a saliva que se acumula na minha boca e reúno coragem para perguntar a ela se sabe o que está acontecendo lá fora.

— Não sei e não quero saber, contanto que eu continue aqui dentro.

Agora não me sinto mais tão mal, já que não sou a única que compartilha desses sentimentos. Todo mundo é egoísta, penso eu.

— E se formos as próximas?

— Eu já queria morrer mesmo.

— Não diga isso! — Pulo sobre ela, mas depois lembro que eu também penso a mesma coisa. Será que todos que estão presos nesse lugar estão sofrendo os mesmos acessos de desamparo? Será que tem alguma esperança pra nós?

Eu me sento perto da mulher e tento tocar de leve o seu ombro. Quero sentir o conforto de outro ser humano. Quero me sentir viva. Ela não se afasta e eu fecho os olhos e fico ali ao lado dela, agarrando meu corpo com os braços. Começo a pensar no que eu faria se saísse daqui a salvo. Escreveria um livro e protestaria contra esses filhos da mãe. Vingaria o sangue de Isa, encontraria Wisam para lhe dizer que quero ficar com ele não importa o que aconteça. Será? Eu teria mesmo essa coragem? Se eu voltar, será que não vou voltar ao mesmo estilo de vida corriqueiro?

Minha mente gira em volta dessas ideias pelo que parece uma eternidade. É como se meus pensamentos estivessem escapando do meu cérebro e descendo pelo pescoço, prestes a me sufocar.

Acho que já faz dias que não recebo pão nem água. Minha garganta parece estar se fechando, desistindo de mim. Desde os últimos berros com a serra elétrica, não ouvi mais nem um grito, tampouco a voz dos homens. O que está acontecendo? Não tenho como ver o que ocorre lá fora. Só me resta deduzir que já faz alguns dias porque recordei todos os fatos da minha vida e rezei por horas e horas a fio pedindo ajuda a Deus. Perdi a noção do tempo. Quem iria pensar que o tempo é tão importante? Sem noção do tempo, você perde a noção da vida.

Eu me levanto e zanzo pela cela esticando as pernas. Meus membros estão ficando dormentes porque minha circulação sanguínea está confusa. Fico rondando, tentando encontrar a posição mais quente possível, já que não tenho roupas nem aquecimento. Acho que choveu há alguns dias, porque consigo sentir o cheiro da umidade atravessando as paredes. De tão finas que são.

Se eu ficar batendo nas paredes, será que alguém vai me ouvir? Não tenho mais nada a perder; vou enlouquecer se ficar mais um dia aqui. Começo a esmurrar e chutar a parede. Ouço o eco na sala. Será que as pessoas lá fora podem me ouvir? Ou será que não há mais esperança? Não consigo lembrar se estamos no térreo ou nos andares superiores. Talvez ninguém me ouça porque não estou no térreo. Nunca me senti tão desorientada. Será que é assim que o Adam se sente quando diz que está perdido? Sei que não tenho sido a melhor ajuda. Sei que ele precisava de uma escola especial por causa de sua condição, mas não conseguimos pagar por uma, então eu fiz vista grossa para suas necessidades. Será que fui tão terrível ao fazer isso? Por que não pensei, na época, que isso estava errado? Será que eu estava cega pela morte da mamãe?

Ouço pancadas numa porta e pessoas gritando. Parece um grupo enorme. Começam a gritar o nome de Deus e a louvá-Lo. Corro até a porta e grudo o ouvido nela. Tento ouvir o máximo possível. Ouço disparos, mas não sei com quem estão gritando. Não ouço berros. Será que todas as outras mulheres presas aqui estão tão perdidas quanto eu? Ou sou a única que percebe essa movimentação? Me viro para a garota no canto da cela e ela nem mesmo se mexeu.

Ouço o bando se aproximar; pararam de cantar e de atirar. Estão vindo nos salvar? Serão as pessoas de quem o Mestre falou ao telefone? Será que há coisas piores por vir? Minha mente dispara fazendo uma pergunta atrás da outra e eu simplesmente me sento e espero o destino fazer sua parte. Não sei por que não consigo apenas sentar quieta, embora eu não possa fazer nada. Será que tem algo de errado comigo?

Ouço portas se abrindo e homens chamando as pessoas.

— Em nome de Deus, saiam!

Será algum truque sujo para acreditarmos neles? Consigo ouvi-los chegar mais perto, então corro até a mulher no canto da cela e ajo feito ela. Talvez pensem que estamos mortas e nos deixem em paz. Fico esperando mais e mais, porém nada acontece. Começo a contar para me confortar, e no momento que conto até quinze, nossa porta se abre com estrondo. Sinto uma corrente de ar passar por nós e tento não estremecer. Você está morta, Yasmine, você está morta. Comprimo bem os olhos e repito a mim mesma que estou morta.

— Em nome de Deus, saiam, viemos libertar vocês. — Que filhos da mãe, ainda acham que vamos cair nesse truque? Eu não me mexo e ouço passos se aproximando de mim. Por favor, Deus, me salve, por favor, Deus. Tento prender a respiração, mas estou ficando sem força de vontade. Alguém me cutuca o ombro, porém eu não me mexo. Você está se saindo bem, Yasmine, continue assim.

— Irmã, levanta, eu sei que você está acordada. Estamos aqui pra salvar vocês.

Ele põe algo em volta do meu ombro para me cobrir, e meu coração relaxa. Talvez enfim estejamos mesmo sendo salvas. Abro os olhos e ergo o olhar. Vejo o homem sorrindo pra mim, com um rosto irradiando confiança. Talvez estejamos mesmo sendo salvas.

— Onde você mora, irmã?

Não sei se devo dizer; e se ele capturar minha família?

— Por aqui...

— Eu prometo que sou um dos mocinhos. — Ele ri.

— E como vou saber?

— Até agora não te fiz mal nenhum...

Ele tem razão, mas não posso agir como uma idiota e acabar em algo ainda pior, então não respondo.

— Bem, trouxemos roupas pra todas; estão lá fora, é só pegar e ir embora. Vocês estão livres.

Eu me levanto em um salto e corro, antes que ele mude de ideia. Corro como nunca corri antes. Ergo o olhar e tento não encarar o chão. Deus tenha misericórdia. Pego a peça de roupa mais próxima a mim e corro porta afora. Minha testa está suada e eu estou tonta. A intensidade das minhas batidas cardíacas me dominou. Ponho o vestido sobre o corpo, me embrulho no pano e desço a escada para sair do prédio. Lá fora não tem sol nem céu azul, mas a luz natural machuca meus olhos. Por quanto tempo estive lá dentro? Levanto um pouco o vestido e corro por minha vida. Afinal de contas, não é só uma expressão: realmente estou correndo pela minha vida.

Capítulo Dezessete
Rubi

Hoje estou pintando um retrato da rua. Ela está assustadora. Tem sangue no chão e lá longe tem um prédio em escombros. Estou pintando o sangue com sangue de verdade. Estou feliz porque estou pintando, mesmo que seja uma cena triste. Acho que hoje o sol saiu um pouco mais. Termino de pintar e então espero a tinta secar antes de pegar um lápis e desenhar Baba segurando as mãos gotejantes de Khalid. Preencho Baba com cores diferentes, principalmente azul-marinho e preto, porque foi como ele me fez sentir quando o vi. Se as pessoas virem essa pintura, me pergunto se elas vão saber o que está acontecendo. Não quero pintar Baba como um dos malvados, mas quero pintar a verdade.

    Resolvo combinar um pouco da chuva que caiu com o sol que está despontando hoje. Não estou brincando: simplesmente misturei os dias. De todo modo, nossos dias são misturados porque estamos sempre grudados na beirada da cadeira. Na aula de inglês recebemos uma apostila que descrevia a reação a um filme de terror como "ficar grudado na beirada da cadeira". Mas isso aqui não é um filme e eu estou literalmente grudado na beirada da minha cadeira. Quando perguntei à srta. Basma por que alguém se grudaria na beirada da própria cadeira, ela respondeu que isso é uma metáfora para medo. Eu nunca entendi o que é uma metáfora. Como alguém pode dizer que algo é uma coisa que não é? Ela me deu outro exemplo: "Tempo é dinheiro". Mas tempo *não é* dinheiro, então por que nos ensinam mentiras? Gosto demais da escola, mas às vezes ela não faz nenhum sentido.

Olho pela janela e vejo um homem correndo bem rápido por nossa rua. Parece que ele está correndo na minha direção porque minha janela está quebrada e eu fico sem saber quando estou dentro ou fora do quarto. Eu o encaro correndo; está ofegante. Não consigo ouvi-lo porque ele está muito longe, mas consigo ver seu peito estufar e esvaziar muito rápido. Quanto mais eu observo, mais parece ser uma mulher. O corpo é de mulher, mas está careca. Continuo observando até conseguir enxergar direito. Está chegando mais perto, e agora tenho certeza de que é uma mulher, mas é a primeira vez que vejo uma mulher careca na vida real. Nos filmes elas sempre ficam carecas quando têm câncer, mas é estranho de ver na vida real. O rosto dela é familiar, mas agora não consigo me lembrar de onde. Não sei como descrever o que é familiar nela. Tem olhos que lembram rubis. Só conheço uma pessoa que tem esses olhos: Yasmine. Mas Yasmine tem cabelo e usa um lenço na cabeça. Será possível que alguém mais tenha os mesmos olhos que Yasmine?

A garota para no meio da rua e se inclina. Acho que está recuperando o fôlego. Ela ergue o olhar e dá a impressão de que está olhando direto nos meus olhos. Sei que já vi esses olhos antes! Vejo lágrimas escorrendo no rosto dela e ela vem caminhando devagarinho em direção à minha janela.

— Adam! — diz ela.

Minha mente congela. Yasmine? Essa é a voz de Yasmine! Esses são os olhos de Yasmine! Mas esse não é o cabelo de Yasmine... Yasmine? Yasmine não tem uma cicatriz no rosto.

— Adam! — grita ela, correndo na direção da nossa porta.

Corro até a porta e a abro, e antes de conseguir dar uma boa olhada nela, ela me abraça tão forte que minhas mãos ficam largadas ao lado do corpo, paralisadas. Ela está cheirando esquisito. Tem cheiro de sujeira. Esse não é o cheiro da Yasmine, mas a pele dela é como a de Yasmine e ela passa a sensação de que é Yasmine. Meu coração começa a bater muito rápido e passo a desejar que ela me largue para que eu possa ver o rosto dela.

— Yasmine? — Ouço-a fungar de tanto chorar. — Yasmine, é você?

Ela recua e seu rosto está coberto de lágrimas. As lágrimas deixam rastros brancos e limpos, enquanto o resto do rosto dela está empoeirado e sujo.

Ai, meu Deus, é Yasmine! É Yasmine! Quero chorar e rir ao mesmo tempo; acaba saindo um grasnido de pato. Yasmine voltou! Deus aceitou minhas preces. Eu toco a cicatriz dela. Ela sorri e me abraça de novo. Realmente detesto ser abraçado, mesmo por Yasmine, depois de todo esse tempo. Eu me sacudo pra me desvencilhar. Ela sorri.

— Você não mudou nada...
— Onde você esteve, Yasmine? Você ficou fora por tanto tempo!
— Mas agora eu voltei, Habibi, agora eu voltei.
— Você está muito diferente.
— Cadê todo mundo?
— Khalid! Tariq! Baba! Amira! Ali! — grito.

Yasmine ri e enxuga as lágrimas. Não sei se está feliz ou triste. Ela chora e ri, emoções bem diferentes.

Khalid e Tariq saem ao mesmo tempo e ambos mostram a mesma expressão no rosto. Seus olhos se arregalam e eles correm na direção de Yasmine. Tariq a levanta e a gira no ar. Yasmine ri e bate nos ombros dele para que a deixe descer. Ela vai até Khalid e o abraça, depois olha para os braços dele. Os dois começam a chorar e ela o abraça novamente. Baba sai e corre até Yasmine. Fazia tempo que eu não o via se movendo tão rápido.

— Maha! Maha!

Só que ele não sabe quem ela é. Yasmine dá um abraço nele e não diz nada. Ele toca a careca dela e começa a praguejar e depois agradece a Deus por ela ter chegado a salvo em casa. Voltamos a ser uma família. Só que sem o Isa.

— O que aconteceu com você, Khalid?
— Não se preocupe comigo. Você está bem?
— Agora estou.

Sentamos na sala e Tariq acende a lareira. Temos água da chuva, que Tariq esquenta.

— E você, Adam, como está? — Yasmine se volta para mim. Fico feliz por ela perguntar de mim primeiro. Ainda estou chocado com a volta dela. Nunca estive tão feliz em minha vida. O rosto dela está pálido e magro e o corpo não é mais vermelho; ele parece roxo, roxo-escuro, mas os olhos ainda são vermelhos.

— Eu estou bem, obrigado, Yasmine.

— Você não mudou nadinha. — Ela bagunça meu cabelo. Ela abre um sorriso tão grande que consigo ver quase todos os seus dentes.

Não sei por que ela fica dizendo isso. Será que eu devia ter mudado?

— Enfim a família está toda reunida. — Tariq vem se sentar do meu lado.

— Está contente também, Tariq?

— Contente? Estou é voando de alegria.

Eu me levanto e começo a saltar pra cima e pra baixo. Não consigo conter minha felicidade, e todo mundo começa a rir de mim. O som das risadas parece mel derretendo nas minhas orelhas. Se eu tivesse asas sairia voando agora.

— Yasmine, seu cabelo vai crescer de novo?

— Ahh, como senti saudade das suas perguntas! É claro que vai, não se preocupe, Habibi. Logo, logo estarei de volta ao normal.

— Você ficou triste quando partiu? Aonde você foi?

Os olhos de Yasmine se alteram, mas ela não demora a pensar numa resposta:

— Muito triste, mas agora eu estou feliz.

— Yasmine, agora eu tenho uma gata. O nome dela é Alcaçuz.

— Sério? Onde você a pegou?

— Achei parada na nossa porta.

— E como você sabe que ela não pertence a outra pessoa?

Eu não tinha pensado nisso, mas não vi ninguém procurando um gato perdido.

— Não sei, Yasmine, mas ela estava muito magrinha e resolvi dar comida pra ela.

— Bom menino. Onde estão Amira e Ali?

— Ali está sempre dormindo no quarto. Quase nunca está acordado, e Amira está sempre fazendo faxina e pondo maquiagem.

— Vá chamá-los pra mim, Habibi. Quero vê-los.

— Mas não quero te abandonar, Yasmine.

— Prometo que estarei aqui quando você voltar.

Começo a andar, mas volto a olhar pra Yasmine.

— Eu prometo. Prometi que ia voltar e voltei.

— Esperei por você todos os dias na loja onde você sumiu até que não podíamos mais sair porque ficou perigoso.

— Agora eu estou aqui, Habibi. Vá chamá-los...

Eu ando olhando pra ela, pra garantir que não vai desaparecer.

Bato rapidinho na porta do quarto onde Amira e Ali dormem e abro a porta. Estão dormindo, como eu disse. Não quero entrar e perder Yasmine de vista, mas ela quer que eu os acorde e eu não quero deixá-la chateada. Entro correndo no quarto e sacudo um pouco os dois.

— Yasmine está aqui! Yasmine está aqui! Depressa!

Amira se sobressalta, mas Ali abre devagarinho os olhos e depois os fecha.

— Depressa, Ali, antes que Yasmine vá embora!

— Por que ela está indo embora?

— Eu não sei, só não quero que ela nos deixe de novo.

— Certo, pode ir, Adam, vou acordar Ali.

— Depressa!

Saio correndo, olho para o lugar em que Yasmine estava sentada e a avisto lá. Suspiro lentamente e caminho depressa até ela.

— Temos água suficiente pra eu tomar um banho?

— Hummm... — Khalid demora a encontrar resposta. Eu não sei se temos, então não digo nada.

— Sim, temos. Você pode usar a água que estou aquecendo agora — diz Tariq.

— Obrigada, vou tomar um banho então.

— Eu ponho a água na banheira quando ela esquentar.

— *Enta Malak!*

— Yasmine, eu também sou um anjo?

— É claro que é! — Ela ri e eu sorrio e me recosto no sofá.

Baba estava certo quando disse que depois de ter sonhado com Yasmine ela voltaria.

Ali e Amira saem quando Yasmine está a caminho do quarto dela. Os dois a abraçam e a beijam e depois encaram juntos a cabeça dela.

— Yasmine, eu estou grávida.

— O quê? Mesmo? Uau!

— Não vejo a hora.

— Está de quanto tempo?

— Não faço ideia, mas acho que já está avançado.

Eu me pergunto se Yasmine acredita em Amira, porque a voz dela soa diferente.

— O nome dele vai ser Khalid.

— Você é um sortudo, não é? — Yasmine olha para Khalid.

Khalid pisca para ela. Adoro quando estamos todos juntos. Só consigo pensar nisso. Yasmine finalmente voltou! Tenho alguém com quem conversar!

Yasmine vai pro quarto dela e Tariq põe mais água pra esquentar. Amira e Ali vão para a sala de estar e começam a conversar. Agora suas vozes soam iguais. Como se fossem uma só pessoa. Não sei por quê.

Eu me sento do lado de fora do quarto de Yasmine e espero ela sair.

Espero um tempão e começo a ficar entediado. Por que ela não sai? Quero que ela tome logo um banho e venha ver minhas pinturas.

— Yasmine, você não vai sair?

— Por quê, Adam?

— A água está pronta e eu quero te mostrar minhas pinturas.

— Está bem, Adam, já estou indo.

— O que você está fazendo?

— Já disse que estou indo, Habibi.

Não digo mais nada e espero por ela. Começo a contar em silêncio, e assim que chego a cinquenta e sete ela sai e sorri.

— Daqui a pouco eu vejo suas pinturas, Habibi. Vou tomar um banho.

— Não demore, Yasmine.

— Não vou demorar.

Eu vou pro meu quarto, me deito na cama e procuro por Alcaçuz. Não a encontro e olho embaixo da cama. Ela adora se esconder ali. Eu me inclino e estalo os dedos para ela sair. Ela sai e eu a puxo.

— Yasmine voltou, Alcaçuz! Você não chegou a conhecê-la, mas ela é muito legal. É minha pessoa preferida em todo o mundo! Você está animada para conhecê-la?

Alcaçuz lambe as patinhas. Ela é muito fofa. Gosto do calor que ela deixa quando se deita na minha barriga. Quando ela ronrona, meu estômago vibra e faz cócegas. É engraçado.

Fecho os olhos pra descansar um pouco até Yasmine sair do banheiro e acordo com um grito. Parece que agora os gritos são o meu despertador diário. O que será que foi? Será que Yasmine foi levada de novo? Isso eu não vou deixar que se repita!

Saio do meu quarto e sigo o grito. Está vindo do banheiro.

— O que foi, Yasmine? — grito.

— Não sou eu — Yasmine diz enquanto está vindo atrás de mim. Eu solto um suspiro profundo. Estou feliz por não ser Yasmine. — É Amira — diz Yasmine.

Bato três vezes na porta, mas ela continua gritando e não diz nada.

— Vamos entrar! — diz Yasmine. Eu me afasto porque não vou entrar no banheiro sem ter sido autorizado a entrar. — Afaste-se, vou abrir a porta! — Yasmine abre a porta e eu fico atrás dela.

Amira está sentada no chão com sangue nas mãos e nas coxas. Está sangrando por quê? Será que se arranhou?

Yasmine cobre a boca, chocada, como se soubesse o que está acontecendo.

— Khalid, Habibi! Khalid! — Amira grita e bate no próprio rosto. O sangue se espalha.

— Yasmine, por que ela está chamando o Khalid de Habibi?

— Vá rápido pegar umas toalhas no meu armário!

— O que está acontecendo, Yasmine?

— Rápido, já falei!

Corro do banheiro até o quarto de Yasmine. Quando volto, Yasmine está segurando a cabeça de Amira contra o peito e Amira está chorando e berrando. Yasmine pega as toalhas da minha mão e me diz pra sair e fechar a porta. Quero saber o que está acontecendo, mas estou assustado e Yasmine vai gritar comigo de novo. Ali chega e me pergunta o que houve. Conto o que vi e ele se senta no chão do corredor. O que ele sabe que eu não sei?

— O que isso quer dizer, Ali?

— Quer dizer que ela perdeu o bebê.

— Como? Então ela estava mesmo grávida? Ela não estava gorda.

— Você não sabe como as mulheres perdem os bebês?

— Não...

Ali me explica tudo, mas ainda estou confuso. Então ela tinha e não tinha um bebê, ao mesmo tempo? Eu não sabia que os bebês podiam morrer dentro da barriga da mãe. Eu nem mesmo sabia como é que ela sabia que estava grávida, já que estava magra. Isso tudo é confuso e faz minha cabeça doer. Bato três vezes na porta e Amira grita, então ficamos aguardando do lado de fora. Ela não precisa ir pro hospital? E se ela morrer de tanto sangrar? Yasmine é enfermeira, então acho que ela sabe o que fazer.

Ali e eu ficamos sentados por uma eternidade, roendo as unhas. Estou faminto, a sujeira debaixo das minhas unhas tem um gosto salgado, então fico comendo pra passar a fome. Imagino se mais alguém faz isso. Olho pra Ali, mas ele não está fazendo o mesmo que eu. Está apenas olhando para o vazio. Yasmine finalmente abre a porta, abraçada a Amira, que está suando. Seu rosto parece encharcado, mas eu sei que não temos água.

— Yasmine, temos mel.
— Onde?
— Atrás do vaso.
— Por que não me disse logo? Vá pegar pra mim. Ali, chame Tariq para nos levar ao hospital.

Obedecemos rapidamente e Tariq vem perguntar o que está acontecendo. Parece que Amira nem nos escuta mais. Seus olhos ainda estão abertos, mas estão pálidos, como se não estivesse mais conosco. Quero contar para Yasmine que a Amira parece realmente estar doente e que precisa ir logo pro hospital, mas sempre que começo a dizer alguma coisa, Khalid ou Yasmine me interrompem e conversam entre si.

— Não dá pra fazer nada aqui mesmo? Os hospitais estão muito cheios! É muito arriscado, Yasmine.
— Pegue-a logo e vamos sair, estamos perdendo tempo. Fiz tudo o que pude, mas ela ainda está sangrando. Está em um choque muito forte.
— Certo!

Tariq põe Amira no ombro devagarinho e Yasmine vai correndo até seu quarto e volta usando um lenço. Eu os sigo até lá fora.

— Adam, fique em casa.
— Quero ir, Yasmine, não quero ficar sozinho.

Yasmine bufa profundamente e segura minha mão.

Caminhamos rápido até o hospital. Não é tão longe assim. Ao chegarmos lá, as memórias de Isa voam à minha mente e me atingem como uma martelada na cabeça. Vejo pássaros rodear minha cabeça, como nos desenhos animados.

Não importa o lugar, nesta cidade sempre se ouvem gritos e se veem poças de sangue em todos os cantos. O sangue de cada pessoa tem uma cor diferente. Eu encaro uma mulher que teve a perna decepada e está sendo carregada por um homem. O sangue que pinga da perna dela é vermelho com pontinhos amarelos. Parece muito nojento, mas quando passamos por ela o cheiro não é tão forte.

Yasmine odeia quando encaro as pessoas e me belisca para parar de encarar. Isso dói. Olho pro chão e tento não olhar ao redor, senão vou encarar. Dentro do hospital, Yasmine fala com uma mulher com jaleco branco que está correndo e diz que devemos segui-la.

— Há muitos feridos, não sei o que podemos fazer pela sua prima.

— Por favor, ela acabou de perder o bebê, você deve saber como ela está em choque.

— Tem gente que perdeu braços e pernas, olhos e orelhas.

— Por favor, doutora.

— Tragam ela. — A médica suspira.

Seguimos a doutora, mas ela diz pra gente esperar lá fora. Só Yasmine está autorizada a entrar.

Tariq me puxa pra trás e ficamos esperando encostados na parede. As pessoas não param de correr pelo hospital carregando feridos ou empurrando cadeiras de rodas.

Uma família com cinco pessoas está sendo empurrada em camas de metal com rodinhas. Só os corpos estão cobertos, as cabeças ficaram de fora. Os dois meninos se parecem com o pai e a menina se parece com a mãe. Eles têm adesivos colados na testa: um, dois, três, quatro, cinco. Aparentam estar vivos; os olhos estão fechados, mas o rosto parece bastante saudável. Acho que morreram agorinha mesmo. Todos têm um sorriso no rosto. Não pode ser verdade. Fecho os olhos e abro de novo rapidamente antes que passem por mim ainda com aquele sorriso. Talvez tenham ficado felizes por morrer. Morreram juntos, não sentirão a falta um do outro.

— Por que eles têm números na testa, Tariq?
— O hospital está lotado, precisam monitorar quantos dão entrada.
— Isso acontece em todas as guerras?
— Não sei, Habibi.

Tudo aqui parece tão diferente, mesmo que o hospital fique no fim da nossa rua. Tem meninos que parecem ser mais novos do que eu correndo com jaleco branco de médico. Que sentido isso faz? Tenho certeza de que são crianças, e não apenas adultos baixinhos.

— Tariq, você viu aquilo? — Olho pra ele e aponto para o garotinho empurrando numa cadeira de rodas um velho que está com o olho direito sangrando.
— Eles precisam de gente para ajudar, tem médicos morrendo todos os dias.
— E como é que eles sabem o que fazer?
— Eles aprendem rápido.
— Eu posso ajudar, Tariq?
— Não!

Desvio o olhar e não digo mais nada. Será que o Tariq gosta de mim? Ele não me deixa fazer nada. Por que as outras crianças estão ajudando mas eu não posso? Eu não sei fazer nada, mas se elas aprenderam, eu também posso. Mas de todo modo não quero ser médico, quero ser pintor.

Yasmine sai apoiando Amira. Tariq corre e a carrega nas costas. Ninguém diz nada e vamos embora lentamente. Todo mundo põe os olhos na gente enquanto caminhamos entre sangue e lágrimas.

Nem parece que Amira está respirando. Está mole nas costas de Tariq. Tento encará-la atentamente para conferir se está respirando. Vejo que suas costas se mexem para cima e para baixo devagarinho, mas não tenho certeza.

— Amira está bem?
— Sim, Adam, não se preocupe.
— Ela está respirando?
— Sim. Onde você conseguiu aquele mel?
— É da Amira, ela disse que era para o bebê.

Yasmine não responde, então eu olho pra ela. Seu rosto parece um quebra-cabeça, está todo arranhado, e as lágrimas correm por entre as rugas tentando encontrar uma superfície lisa. Parece uma máquina de fliperama. Ela enxuga as lágrimas e olha pra mim.

— Por que você chora, Yasmine?
— Choro pela vida...
— O que isso quer dizer?
— Você sempre sabe como me fazer parar de chorar. — Ela ri.
— Por quê, Yasmine? Por que você está chorando pela vida?
— Porque não existe sensação pior que perder um filho.
— Eu não sabia que ela estava grávida, Yasmine. Pensei que ela só falava por falar.
— Ela estava mesmo, Habibi.

Ela enxuga as lágrimas de novo e me diz para correr e abrir a porta, e eu abro para eles passarem. Ainda não chegamos em casa, mas já estamos perto o bastante para eu poder correr e me divertir um pouco. Saio correndo bem rápido e sinto o ar atingir meu rosto de novo e de novo. É como se alguém estivesse me estapeando. Gosto da sensação, isso me faz acordar.

Abro a porta e entro. Deixo a porta aberta para eles entrarem e procuro Ali. Ele ainda está sentado no corredor, na mesma posição. Por que Ali mudou tanto? Ele não é mais divertido. Pelo menos agora eu tenho a Alcaçuz.

Tariq deita Amira e ela começa a sussurrar o nome de Khalid e a chorar.
— Vamos deixá-la descansar um pouco.
— Yasmine, você quer ver minhas pinturas agora?
— Está bem, vamos lá dar uma olhada.

Estou tão animado para mostrar minhas pinturas pra Yasmine! Vou saltando até o meu quarto e começo a assobiar. Me pergunto por que assobiamos, saltamos, pulamos ou corremos quando estamos felizes. Nunca vi uma pessoa feliz simplesmente grudar em algum canto e não fazer nada. É como se a gente precisasse chacoalhar a felicidade pra fora do nosso organismo imediatamente. Na teoria isso soa inteligente, mas acho que não soaria tão bem se eu falasse em voz alta.

Começo a mostrar a Yasmine as pinturas que fiz desde que ela se foi, mas ela não diz nada e fixa os olhos na pintura que está no cavalete.
— Isso é sangue, Adam? — Yasmine aponta para a tela, e seus dedos estão tremendo.
— Sim, ficou bom?
— Onde você conseguiu esse sangue? — A voz dela está fria. Da sua boca saem cubos de gelo. Isso me dá calafrios.

— Lá fora, Yasmine.

— Você está recolhendo sangue alheio, Adam? Você ficou louco?! — Ela grita muito alto mesmo e eu acabo tendo que cobrir os ouvidos antes que os cubos de gelo entrem neles. — Adam! Você ficou maluco? — Yasmine levanta a mão e, antes que eu consiga tirar as minhas mãos dos ouvidos, ela bate com força na minha bochecha. Ouço o som do golpe no meu rosto ecoar. De repente sinto meu corpo inteiro ficar roxo e pela primeira vez eu me vejo da forma como vejo a Yasmine: contundida. Minha mente se transforma numa zona de guerra. Ouço bombas e vejo explosões. Eu me afasto, desabo no chão e me embalo violentamente pra frente e pra trás na tentativa de parar a guerra. EU ODEIO GUERRAS. Começo a chorar. Quanto mais eu choro, mais a zona de guerra se aquieta. Bombardeios e explosões diminuem e desaparecem. Ergo o olhar e entre minhas lágrimas vejo a boca de Yasmine se mexendo. Embora minha mente tenha se acalmado, ainda bloqueio a voz dela. Ela põe a mão no meu braço e eu recuo rapidamente. Não quero que ela me toque. Não sei o que fazer de mim mesmo. Minha mente está se fechando sobre mim. Estou desesperado por uma resposta, por algo que me faça voltar à realidade. Estou perdendo a batalha. Sinto minha visão embaçar e meu coração acelerar. Minhas lágrimas escorrem quentes pelo meu rosto. Quentes demais. É como se minha cabeça estivesse mergulhada em água fervente. Alcaçuz se aproxima e esfrega o pelo na minha perna. Não consigo ouvir seu ronronar, mas sei que ela está ronronando. Será que ela sente que eu estou triste? Quero fugir. A dor na bochecha está pinicando. Consigo sentir o formato da mão de Yasmine. A mão dela deixou uma silhueta de dor. Alcaçuz sai andando e eu rastejo lentamente atrás dela, não quero que ela me deixe, não quero ficar sozinho com Yasmine.

Corro atrás de Alcaçuz e ouço Yasmine me chamar. Mas eu não quero responder. A porta da frente está aberta e Alcaçuz sai correndo por ela.

— Não, Alcaçuz! Volta aqui!

Yasmine chama o meu nome. Será que Alcaçuz está me ignorando do mesmo jeito que estou ignorando Yasmine? Mas eu não fiz nada de mau a ela. Corro atrás de Alcaçuz e não olho para trás. Não sei se Yasmine está me seguindo ou não. Corro muito rápido.

Alcaçuz não parou de correr. É como se ela quisesse se afastar de tudo. Corro atrás dela e tento esquecer o que aconteceu. Eu não teria aonde ir caso Alcaçuz não tivesse fugido. Sou grato a ela.

— Alcaçuz!

Vejo homens enormes caminhando pela rua lá longe. Acelero meu passo no encalço de Alcaçuz, mas estou sem energia. Consigo sentir os ossos do meu joelho direito fazendo pressão um no outro. Isso dói. Faço uma pausa e massageio o joelho porque não consigo me mexer de tanta dor. Eu ergo o olhar e vejo um dos homens pegar Alcaçuz e acariciá-la. Ela não está se contorcendo na mão dele então acho que é um cara legal. Finalmente a alcanço e começo a ofegar. Se eu olhar pra trás, tenho certeza de que não vai parecer que corri tanto, mas mesmo assim não consigo parar de ofegar.

— Poderia devolver minha gata, por gentileza? — Abro os braços para que o cara me devolva Alcaçuz.

Ele ri na minha cara e um pouco de cuspe pousa no meu olho. Eu enxugo e cheiro. Tem cheiro de sangue.

— Agora essa gata é minha.

— Mas ela mora comigo.

— Você por acaso é retardado? Agora. Essa. Gata. É. Minha!

Esse jeito de falar machuca meu coração. Por que ele está sendo mau comigo? Por acaso fiz alguma coisa para machucá-lo? Por que ele iria querer levar minha Alcaçuz embora? Eu nem mesmo o conheço. Começo a estalar meus dedos e dar tapas no quadril repetidamente. Estou confuso. Os outros homens em volta dele não dizem uma palavra, mas sinto os olhos deles sobre mim. Seu olhar fulminante atravessa minha cabeça, como se tentassem ler minha mente.

— Segue seu rumo, garoto.

Começo a cantarolar alto para não ouvir o que ele está dizendo. Minha vontade é abafar todos os sons. Essa sensação de desconforto está crescendo, tento contê-la, mas ela se acumula na minha garganta, me obrigando a cuspi-la fora. Só quero Alcaçuz de volta. Alcaçuz se contorce. Acho que ela leu minha mente.

— O que há de errado com esse moleque? Ele não sabe quem eu sou?

— O cara olha para os outros. Eles nem se mexem. Os olhos deles ainda estão em mim. Quero ir pra casa. Estou assustado. Mas não quero ir pra nenhum lugar sem Alcaçuz.

— Vou te ensinar uma lição por ter entrado no meu caminho. Não tenho tempo pra moleques idiotas como você — diz ele, olhando para os homens.

Eu rapidamente pulo para tirar Alcaçuz da mão dele, mas acabo puxando o rabo dela. Ela guincha. Desculpe, Alcaçuz, eu não queria te machucar.

O cara olha dentro dos meus olhos e consigo ver a maldade refletida neles. Ele já viu muito sangue. Acho que ele quer ver mais um monte de sangue. A princípio achei que ele era bom. Quero ir pra casa. Não importa que Yasmine tenha me batido. Só quero que esse sentimento horrível desapareça.

— Você vai me machucar? — Minha voz está trêmula.

O homem ri de novo. Por que ele fica rindo? É rude rir quando alguém te faz uma pergunta.

— Acho que você está começando a entender tudo — zomba ele.

Minha mente está se enchendo de palavras, como se fossem pipoca. Fico encarando o homem, mas no momento em que me lembro de dizer alguma coisa, a palavra estoura; meu coração está apertado.

— Alcaç... — sussurro, mas o estampido em minha mente fica mais alto e não consigo terminar a frase. O cara olha pra mim, direto nos olhos. Fecho os olhos e ponho as mãos nas costas e coço. Eu queria não ter roído as unhas. Não gosto de desconhecidos. Quero fugir. Quero fugir. Fico repetindo isso na minha cabeça, mas minhas pernas não se mexem. Estou preso. Algumas vozes alcançam meus ouvidos, mas elas explodem no momento em que entram. Parece que minha mente é feita de óleo fervente. Abro os olhos devagarinho e vejo o cara atirar Alcaçuz em cima de mim. Abro meus braços rapidamente, mas não a seguro a tempo. Ela se agarra às minhas pernas com as patas e fura minha pele feito faca. Grito por causa da dor. Agora posso fugir. O que estou esperando? Corra! Minha mente não está me ouvindo! Eu piso forte e começo a correr em círculos, mas não consigo fugir.

Os homens começam a rir de mim. Meu rosto está ficando vermelho e sinto que minhas bochechas vão explodir.

— Ele está pedindo, né? — diz o cara e vem na minha direção devagarinho como se quisesse me assustar. Eu congelo e encaro seus pés enquanto esfrego meus dedos. Acho que ele quer me ajudar. Abro um sorriso, mas ele cospe em mim.

— Yasmine! — grito e começo a chorar. Minha voz ecoa nos meus ouvidos e me lembra o choro de um cavalo. Sempre que ouço alguém gritar de dor eu me lembro de um animal. Será que somos todos animais quando sentimos dor?

— Sabe o que costumamos fazer com menininhos como você?

Sinto Alcaçuz arranhando minha perna, mas não consigo olhar para o chão. Eu me sinto como uma estátua. O homem me empurra no chão e eu esfolo a palma da mão numa pedra. Olho para a minha mão e contraio meu dedo. Ele tira uma arma do bolso e aponta pra mim. Por que ele está apontando uma arma pra mim? Eu... Eu estou confuso... Minha cabeça... Minha cabeça dói... Pego a pedra e atiro nele. Nunca pensei que eu fosse fazer uma coisa dessas, mas não consigo nem pensar. É como se minha mão tivesse vontade própria.

— *Ya kalb!!* — O homem grita e eu ouço o som de um disparo. Eu não sabia que as balas podiam viajar tão rápido. No momento em que ouço o disparo, sinto uma queimação na mão. Olho pra ela e vejo dois dedos meus caídos no chão. Minha mão está vertendo sangue. Grito bem alto e choro enquanto grito. Era dessa sensação que eu falava quando falei da iminência da morte. O cara está esfregando o olho no lugar onde eu o acertei. Sua sobrancelha está sangrando e ele só está espalhando o sangue por toda parte, sem perceber. Um dos seus homens está tentando ajudar, mas os outros nem mesmo se mexem. Eu procuro Alcaçuz ao redor e não a encontro. Alcaçuz. Vejo-a sentada na esquina olhando na minha direção. Ela parece assustada.

— Alcaçuz, venha aqui. — Fecho os olhos e grito por mamãe.

A dor que sinto na mão está me deixando trêmulo e tonto. Mantenho os olhos fechados para não ter que olhar para o sangue. Seguro minha mão bem forte para impedir que a dor se espalhe para o meu corpo, e então ouço o cara falar de novo:

— Vou mostrar o que acontece quando alguém mexe com Khanjar.

Já ouvi esse nome... Eu já ouvi esse nome. Ele é um dos malvados.

Abro os olhos e o vejo apontar a arma ainda mais perto do meu rosto e rezo uma prece em meu coração. Me desculpe por ter fugido, Yasmine. Onde está você?

Dois dos homens que estão atrás dele de repente tombam no chão depois de alguns estampidos de tiros. Ponho os pulsos nas orelhas para não ter que ouvir aqueles sons horríveis. Minha mão está vertendo sangue dentro da minha orelha. Odeio essa sensação quente e pegajosa, mas quero tampar meus ouvidos. Ergo o olhar e vejo todos os homens com armas apontadas para alguém que está em cima de mim. Eu me curvo e me embalo pra frente e pra trás enquanto cubro os ouvidos. Fico de olhos abertos. Alcanço meus dedos largados no chão e tento colocá-los de volta na minha mão. Eles não estão grudando! Eles não estão grudando!

— Você está bem? — Um homem se inclina perto de mim e eu começo a me embalar pra frente e pra trás ainda mais rápido e a fazer um som com a garganta para que ele vá embora.

Ele me levanta e eu dou chutes e cuspo nas costas dele.

— Pare com isso!

Eu o ignoro e continuo fazendo isso até que ele me coloque no chão.

— Agora você está a salvo. Meus homens estão dando um jeito naqueles filhos da mãe.

Eu só quero que ele me deixe em paz.

— Alcaç...

— Hein?

Atrás dele vejo Alcaçuz vindo na minha direção. Começo a chorar e me levanto devagarinho e saio correndo antes que esse cara me segure de novo. Vejo Alcaçuz correndo atrás de mim, então eu corro mais rápido.

Capítulo Dezoito
Lilás

Acordo com o chão do meu quarto tremendo. Parece que ele vai rachar e me engolir. Eu me levanto em um salto e saio porta afora. Vejo Yasmine e Khalid ao lado de suas portas, de pijama. Acho que também sentiram isso.

— Estou assustado, Yasmine.

— Não se preocupe, Habibi, deve parar logo.

Corro até ela e esperamos o tremor terminar. É como se estivéssemos numa montanha-russa em pane. Continua tremendo, e meu coração fica constantemente caindo no chão e pulando de volta à minha garganta, em questão de segundos. Meu corpo todo sente os abalos. Passamos a ouvir bombas e vejo explosões pela janela da sala. Nunca vi tantas bombas de uma vez só. O bombardeio parece estar bem longe.

— Yasmine, vamos acordar todo mundo e ir para o quartinho escondido.

— Certo, você acorda o Baba e eu acordo os outros.

Corro até o quarto de Baba, pulo na cama e começo a falar pra ele acordar depressa. Seus olhos ainda estão entreabertos quando ele começa a falar sozinho:

— Não me mate, por favor. Eu tenho família, tenho esposa.

— Baba! Acorde!

Baba se sobressalta e enxuga a saliva da boca.

— O que foi? — retruca.

— Estão jogando bombas lá fora, precisamos nos esconder.

Tento ajudar Baba a se levantar quando Ali e Amira entram e passam para o quartinho.

— Depressa, Baba!

Baba acelera o passo, porém ainda está muito lento. O armário não fica longe, mas é como se estivéssemos andando já há uns cinco minutos. Não sei se é isso mesmo ou se apenas estou nervoso. Yasmine e os meninos ainda não vieram. Estou muito assustado.

— Preciso ir ao banheiro.

— Agora não, Baba, não temos tempo.

Baba faz uma careta e entramos rápido no quartinho. Espero que aqui estejamos protegidos.

— Yasmine! — grito a plenos pulmões.

— Estou indo!

Nós nos sentamos lá dentro e começamos a rezar. As bombas começam a soar mais alto e o tremor fica mais violento. Seguro o braço de Baba e o aperto. Nunca gostei de montanha-russa e agora estou vivendo dentro de uma. Meu coração está batendo rápido. Estou com vontade de vomitar de tanto medo.

— Depressa, Yasmine!

Fecho os olhos e tento pensar na menina com olhos de chocolate. Sempre que penso nela, me sinto melhor. Mas dessa vez meu coração está martelando rápido demais e posso ouvi-lo muito alto. Não consigo desviar minha mente disso. Yasmine chega com Khalid e Tariq e fechamos a porta rapidamente. Dá pra ouvir as bombas e sentir o impacto no chão. Eu me encolho ao lado de Yasmine e sinto ela inspirar e expirar. Khalid não diz nada, apenas olha para o próprio colo. Eu olho pra minha mão e começo a cutucar a atadura que Yasmine colocou em mim. Minha mão às vezes dói quando me lembro do que aconteceu, mas faço força pra esquecer. Yasmine disse que eu tinha sorte por estar vivo e que eu não deveria reclamar por causa da mão. Tenho muita sorte por não ter sido ferido na mão que uso para pintar. Baba está inspirando e expirando pesado. Tem um som estranho saindo dele, como se tivesse algo preso na garganta. Ninguém parece prestar atenção ao som, mas o quarto está quieto demais e a respiração de Baba não está no mesmo ritmo que a minha mente. Quero que ele pare, mas não posso impedi-lo de respirar. Agora que paro para pensar no pequeno espaço em que estamos e em quanta gente está apertada aqui respirando o mesmo ar, começo a ficar enjoado. Quero sair. Quanto mais penso nisso, mais sinto que as paredes estão se fechando sobre mim. Não! Eu preciso de espaço! Me deem espaço!

— Adam, pare com isso!

Abro os olhos e percebo que estava batendo em Yasmine sem querer.

— Por quanto tempo teremos que ficar aqui, Yasmine?

— Por favor, Adam, chega de perguntas agora.

Eu só quero saber por quanto tempo teremos que ficar aqui, meu peito se aperta e acho que não faz nem dez minutos que estamos aqui. O chão treme de novo e ouvimos uma bomba explodir. É como se estivesse logo depois da nossa porta. Será que explodiu ali mesmo? Eu realmente quero sair para ver o que está acontecendo, mas não quero me machucar.

— Ouviu isso, Yasmine?

— Sim. Continue rezando...

Tariq começa a rezar em voz alta e todos repetimos o que ele diz, exceto Baba, que está fazendo suas próprias preces.

Outra bomba intensa explode e o solo treme. Parece que há anjos caindo. Começa a cair pó do teto e eu começo a me perguntar se vamos sobreviver. São tantas as perguntas que quero fazer a Yasmine, mas meu coração está tremendo de medo. Sentimos outro abalo, e tijolos caem ao nosso redor. Um cai na perna de Ali e ele começa a gritar. Amira e Yasmine se viram para ele e tentam cuidar de sua ferida. O grito dele parece um grito de baleia e ecoa nesse espaço apertado fazendo crer que estou me afogando em desespero. Sinto meu corpo se abandonar à morte. O pó continua caindo e sempre que olho pra cima caem ciscos nos meus olhos e na minha boca e começo a esfregá-los e a cuspir. Meus olhos estão ardendo e sinto que estão vermelhos; não preciso olhar no espelho pra saber disso. Explodem bombas depois de bombas e eu paro de contar porque sinto os olhos da morte sobre mim. Não há espaço para respirar, e embaixo da perna de Ali tem sangue. A maior bomba de todas explode e sacode todo mundo, e todos nos agachamos pra evitar que os tijolos em queda nos atinjam. Então é isso. Sei que esse é o fim. A cada tijolo que cai, sinto que estou sendo apedrejado com pedaços de carvão. Sinto minhas costas pinicar por causa do sangue que escorre. E então tudo se aquieta. Lá fora ninguém mais grita, os tijolos param de cair e mais nenhuma bomba detona ou abala o solo. Todos erguemos a cabeça e olhamos para cima. Eu estou vivo! Estamos vivos! Estamos manchados de sangue. Não consigo enxergar a mim mesmo, mas tenho a sensação pegajosa do sangue grudado nas minhas costas. É como se uma cobra estivesse serpenteando pelo meu corpo. Isso me dá calafrios.

Yasmine diz que agora parece seguro sair, mas não estou certo. Tariq empurra a porta devagar. Agora não conseguimos mais ver sua cabeça, então acho que ele está olhando em volta.

— Ó meu Deus, ó Senhor! — Khalid começa a implorar por Deus. O que aconteceu? Será que tem cadáveres nos cercando? Yasmine ajuda Khalid a subir e sobe também. Sou o próximo a subir porque não consigo mais respirar. Preciso de ar fresco. Quando alcanço o topo, vejo Yasmine no chão do quarto de Baba estapeando a própria cabeça e gritando o nome de Deus. Está chorando como as mulheres que vi no hospital.

Ergo o olhar e vejo só a cama de Baba no lugar. Daqui, avisto o quarto de Yasmine. As paredes todas desmoronaram e tudo se perdeu. Nossa casa é pura ruína. Perdemos nossa casa. Meus olhos olham em volta histericamente para tentar descobrir por onde começar. Há algum jeito de sair daqui? Parece que estamos presos entre escombros e tijolos pesados. Vejo uma pintura minha em meio a poeira, tijolos e pratos quebrados. Escalo alguns tijolos e a puxo com delicadeza, mas ela já era. Perdi minha pintura. Não dá nem pra ver as cores dela mais; ficou tudo cinza. Saio às pressas tentando encontrar meu quarto e pegar minhas pinturas. Preciso encontrá-las, não posso ir a lugar nenhum sem elas. Yasmine me chama dizendo que não é seguro ficar andando por aqui, mas minhas pinturas são mais importantes que isso. Consigo ver meu cavalete, agora quebrado, entre a poeira e as ruínas. Aranhas azul-marinho voltam a subir pelo meu coração. Sinto a raiva ferver dentro de mim. Cato os pedaços do cavalete, mas não há esperanças. Vou andando e pegando minhas pinturas no meio de toda a bagunça. Preciso salvá-las. Encontro meu estojo de pintura ao lado de um dos livros que Isa me deu. Pego o livro. As páginas estão parcialmente rasgadas e parece que um elefante passou em cima dele. Todas as páginas estão achatadas para fora, como um leque. Não consigo nem sequer ler o título. Por que tinham que fazer isso com a gente? Para onde mais podemos ir? Junto tudo o que restou de minhas tintas e pinturas e todos os pincéis que encontro. O sangue que coletei para pintar está derramado na minha coberta. Agora não tenho mais cama onde dormir, proteção contra o frio, comida, água, esperanças, e meus dedos que estavam sarando voltaram a sangrar.

Nós nos sentamos nos escombros e nos embalamos pra frente e pra trás. Cada um se embala num ritmo próprio, mas todos compartilhamos a mesma dor e o mesmo destino.

A cidade ficou em ruínas, arrancaram tudo o que tínhamos e as únicas coisas que nos cercam são Pilares de Fé. Foi Yasmine que me disse isso. Toda noite nós procuramos lugares abandonados para dormir e descansar a cabeça. Encontrei Alcaçuz após horas de procura depois da explosão da bomba. Estou feliz por não tê-la perdido. Às vezes ela dorme na minha barriga e às vezes eu durmo na barriga dela. Ela não diz nada. O rosto de todos parece ter sido esfregado com pó e sujeira. Não temos um pontinho sem sujeira em todo o corpo. Nossas roupas estão rasgadas e não temos outras e caminhamos pelas ruas todos os dias procurando ajuda. Eu estou sem sapatos e a sola dos meus pés começa a rachar. Dói demais quando andamos por muito tempo procurando um novo lugar para ficar. Yasmine diz que devemos ter cuidado com o lugar que escolhemos. Ela diz que alguns lugares estão repletos de pessoas do exército livre e que outros lugares pertencem ao exército do governo. O resto dos lugares que estavam livres já foi tomado pelas pessoas. Anteontem perguntamos a uma família se podíamos ficar lá com ela. Yasmine disse que temos crianças e idosos incapazes de seguir caminhando e eu acho que foi isso que os fez aceitar. Tivemos que dividir as cobertas que eles tinham encontrado nas lixeiras. Eu me cocei a noite inteira. Não consegui dormir. Ficava repassando em minha mente cenas de livros que eu li. Minha vontade era levantar e pintar, mas eu não tinha onde pintar. Ficamos todos enrolados debaixo de um único cobertor, feito sardinhas. Se alguém entrasse e nos visse, pensaria até que estávamos todos mortos. Ninguém se mexia e quase não respirava.

Alepo não tem mais cor. Tudo é cinza, até nós mesmos. Todos parecem arrastar os membros com o maior esforço possível, e mesmo assim ainda estamos tendo muita dificuldade. Especialmente Baba, que parece ter se esquecido de tudo; nem parece saber que estamos numa guerra. Acha que estamos viajando para visitar a vovó. Sempre que pergunto de Baba a Yasmine, ela se aborrece. Acaba gritando comigo e diz que ele perdeu a memória. Acho que ele não sabe mais quem eu sou. Não entendo como ele pode ter se esquecido de mim. O único nome que ele fica repetindo para Yasmine é o da mamãe. Ele nem nota os outros. Seus olhos estão mesmo turvos, não é coisa da minha imaginação. Estamos longe de casa, indo pela estrada. Partimos já faz alguns dias e todos os dias caminhamos um tanto. Nem sei mais se ainda estamos em Alepo, mas acho que sim. O chão hoje está muito quente. O sol está muito forte e estou suando. Não temos água, e o sol está batendo direto em nossa cabeça. Não temos abrigo. Não consigo nem abrir os olhos; o sol está mesmo muito forte. As solas dos meus pés estão ardendo porque estão rachadas e o calor do chão não ajuda. Seguimos caminhando, e eu roo as unhas e as mastigo até tirar todo o gosto, para depois engoli-las. Estou bastante faminto.

Alcaçuz corre na minha frente, mas eu não tenho energia pra correr atrás dela.

— Alcaçuz... por favor!

Tento correr atrás dela, mas nada no meu corpo ajuda. Não tenho forças. Alcaçuz vira numa esquina e eu não tenho escolha além de forçar minhas pernas mais um pouco para correr atrás dela, porque não quero perdê-la.

— Alcaçuz!

Olho para trás e vejo meus parentes com os ombros curvados como se estivessem arrastando os pés. Khalid está literalmente arrastando os pés no chão. Olho para baixo e vejo sangue nos dedões dele. Não sei se devo dizer isso a ele; não quero assustá-lo. Tariq está carregando Baba porque Baba não consegue mais andar, e Yasmine e Amira estão apoiadas uma na outra. Ali e eu somos os únicos praticamente inteiros. Viro a esquina e encontro Alcaçuz cavoucando uma lixeira. Meu coração salta de alegria, e todo o amarelo que me cerca se transforma lentamente em cor-de-rosa. Há uma esperança.

— Depressa, gente, tem uma lixeira aqui!

Eu rio de leve porque o rosto deles também ficou cor-de-rosa. Consigo até ver um sorriso ligeiro no rosto de Yasmine. Sou muito grato a Alcaçuz. Obrigado, Deus, por ter ajudado a gente. Espero Tariq descer Baba no chão para que possa me ajudar a revirar a lixeira. Alcaçuz encontra um monte de ossos, bolinhos e queijo. Como é que alguém joga isso fora? Como é que as pessoas conseguem comida, aliás? Como é que fazem para comprá-la? Faço essas perguntas a Yasmine e ela diz que provavelmente a comida vem de Damasco, por ser dos soldados. Ao dizer isso, ela percebe que é provável que a gente esteja numa área cheia de soldados do governo. Não é seguro aqui. Ela diz pra juntarmos a comida numa sacola que encontramos na lixeira e ir andando. Dessa vez, todos caminhamos rapidamente. Eu me sinto feliz de novo, talvez haja esperança. Obrigado, Deus.

Sentamos e começamos a comer e até a sorrir. Agora temos forças pra isso. Sempre me perguntei como as pessoas viviam no meio de uma guerra. No tempo que eu ainda via TV, elas sempre riam; não deviam estar deprimidas? Agora eu entendo, há sempre um motivo para rir.

Yasmine está ficando rubi. Vejo o rosa escurecer e se transformar em rubi, o que me deixa muito feliz. A cor é muito fraca, mas consigo vê-la. Parece que todo mundo está começando a fechar os olhos e eu também. Comer pela primeira vez depois de tanto tempo faz a gente querer dormir. Dessa vez vamos dormir porque estamos felizes, e não porque queremos afastar a fome. A sensação é muito boa. Começo a cantarolar uma melodia de Chopin em minha mente. Não sei o nome da música, mas mamãe a ouvia quando estava feliz. Já faz um tempo que não penso na mamãe, porque eu estava sem forças até para pensar, simplesmente arrastava meu corpo. A melodia que estou cantarolando mentalmente se transforma num zumbido porque estou cansado demais, então apenas fecho os olhos e deixo o sono me levar a um lugar feliz.

Acordo com a voz de um homem num alto-falante que geralmente usam no topo de uma mesquita para fazer o chamado à reza. O que é que ele está dizendo?

Esfrego os olhos e observo os arredores. O sol começa a se pôr, mas ainda está lá. Todo mundo começa a se levantar e ouvir o que está sendo dito. Isso é esquisito, o que está acontecendo? Sinto dormência e me levanto devagarinho e sacudo as pernas para acordá-las. Tenho marcas nos braços por causa das pedras que estavam cutucando minha pele.

— Ahh, está doendo. — Esfrego minha pele e dou um beijo nela para me sentir melhor.

— Shh, Adam, vamos ouvir o que estão dizendo — sussurra Tariq.

Todos olhamos pra cima, como se o som estivesse vindo dos céus, e ouvimos com atenção. É meio pacífico ficar olhando pro céu e ouvir uma voz alta passar uma mensagem de esperança. Eu quero fazer um retrato do céu.

O homem estava dizendo algo sobre uma ajuda da Turquia, mas eu parei de escutar assim que pensei em pintar o céu. Começo a tirar meus instrumentos de pintura da mochila, mas Yasmine me interrompe.

— O que você está fazendo?

— Eu vou pintar o céu.

— Você não ouviu o que disseram, Habibi?

— Não, Yasmine.

— Temos que voltar antes dos outros. Enviaram ajuda, e finalmente teremos comida e abrigo, Adam!

— Sério, Yasmine? Sério? Então vamos correr!

Ela ri, segura minha mão e saímos correndo. Os outros correm atrás da gente. Olho pra trás e vejo Tariq lá longe tentando correr com Baba nas costas. Será que tudo chegou mesmo ao fim? Será que agora estamos a salvo? Peço a Deus que a gente esteja seguro. Não quero mais andar descalço no chão quente e comer das lixeiras. Eu me pergunto aonde é que irão nos levar. Chegamos ao lugar que nos indicaram e já encontramos uma fila de pessoas. Como foi que chegaram aqui tão rápido? Acho que estavam mais perto. Tem três furgões vermelho e branco, e homens estão distribuindo coisas lá de dentro. Dão uma caixa a cada um, mas não sei o que tem nela. Os homens têm uma cor vermelha. Falam uma língua diferente da nossa. Queria entender o que estão dizendo. Queria entender todos os idiomas. Eu costumava sonhar acordado que ouvia pessoas falando diferentes idiomas e eu entendia tudo e elas ficavam surpresas. Mas ninguém aqui na região fala nada além de árabe. Khalid diz que em Damasco as pessoas falam outras línguas. Queria ir pra lá. Estamos quase na frente do furgão. Tem seis pessoas na nossa frente agora. Não vejo a hora de chegar nossa vez e ver o que tem na caixa. É como se estivéssemos festejando o Eid. Quem são essas pessoas nos ajudando? Não falam a mesma língua que nós, embora tenham uma aparência igual à nossa. Será que são boas pessoas? Devem ser, já que estão nos ajudando. Ninguém mais está.

Ouço dizerem uma palavra em árabe que significa "Seja feita a vontade de Deus". Mas ela soa diferente na voz deles. Será que falam árabe?

Agora chegamos na frente da fila e o rapaz dá uma caixa para Yasmine e uma para mim. Então ele começa a sorrir e me falar coisas que não entendo. Olho para o lado e vejo se Yasmine sabe o que fazer. Ela apenas agradece, em árabe, e vai embora. Eu realmente queria saber o que ele estava dizendo.

Yasmine aperta meu braço com força. Ela não está olhando para mim, mas para um moço que caminha na nossa direção. Será que ele vai machucar Yasmine? Não vou deixar mais ninguém machucar Yasmine.

— O que foi, Yasmine?

Ela não responde e me aperta ainda mais forte. O moço agora já está bem próximo e acaba de dizer "olá". Yasmine não responde, apenas o encara. O que está acontecendo?

— Wisam...

Ele ri e põe a mão no ombro dela.

— Como você está?

Yasmine larga meu braço e seu rosto fica tão vermelho que parece que vai começar a jorrar suco de morango. O moço está olhando pra ela do jeito que Baba costumava olhar para a mamãe. Ele me parece familiar. Será o moço que aparece no diário de Yasmine?

— Eu... eu estou bem.

— Nunca deixei de pensar em você.

— Nem eu! — Yasmine se exalta e fala rápido. Nunca vi Yasmine agir desse jeito. Acho que ela percebeu que falou muito rápido, porque recuou um pouquinho e olhou pro chão.

— Eu queria que você fosse pra Turquia comigo.

— Você v...

— Eu trabalho para eles. Hoje em dia eu venho e volto da Síria com frequência.

— Nós vamos para Damasco, se Deus quiser.
— Vão?
— Sim...
Os dois ficam inquietos, mexendo as mãos do mesmo jeitinho.
— Yasmine, esse é o homem que você ama? — pergunto pra ela.
Yasmine se vira para mim, chocada.
— Como... Como você...?
Wisam ri e eu digo a ela que li seu diário. Ela fica muito vermelha de novo e belisca meu braço, mas não da maneira como sempre belisca. Não me importa que ela belisque desse jeito; não dói e é divertido.
— Será que eu... Será que eu poderia vir te visitar quando voltar?
— Sim! — Yasmine se exalta de novo.
Acho que ela está bem animada.
Wisam se inclina e sussurra algo no ouvido dela, e Yasmine gargalha. Eu quero saber o que ele disse.
— O que ele disse, Yasmine?
Yasmine não responde e fica observando-o ir embora. Ele se vira e acena para ela, que acena de volta. Ela fica sem dizer nada por um bom tempo. Seus olhos estão bem distantes.
Yasmine e eu esperamos os outros ganharem suas caixas e entramos em outra fila onde há formulários para preencher. Não sei do que se trata, mas entramos na fila pra saber. Quero muito abrir as caixas, mas Yasmine me diz pra aguardar. Chega nossa vez, e perguntamos a um homem sírio para que servem os formulários, e ele diz que há vagas para levar algumas pessoas para a Turquia, mas apenas as que estão passando necessidade, então todos precisam preencher um formulário informando idade e condição de saúde. Yasmine preenche os formulários de todos e aguardamos ao lado, abrindo nossas caixas.
— Yasmine, é legal morar na Turquia?
— É igual à Síria, Habibi, só muda a língua.
— E lá é seguro, Yasmine?
— Muito seguro.
— E se não escolherem a gente?
— Se isso acontecer, a tia Suha nos convidou para visitá-la, e iremos para Damasco. Lá é seguro.

— Eu quero ir para Damasco também.

Yasmine sorri e me diz pra eu abrir minha caixa. Abro devagarinho porque não quero estragar minha animação. Por cima tem um saco plástico com uma barraca e instruções de montagem. Eu sempre quis ter uma barraca e ir acampar. Pelo menos agora eu tenho uma barraca e não preciso dormir a céu aberto. Por baixo tem cobertores bem fininhos feitos de um material que nunca vi antes. Há garrafas de água, comida, pão e xampu. Estou muito feliz agora. É o melhor presente de todos! Quero começar a montar minha barraca.

O homem sírio chama a atenção de todos e começa a citar o nome das pessoas que devem avançar e entrar nos furgões. A família à nossa frente começa a chorar porque só dois parentes entram. A mãe está gritando e chorando e sua filha tenta puxá-la para dentro do furgão.

— Vamos nos ver em breve! — ela grita para os filhos. Os furgões começam a se encher rapidamente e nenhum de nós foi chamado. Acho que não tem espaço para todos nós. Não quero que separem a gente. O homem pede desculpas pela falta de lugares, e uma mulher corre até ele implorando para que permita que a família dela passe. Ela está de joelhos, beijando os seus pés. O homem tenta afastá-la educadamente e pergunta o nome dela. Ela diz o nome e ele diz que não consta na lista. Ela desaba no chão de novo e implora. Ele pede ajuda dos turcos e eles carregam a mulher devagar. Sinto pena dela.

O homem de repente chama o nome de Baba e eu fico aguardando que chame os nossos, mas ele não chama. Apenas Baba foi autorizado. Tariq desce Baba no chão pela primeira vez e se estica.

— Baba, você ouviu isso? — Yasmine se inclina e pergunta pra ele. A voz dela soa como sorvete de baunilha. Yasmine não está mais triste.

— O quê?

— Você vai estar de novo em segurança, e iremos atrás de você em seguida.

— Certo.

Achei que Baba ia dizer mais coisas, mas parece que ele não está se sentindo bem.

— Yasmine, vamos abandonar Baba?

— Isso parte o meu coração, mas não temos como carregá-lo por todo o caminho.

— Mas é o Baba.

— Eu sei, Habibi, porém temos que fazer isso. Eles não chamaram o nome de mais nenhum de nós.

Mando beijos para a testa e a mão de Baba e sorrio pra ele. Também mando um beijo para cada uma das bolsas embaixo dos olhos dele e faço uma breve oração. Rezo para que eu volte a vê-lo logo e ele se lembre de quem sou.

— Com licença, ele vai vir conosco? — O homem sírio vem nos questionar. Yasmine diz que sim, e os dois turcos atrás dele chegam com uma cadeira de rodas para levar Baba. Começam a empurrá-lo. Não, eu não quero que levem Baba embora. Meu coração fica preto no momento em que ele se vira e eles o empurram. Ele é meu pai, ele devia ficar comigo.

— Não, Baba, volte! — Corro até ele e tento pará-los. Yasmine e Tariq correm até mim e tentam me parar. Tariq me leva arrastado e diz a eles que levem Baba embora. Eu chuto e esmurro Tariq para tentar me livrar, mas ele não me solta. De cabeça para baixo nas costas de Tariq, observo os furgões irem embora com Baba. Assim que partem, paro de agir e simplesmente desisto. Meu coração me machuca. Baba nem disse adeus, porque não sabe o que está acontecendo. Queria apenas que ele tivesse acenado. Alcaçuz se contorce nos braços de Ali e corre ao meu encontro.

Capítulo Dezenove
Magenta

Estamos caminhando há onze crepúsculos e auroras. Meus pés já se cortaram e sangraram muitas vezes. Agora o sangue ressecou porque passamos a noite dentro de outro prédio desmoronado. Dessa vez, fui eu que achei o abrigo. Queria ficar feliz por isso, mas não consigo. Toda a cor sumiu da minha vida. Não vejo nada além de cinza. Mesmo quando pinto o ambiente, a única cor que preciso usar é o cinza. Dormimos dentro de nossas barracas sempre que encontramos um lugar que não seja tão exposto. Eu não fecho minha barraca ao dormir. Me sinto sufocado demais. Quando estou isolado, começo a imaginar que há coisas ruins se aproximando para me machucar. Como cobras, aranhas, monstros. A única maneira de eu dormir toda noite é recitando o Corão de cor. Se eu não recito, minha mente começa a viajar a lugares distantes, e não sou capaz de dormir por causa do medo e da saudade. Contei a Yasmine o que acho e ela disse que eu estou saudoso. Foi assim que aprendi essa palavra. Gosto do som dela. Tem três sílabas, e gosto de todas as palavras que têm três sílabas, como sortudo, zureta e contíguo. Eu costumava procurar palavras de três sílabas na internet. A pronúncia sempre soa bem.

Saio da minha barraca assim que percebo alguma luz externa e vou até minha caixa e tomo um gole da minha água. Venho tomando um gole todos os dias só para molhar a garganta e para não acabar logo. Se eu acabar logo com ela, não sei quando voltarei a beber água. Tantas vezes fiquei tentado a beber tudo logo de uma vez! Minha garganta coça pedindo água, mas eu fecho a garrafa, ponho na caixa e a tampo antes que me arrependa. Todo dia caminhamos até não aguentar mais e quase todos vomitamos e choramos de dor. Ontem Amira e eu vomitamos de dor e eu fiquei choramingando para pararmos de andar e simplesmente descansar em qualquer lugar. Anteontem, Ali e Amira fizeram isso. Amira fala sozinha em boa parte da andança. Ela ri e chora e grita sozinha. Não sei com quem ela acha que está conversando. Mas às vezes ela se vira para nós e pergunta se ouvimos o que a outra pessoa disse, porque ela não ouviu. Quando chora, é geralmente por ter perdido o bebê, e então ela senta no chão e não se mexe. Temos que esperar ela se acalmar de novo para continuarmos. Yasmine só quer chegar a Damasco o mais rápido possível. Diz que lá estaremos a salvo. Eu não vejo a hora. Queria que houvesse uma maneira mais fácil de chegar lá. Yasmine levantou e agora começa a acordar todo mundo.

— Vamos, temos que chegar a Damasco!
— Quanto tempo falta, Yasmine?
— Não sei, Adam, bastante...
— Queria chegar logo lá.
— Todos queremos, Habibi. Se Deus quiser, vamos chegar logo.

Todos nos levantamos e empacotamos nossas coisas e começamos a andar empurrando as caixas à nossa frente. O sol hoje não está muito forte. Olho pra cima e não preciso apertar muito os olhos. Acabamos de entrar numa cidade nova. Parece ser muito pequena, porque consigo ver onde as casas terminam; depois vem a rua, que está vazia assim como a rua em que começamos a nossa andança. Entramos na cidade e eu rezo para que alguém nela nos dê alguma coisa pra comer. Acho que é mais uma aldeia do que uma cidade. Passamos por três garotos correndo em círculos e jogando pedras uns nos outros. Parece que eles estão se divertindo, mas eu nunca ouvi falar nesse jogo. Isso me faz pensar no meu amigo Nabil e nas brincadeiras que costumávamos fazer juntos. Aquelas sim eram engraçadas.

As crianças estão rindo enquanto brincam, então deve ser divertido. Agora quero me unir a elas.

— Posso brincar com as crianças, Yasmine?

— Não seja bobo, Adam! Você não é criança!

Eu não digo nada e continuo caminhando. Estou cansado de caminhar. Yasmine bate na porta da primeira casa que encontramos e uma velha atende.

— Sim, irmã? — Aqui, todo mundo se chama de irmã e irmão.

— Viemos andando de Alepo e estamos famintos e cansados. Será que podíamos descansar aqui um pouquinho?

A mulher olha para nós e conta um por um.

— Com prazer, irmã, mas não tenho comida para todos. Tenho crianças para alimentar.

— Eu entendo, qualquer coisa serve, não pedimos muito.

É a primeira vez, desde que Baba nos deixou, que vejo cor numa pessoa. Ela é cor-de-rosa. Fico feliz por ainda existir cor na Síria.

— Entre, irmã.

Entramos e nos sentamos na sala de estar. A TV está ligada e a família está assistindo a uma velha novela síria que a mamãe costumava ver. A mulher volta da cozinha e nos dá água. Ela olha para Amira e pergunta se ela está bem.

— Seu rosto está verde.

— Eu perdi meu bebê.

O rosto da mulher também fica verde e ela não diz mais nada. Ela se senta do lado de Yasmine no sofá e começa a contar sobre o marido, que morreu em Alepo. Ela fala durante vinte minutos. Tariq e Khalid adormeceram e Amira está brincando com o cabelo de Ali deitado no seu colo. Alcaçuz está sendo uma boa menina e está parada quieta no meu colo. Ela deve estar cansada. A mulher se levanta e vai de novo até a cozinha. Yasmine e eu nos olhamos e rimos baixinho. Sinto como se meu coração fosse mel se derretendo. Estamos abrigados dentro de uma casa, e Yasmine está rindo.

— Quanto alguém pode falar? — sussurra Yasmine.

— Você conseguiu ouvir tudo?

— Não, me perdi na parte do filho que quer ser médico, e olha que só tem cinco anos!

— Eu nem ouvi essa parte!

Rimos novamente, e a mulher retorna e eu volto a ficar quieto. Não consigo falar com pessoas que acabei de conhecer. As duas garotinhas que estavam brincando lá fora agora estão nos trazendo dois pratos de comida. O cheiro me dá água na boca. Tento me lembrar qual foi a última vez que comi comida fresca, mas não consigo. Minha mente traça um mapa e tento voltar no tempo, mas tudo o que consigo pensar é que tem comida na minha frente. Estou feliz porque cada um recebeu seu prato de comida, senão eu não ia conseguir comer. Yasmine acorda Khalid e Tariq e começamos a comer. Assim que começo a ficar cheio, olho em redor e volto a ver cores no rosto de todos. Quero agradecer a essa mulher por devolver cor à nossa vida. Termino de comer rapidinho e tiro meu estojo de pintura da sacola.

A mulher está sentada vendo TV. Assim que começo a pintar, ela me encara.

— Ele pinta o tempo todo — explica Yasmine. Mas mesmo assim a mulher não para de me encarar. Não posso pintar com alguém me encarando. Quero pintar essa cena porque ela me lembra um arco-íris quebrado, mas a mulher está me incomodando. Não sei o que fazer. Viro de lado e volto a pintar. Pinto rapidamente, antes que todos terminem de comer. Pus todo mundo na pintura! Olho para a pintura e sorrio, me parece perfeita. Queria mostrá-la pro Baba.

Deixamos a casa, e Yasmine e Amira beijam a mulher seis vezes em cada bochecha e rezam a Deus pela segurança dela e que proteja seus filhos. Não sei por que as mulheres fazem esse tipo de coisa. Elas não estão beijando as bochechas umas das outras com a boca, mas ficam fazendo o barulho de beijos. É chato de ver.

Prosseguimos a andança, e agora tenho tanta energia que ponho minha caixa no chão e saio correndo.

— Não gaste suas forças, Adam! Ainda temos um longo caminho pela frente! — grita Yasmine.

— Você sabe o caminho, Yasmine? — grito de volta.

— Sei, sim.

Então pego minha caixa e começo a andar junto deles. Estou ofegante por ter corrido pra lá e pra cá, mas isso me faz bem. Estou cheio de energia. As cores estão vibrando dentro de mim.

Um ônibus se aproxima e passa por nós, e os passageiros ficam encarando a gente. Tariq corre atrás do ônibus e bate na lataria. O ônibus para e

Tariq sobe para conversar com o motorista. Corremos para alcançá-lo. Tariq então põe a cabeça pra fora da porta e gesticula para a gente ir. Todos saímos correndo. Pego Alcaçuz do chão e a ponho dentro da caixa para que ninguém leve minha gata embora. O dia de hoje começa muito bem. Estou animado para sentar num ônibus e não precisar andar. O motorista nos deixa subir sem ter que pagar. Não sei o que Tariq contou a ele, mas fico contente por esse cara ser gentil o bastante para nos deixar subir. Tem quatro lugares no fundo, e é onde nos sentamos Yasmine, Amira, Ali e eu, enquanto Khalid e Tariq se sentam no meio, onde acharam lugares. Estou bem animado. Tiro Alcaçuz da caixa e a coloco no meu colo. Ela é muito quietinha, então é fácil levá-la para todos os cantos. Começo a pular mais e mais no meu assento, cantando. Yasmine ri e começa a cantar comigo. Esse é o melhor dia de todos!

Um homem ranzinza sentado à nossa frente se vira e pede pra ficarmos quietos. Sua boca e seu nariz são enrugados como os de um buldogue. Yasmine e eu nos olhamos e rimos baixinho. Olho pela janela e percebo como tudo ao nosso redor é verde. Só tem árvores e grama por toda parte. Me pergunto onde é que estamos agora. Não faço nem ideia do destino desse ônibus.

— Você sabe para onde está indo esse ônibus, Yasmine?
— Eu não sei, Tariq deve saber.
— Posso perguntar pra ele?
— Descansa, Habibi. Depois perguntamos.

Descanso minha cabeça na janela e sinto os solavancos e as tremidas que o ônibus dá. Sinto como se fossem fazer ovos mexidos do meu cérebro. Assim não consigo dormir. Continuo fitando a janela. Vejo várias barracas no meio do nada, perto das árvores, e duas mulheres de pé conversando. Será que se mudaram pra lá ou também estarão andando até Damasco? Quanta gente como nós tem por aí?

Vejo carros de polícia e homens segurando armas enormes logo à nossa frente. Eles usam o uniforme verde do exército.

— Veja, Yasmine, veja!
— Ah, não... Deus nos ajude. Não diga nada, Adam. Finja que está dormindo.

O ônibus para e eu fecho os olhos e me recosto. Meu coração está batendo rápido e forte. E se eles escutarem meu coração? Isso me faz lembrar do conto "O coração delator", de Edgar Allan Poe. Na primeira vez que li não consegui terminar porque fiquei assustado demais, mas quando terminei, adorei. E se o meu coração me delatar? Fecho bem os olhos e tento bloquear meus pensamentos. Ouço um homem falando lá na frente. É a voz de um soldado. Os soldados têm uma voz diferente, como se tivessem sido treinados. Seus passos são pesados e parecem ter vontade própria. Começo a imaginar o tipo de conversa que ele teria com as pernas, caso elas tivessem vontade própria. "Pode ir, perna direita." "Não, não quero ir." "Que droga, vai, eu já disse!" "Você não manda em mim!" E daí ele começaria a socar as pernas e perceberia que está sentindo dor. Fico com vontade de rir porque a cena é engraçada, mas eu faço de tudo para me conter. Os passos do soldado se aproximam, soando mais e mais pesados.

— Sua identidade, senhor.

Meu coração para. Ele está falando comigo? Eu não tenho uma identidade. Devo abrir os olhos?

— Senhor, sua identidade, por gentileza. — Ele repete, agora mais alto. Abro os olhos lentamente e engulo a saliva que se acumulou na minha boca. Tento me controlar; não quero que me levem para a cadeia. Abro os olhos e vejo o soldado três assentos à minha frente. Expiro com muita força. O soldado olha pra mim por um milésimo de segundo e volta a se dirigir ao moço. Agarro com força a saia de Yasmine.

— Não estou com a minha identidade — diz o moço. A voz dele está trêmula.

— Venha conosco, senhor.

— Por favor, não me leve, eu tenho família. Por favor.

— Por gentileza, venha silenciosamente conosco, senhor.

Ele levanta o homem do assento e prende as mãos dele nas costas.

— Deixem meu marido em paz, por favor! Por favor! — A mulher do lado dele grita e se inclina na direção do soldado.

— Sentada! — O soldado grita com ela. O ônibus inteiro está em silêncio.

A mulher grita, implora e corre atrás deles até a porta, mas os soldados a empurram de volta e fecham a porta. Ela se deita no chão do ônibus chorando.

— Por favor, alguém ajude o meu marido! Por favor!

Ninguém diz nada; todos estão olhando pro chão.

Eu me levanto um pouquinho só pra ver o marido dela lá fora.

— Senta, Adam! — murmura Yasmine. Sento devagarinho, mas ainda dá pra vê-los lá fora. Sento com as pernas em cima dos pés para dar um pouco de altura. Os soldados empurram o homem contra o ônibus e eu sinto o ônibus se mover. Vejo os lábios do moço se mexendo, mas não sei o que ele está dizendo. O ônibus começa a se deslocar, mas eu fico de olho no homem. Ele não vai voltar com a gente? Será que vão mesmo levá-lo?

— Yasmine... — Antes que eu consiga fazer minha pergunta, ouvimos um disparo e viramos a cabeça. O homem agora está no chão e tem sangue jorrando da sua cabeça. Yasmine tenta rapidamente me abaixar e cobrir meus olhos, mas eu já vi. Vi o homem cair no chão. Eu vi eles matarem o homem. A mulher dele está chorando e batendo na janela.

— Adam, você está bem?

Posso escutar Yasmine perguntando se estou bem, mas não consigo responder. Por que os soldados estão matando as pessoas? Eles deveriam estar protegendo as pessoas. Afinal, contra quem estamos em guerra? Nós mesmos?

— Por que estamos em guerra, Yasmine?

— Eu também gostaria de saber.

— Mas quem está lutando contra quem?

— O governo contra os combatentes livres.

— Mas somos um só país, Yasmine, por que fariam isso? Por que o governo mataria sírios? E o hino nacional, como fica? Devíamos estar todos juntos.

— Se todos pensassem que nem você... A política é complicada, Habibi.

— Não gosto de política. A política me deixa confuso. Por que as pessoas mentem?

— Por ganância...

— Mas nós não somos gananciosos, Yasmine, então por que estamos na guerra?

— Não podemos fazer nada em relação a isso. Não se preocupe, Habibi, chegaremos a Damasco e estaremos em segurança por um tempo.

— Quanto tempo dura esse tempo?

— Tanto quanto possível.

* * *

Acordo com Yasmine sussurrando em meu ouvido:
— Acorde, Habibi, é a última parada.
— Chegamos em Damasco? — Dou um salto.
— Ainda não, mas agora estamos perto.

Eu levanto, ponho Alcaçuz de volta na caixa e saio do ônibus. Vejo o ônibus partir e desejo que ele pudesse nos levar por todo o trajeto até Damasco.
— Estão todos prontos para andar? — grita Yasmine.

Começamos a andar. Está começando a escurecer, o sol está se pondo. Penso na comida que comemos na casa daquela mulher e fico novamente com fome. Olho para a estrada que percorremos e percebo como estamos longe de casa. Eu nunca estive tão longe dela por tanto tempo. Me pergunto se algum dia teremos uma nova casa.
— Vejam, uma cidade! Há luzes acesas! — grita Tariq.
— Podemos descansar lá?
— É claro! Anda, vamos logo.

Tratamos de andar mais rápido. Espero que lá tenha pessoas boas que cuidem de nós de novo. Eu me sinto mal por ter que pedir ajuda, porque não gosto disso. O lugar parece uma cidade mesmo, e não uma aldeia. Tem gente andando nas ruas. Noto alguns prédios que desmoronaram e rastros de sangue no chão. Lembra Alepo antes de nossa casa ser bombardeada.
— Yasmine, você pode prender meu cabelo de novo, por favor? — pede Khalid. Agora todos temos cabelos compridos porque faz séculos que não cortamos. Prendemos o cabelo porque fica incomodando, mas Khalid não consegue sozinho, por isso pede para Yasmine. No começo ele ficava envergonhado de pedir, mas agora está tudo bem. Sempre pergunto se Khalid precisa de alguma ajuda porque entendo como deve ser incômodo viver sem as mãos. Ele sempre sorri quando pergunto, então continuo perguntando sempre. Alcaçuz corre na minha frente e faz um barulho esquisito que nunca ouvi antes. Vejo outro gato se aproximar dela e eles começam a conversar na língua dos gatos. Espero que ela esteja dizendo pro outro gato que está feliz comigo. Um homem se aproxima correndo e pega o gato.
— Aí está você, chega de correr. Estamos todos famintos.

O gato se contorce na mão dele e Alcaçuz sibila. Quando o homem falou, seu mau hálito me alcançou. Tem algo de errado com ele.

— Sorte a sua terem encontrado uma refeição. Muitas famílias estão à procura de alguma coisa. — Ele olha para Alcaçuz no chão. Não entendo o que ele diz.

— Perdão? — pergunta Tariq.

— Hein?

— Como assim, encontramos uma refeição?

— A gata.

— A gata? Nós não comemos gatos!

Recolho Alcaçuz do chão e a acaricio nos meus braços. Esse homem vai acabar roubando minha gata.

— Vocês não ficaram sabendo? Estamos sem comida, então os xeques nos autorizaram a comer gatos para não morrermos de fome.

Eu realmente não gosto desse homem. Ninguém vai comer minha gata!

— Obrigado — diz Tariq, e o homem vai embora.

— Tariq, como é que alguém pode comer gatos?

— Bem, não estamos vivendo em tempos normais, e as pessoas estão passando fome.

— Não e não! Ninguém vai comer Alcaçuz!

— Está bem, não se preocupe. Acalme-se e talvez a gente ache outro gato. — Não consigo crer no que Tariq diz. — Adam, não faça essa cara pra mim. Não há comida, não há comida em parte alguma.

— Na casa daquela mulher nós comemos comida.

— Bem, provavelmente deve ter sido carne de gato também...

Não, não, eu não comi um gato! Meu coração começa a doer, fico enjoado. Uma fumaça verde forma uma nuvem encobrindo meu coração e o puxa pra baixo.

Armamos as barracas na cidade e eu seguro Alcaçuz o tempo todo para que ninguém a leve. Tem outras barracas ao nosso redor, então não estamos tão sozinhos. Colocamos nossas barracas perto de uma família, que começa a falar com a gente. A mulher está falando com Yasmine e o homem está falando com Khalid. Os outros se sentam ao redor e apenas ouvem. Ouço a senhora dizer a Yasmine que ela leva os filhos à escola todos os dias, mesmo não tendo uma casa. Foi bombardeada, como a nossa. Por que é que nós não temos escola? Bem que eu queria ter. Uma mulher com cabelos que parecem ter levado um choque elétrico está segurando um travesseiro encardido e conversando com ele. Fico encarando ela, que retribui o olhar e começa a gritar. Eu seguro Yasmine, que me diz que não é para ficar olhando.

— Ela perdeu o filho quando veio caminhando de Alepo junto a uma multidão — explica a senhora. — Agora ela pensa que o travesseiro é o seu filho.

— Pobre mulher — diz Yasmine, me falando que está tudo bem.

Entro na minha barraca e a fecho pra poder pintar. Ouço vozes lá fora, então não vejo problema em fechá-la. Estou quase sem papel. Não sei o que vou fazer depois que ele acabar. Usei o verso de cada folha e me sobraram duas. Começo a retratar as barracas e as crianças correndo em volta, e daí me lembro que deixei Alcaçuz lá fora. Abro o zíper rapidamente e olho ao redor. Eu deixei ela aqui do lado, para onde terá ido?

— Yasmine... Yasmine! Onde está Alcaçuz?

— Não sei, eu não vi.

— Vão comê-la, Yasmine! Não deixe que a comam!

— Quem vai comer sua gata?

— As pessoas que a levaram! — Saio correndo e gritando à procura dela, mas não a vejo em lugar nenhum! Vejo um saco preto perto das lixeiras, e meu coração me diz que é Alcaçuz. Pego o saco e percebo que é só um saco e o jogo no chão.

— Alcaçuz, volte pra mim!

Ouço uns arranhões nas lixeiras e meu coração se abre feito uma flor, porque sei que é ela. Sei que encontrei Alcaçuz. Ela ama lixeiras. Viro a lixeira e Alcaçuz sai pulando em cima de um dos sacos. Dou risada e pego Alcaçuz e a afago. Graças a Deus ela está viva. Ela fede a lixo. Ela se desvencilha das minhas mãos e volta a pular nos sacos de lixo e encontra comida. Eu me agacho ao lado da lixeira e brinco com as pedras no chão até ela terminar de comer.

— Eu a encontrei, Yasmine!

— Eu sabia que você ia encontrar, Habibi.

— Boa noite.

— Boa noite.

Entro de novo na minha barraca e continuo pintando, dessa vez com Alcaçuz no colo. Acrescento minha barraca ao retrato e me pinto com Alcaçuz no colo para que fique parecendo que foi outra pessoa que nos pintou.

Capítulo Vinte
Castanho

— Socorro! Socorro! Povo da Síria, socorro! — Esfrego os olhos rapidamente e, atrás da barraca fechada, vejo sombras de pessoas caminhando devagar com as mãos estendidas e as roupas rasgadas e penduradas no corpo. Parecem sombras de zumbis caminhando pela cidade. Estou com medo de abrir minha barraca. Alcaçuz ainda está dormindo em minha barriga, então eu a pego com cuidado, a ponho no chão e abro o zíper da barraca. Faço tudo isso rezando. Não tem mais ninguém por perto. Para onde foram todos? Estou assustado. Não tem nenhuma barraca armada, será que me abandonaram? Saio andando e vejo pessoas caminhando com sangue no corpo, gemendo e gritando. Acho que outra bomba explodiu. Para todo lugar que vamos, acontece algum desastre. Não temos sorte.

— Yasmine! Yasmine! — Vejo Yasmine se debruçar no chão para limpar o sangue de alguém.

— Volte!

— O que aconteceu?

— Entre logo! — Yasmine grita comigo. O homem que ela limpa está guinchando como os pneus de um carro acidentado. O que está acontecendo? O que foi que eu perdi? Não ouvi nada enquanto dormia. Vejo no chão um homem deitado com a cabeça aberta no meio e o cérebro pra fora. Eu paro e cubro minha boca, em choque. Nunca vi nada parecido. Por um bom tempo vi sangue todos os dias, mas nunca vi um cérebro. Fecho os olhos e corro, mesmo não conseguindo ver onde estou pisando. Sinto que estou ficando enjoado. Como foi que aquilo aconteceu? Como foi que o cérebro dele pulou pra fora? Fico imaginando se as moscas vão pousar nele quando sentirem o cheiro da poça de sangue. O sangue parecia grosso e a poça parecia profunda. Paro e abro os olhos porque consigo sentir o vômito chegando. Sem tempo de me mexer, vomito imediatamente. Não tinha nada debaixo de mim; graças a Deus não vomitei em ninguém.

Eu me levanto e caminho procurando todos os outros. Encontro uma concha coberta de sangue no chão e me inclino pra pegá-la. No mesmo instante, eu a largo e contraio meu rosto com nojo. Aquilo era macio e gosmento. O que é aquilo? Me aproximo e me inclino para observar. O formato é familiar. Tenho certeza de que já vi algo assim antes, mas nunca senti nas mãos. É uma orelha! É uma orelha! Ai, meu Deus! Será que é do homem que está com o cérebro no chão? Minha vontade é voltar para verificar se ele está com as duas orelhas, mas fico com medo de passar mal de novo. Eu contraio o meu coração e pego a orelha de novo. É tão nojento quanto na primeira vez, mas eu prendo minha respiração e enxugo o sangue na minha calça. É linda. Eu não sabia que uma orelha poderia ser tão bonita. Eu a ponho no bolso e vou andando.

Vejo Ali correndo com roupas pingando sangue.

— Adam! Estou com medo! — Ali se aproxima de mim segurando as roupas com nojo.

— Vamos para a minha barraca.

— As pessoas precisam da nossa ajuda!

Uma mulher corre à minha direita carregando uma menininha. O corpo dela está inteiro marrom e branco, como se tivesse sido queimada. Como isso aconteceu? Ela não tem sangue sobre ela, apenas queimaduras no corpo todo. Um dos sapatos dela cai enquanto é carregada. É um sapato branco com uma flor num dos lados. Não tem sangue nele. Ela não diz nem uma palavra nem geme de dor.

— Vamos logo, Adam, estou com medo.

— Onde você vai pôr essas roupas? — Aponto para as mãos dele.

— Eu não sei. — Ele larga as roupas do lado do sapato branco e nós corremos até minha barraca.

— O que foi que aconteceu, Ali?

— Soltaram uma bomba de manhã na escola, mas não foi uma bomba comum, as pessoas estão cheias de marcas no corpo.

— Então que tipo de bomba pode ser?

— Eu não sei, nós tentamos ajudar.

— Ninguém me acordou!

— Acordamos todos ao mesmo tempo e corremos para socorrer.

— Por que isso acontece em todo lugar que estamos?

— Eu não sei, estou com medo; não vejo a hora de chegar a Damasco!

— Eu também. Odeio a guerra!

Ali se deita de lado e fecha os olhos. Ele está roxo. Eu viro a folha no verso e começo a pintá-lo. Se algo me acontecer, espero que alguém encontre essas pinturas e veja tudo o que passamos.

De repente, Ali acorda.

— Vamos fugir?

— Hein?

— Vamos fugir, encontrar um ônibus e deixar que nos leve até Damasco. Eu não quero ficar aqui. Estou tendo pesadelos. Não quero morrer, sinto falta da minha família e sonho com ela todos os dias, eu estou com medo.

Não sei o que dizer. Não sou bom em dizer o que as pessoas devem fazer ou em lidar com emoções.

— Posso pintar você?

— Certo.

— Volte a dormir.

— Estou com medo.

— Só feche os olhos.

Eu pinto Ali, mas aumento um dos seus olhos e desenho lá dentro o sapato branco e as roupas brancas ensanguentadas. O outro olho está fechado. Acho que é minha melhor pintura.

— Pode abrir os olhos.

— Já estou melhor, estou pensando em algo bom...

— No que você está pensando?

— Em Damasco. Ouvi dizer que lá tem um montão de balanços e escorregadores.

— Ouvi dizer que lá tem parques aquáticos, como os que vemos na TV.
— Vamos pra lá juntos!

Nós dois rimos e eu lhe digo que agora ele é meu melhor amigo.

Yasmine entra na barraca, com sangue no rosto e nas roupas.

— Alguém tem água?
— Eu tenho, Yasmine.
— Me dá um pouco?
— Pode ficar com tudo, hoje é sua vez de beber água.

Ela bebe tudo rapidamente, como se tivesse um monstro marinho na garganta, sedento por água.

— Meninos, fiquem por aqui, vamos voltar e partir. Estamos perto de Damasco. Só mais alguns dias.
— Mesmo, Yasmine?
— Mesmo, Adam.
— Lá, vou querer comer um montão de comida.
— Faço questão de que você coma, Habibi. Agora preciso cuidar de todos aqueles feridos.

Ela sai correndo e eu me deito de costas para Ali e pego a orelha no bolso. Agora ela está limpa, acho que o sangue acabou saindo no meu bolso. Ainda tem sangue pisado onde a orelha foi cortada, mas não muito. Aproximo a orelha da minha boca e começo a sussurrar o que eu sonho fazer em Damasco.

Deixamos a cidade à tarde; o sol está começando a se pôr. Todo mundo está quase desabando no chão. Estão andando como os zumbis que vi hoje de manhã. Não vejo a hora de sair desta cidade. Não gostei dela assim que vi o homem indo atrás do gato. Que bom que Alcaçuz está comigo; assim ninguém vai poder comê-la. Dormi o dia todo então ainda não estou com sono. Só tenho fome e sede. Começo a fazer uma pintura mentalmente enquanto caminho para não precisar ver a guerra me cercando. Penso na garota com olhos de Nutella e imagino se ela ainda está viva. Espero que sim, queria voltar a vê-la. Pinto os olhos dela em minha mente, mas não consigo continuar porque os olhos da mamãe vêm à minha mente também. Por que será que os olhos da mamãe sempre me vêm à mente quando penso na garota com olhos de Nutella?

Tenho tanto a dizer e perguntar, mas Yasmine está segurando minha mão tão forte que me assusta. Não sei para onde estamos indo, mas sei que não vai ser bom. Quando Yasmine está comigo, consigo sorrir mesmo quando estou assustado. Sorrio mesmo sem ter motivo. Sorrir é uma caridade, então continuo sorrindo até não conseguir mais segurar minhas perguntas.

— Para onde... estamos indo, Yasmine?

Ergo o olhar para Yasmine, mas só vejo o sol brilhando na minha cara. Eu tusso e tento me livrar da poeira na minha garganta. Através dos raios de sol, vejo os olhos de Yasmine me encarar. É como se o sol tivesse olhos. Ele está olhando pra nós.

— Para muito longe daqui, Habibi.

Passamos por um rio e encontramos barcos amarrados a um cais. Eu sempre quis andar de barco.

— Espere aqui — diz Khalid e corre na direção dos barcos. Tariq corre atrás dele. Me pergunto no que é que estão pensando.

— Você está bem, Yasmine?

— Eu não vejo a hora de ir dormir.

— Eu ainda não estou com sono.

— É que você não passou o dia trabalhando.

— Eu sei que não, Yasmine.

Ela não diz mais nada e se vira. Não sei por que ela está chateada. Eu não fiz nada.

Tariq e Khalid voltam com grandes sorrisos no rosto e falam pra gente segui-los.

— Para onde vamos, Khalid?

— Só sigam a gente...

Chegamos ao maior barco que há no cais e eles nos dizem pra subir. Yasmine ri e pergunta se vamos mesmo fazer isso. Ela voltou a ficar feliz. Agora ela costuma estar feliz, triste e brava ao mesmo tempo.

Tariq empurra a porta com as costas e todos nós entramos. O barco tem camas, cozinha e banheiro. Não consigo acreditar no que estou vendo. Meu coração se enche de arco-íris. Fico saltitando e batendo palmas e olho para Yasmine e abro um sorrisão pra ela. Eu estou tão feliz!

— Obrigado, Tariq.

— Não, Habibi, agradeça a Deus.

— Obrigado, Deus!

Eu salto numa cama e rolo por ela.

— Temos camas!

— Eu vou dormir aqui! — diz Tariq apontando rapidamente para uma delas.

— E eu aqui! — Khalid aponta para a outra, rindo.

— Eu já rolei nessa daqui, essa é minha! — falo.

Todo mundo ri, e eu me levanto correndo para ir ao banheiro. Agora tenho um banheiro de verdade para usar! Não preciso mais de arbustos e folhas, não preciso me esconder e temer os insetos! Obrigado, Deus.

— Temos um chuveiro! — digo bem alto, e todos se viram e estão da mesma cor: rosa.

Depois que todos tomam banho, nós nos sentamos no meio do barco com as luzes acesas e brincamos de "adivinha o que estou olhando". Temos luz de verdade. Estou tão feliz! Não quero ir embora desse lugar.

— Nós vamos embora amanhã ou vamos ficar, Yasmine?

— Vamos embora.

— Por quê? É perfeito! — fala Tariq.

— Em Damasco é mais seguro, estamos no meio do nada, e esse barco não é nosso.

Ninguém diz nada a Yasmine. Temos que lhe obedecer.

— Estamos perto de Damasco, não é?

— Sim, muito perto...

— Onde está o mapa, Yasmine?

— Na minha caixa. Estou cansada, vou dormir.

— Você precisa mesmo?

— Preciso demais, Habibi. Até amanhã.

Olho para Amira deitada no chão e percebo algo de errado nela. Seu rosto parece um pedaço de papel amassado. Será que está sofrendo?

— O que houve, Amira?

Ela olha pra mim e seus olhos estão amarelos.

— Nada.

Ela está apertando a barriga com força. Será que ainda pensa que está grávida?

Em seus dedos eu noto sangue seco.

Me aproximo dela e me sento ao seu lado. Ela não olha pra mim.

— Amira, você está sangrando!

Ela olha pra mim, levanta a mão e me empurra.

Agora todos voltam o olhar para nós, e Ali se levanta e se aproxima.

— Amira, você se machucou? — pergunta Ali.

— Meu bebê está implorando pra sair.

— O que você está dizendo?

— Preciso tirar meu bebê de dentro de mim!

— Amira, você não tem um bebê! — grito. Eu não sei mais o que dizer. Vejo mais sangue saindo da barriga dela. Acho que se esfaqueou.

— Você se esfaqueou?

— Eu queria tirar meu bebê! — grita ela, tentando se levantar. Ela faz força, mas seu corpo não deixa.

— Fique aí, Amira! — Corro até o banheiro para pegar papel higiênico e vejo na pia uma tesoura cheia de sangue. Agora tudo faz sentido. Corro de volta e ponho papel na barriga dela, e ele se encharca em questão de segundos. Acho que o corte foi muito fundo. Não consigo ver por baixo da camisa, mas ela está sangrando demais. No meio do barco tem uma porta, e do outro lado Yasmine está dormindo. Abro a porta rapidinho e acordo Yasmine. Os olhos dela estão entreabertos e ela aparenta estar irritada.

— Amira está sangrando!

— De novo, não!

— Ela se esfaqueou.

— O quê? — Agora ela pula da cama.

Yasmine nunca tem descanso; tenho pena dela, mas nenhum de nós sabe como proceder. Khalid e Tariq estão sentados lá fora. Não sei o que eles estão fazendo.

— Amira, o que foi que você fez?

Amira olha para Yasmine e não diz nada. Seu rosto está verde e roxo. Juntas, as cores me fazem sentir que há cobras serpenteando dentro de mim. É tão nojento que eu tenho um calafrio.

— Meninos, peguem água e papel higiênico.

Nós nos levantamos e pegamos tudo e Amira começa a berrar. O que Yasmine está fazendo com ela? Amira vai ficar bem?

— Aqui está, Yasmine.

Agora Yasmine começa a limpar a ferida de Amira por baixo da camisa e consigo ver como é profunda. Por que Amira não admite que não está grávida?

— Eu não sei, eu não sei! Não tenho equipamento!

— Com quem você está falando, Yasmine? — pergunto.

— Sozinha! Sozinha! Vocês me deixam louca! É problema atrás de problema!

Eu não fiz nada para chatear Yasmine, por que ela me inclui nisso?

— Ela está sangrando demais — diz Ali. Khalid e Tariq entram e perguntam o que aconteceu. Ninguém responde, então eu conto o que houve.

— Ah, Senhor!

— Ela vai ficar bem?

— Eu não sei, Adam. Amira fez um corte complicado.

— Mas ela vai ficar bem, né?

— Adam, você está sempre fazendo as mesmas perguntas! — Khalid se aborrece e eu começo a cuspir no chão.

— Pare, Adam!

Continuo a cuspir porque não gosto de gente gritando.

— Adam, acalme-se, Habibi. — Khalid se inclina sobre mim no chão.

Não quero que ele grite comigo, então eu cuspo para mostrar que estou bravo.

— Adam, já faz um tempo que conversamos sobre essa mania de cuspir e você parou. Não volte a fazer isso.

— Eu quero ir pra casa.

— Calem a boca os dois! A garota está morrendo. O que eu vou fazer?

— Não sei lidar com sangue — Khalid e Tariq dizem isso ao mesmo tempo. Yasmine mira os dois com um olhar grave, como se quisesse engoli-los com os olhos.

Amira grita o nome de Deus e começa a chorar.

— Tire o meu bebê, tanto faz se eu morrer. — Ela soluça.

— Habibi, estou fazendo o melhor que posso. Você está sangrando demais, eu não tenho equipamentos e estamos no meio do nada.

— Consegue salvar o meu bebê?

— Consigo, apenas descanse!

Amira fecha os olhos. Ela está sorrindo. Sei que Yasmine está mentindo pra ela, mas não sei o motivo. Minha cabeça começa a doer, como se tivesse alguém batendo lá dentro. Fecho os olhos e mordo minha língua tão forte que dói. Vou ao banheiro e tiro do bolso a orelha que guardei e converso com ela sobre Amira. Será que ela também vai nos deixar? Pego sabonete na pia, lambuzo a parede e fico brincando. Tem um cheiro gostoso, de flores desabrochando. Eu cantarolo uma música que Baba costumava cantar de manhã, durante o café. Toda hora eu penso nele nos deixando. Me pergunto se ele ainda está entre nós ou se foi para o lado da mamãe. Não sei quem ele ama mais. Ultimamente ele vinha chamando demais o nome da mamãe, e fico com medo de ele querer ir se encontrar com ela. Lambuzo o sabonete com mais força ainda nas paredes.

— Adam, saia daí, preciso usar o banheiro. — Tariq bate na porta.

— Um segundo.

Guardo a orelha no bolso e saio do banheiro. Tariq entra e quando eu estou saindo ele grita meu nome. Da sua boca saem pombos. Eu não gosto de pombos, então já sei que não vou gostar do que ele vai dizer.

— Foi você que fez isso, Adam?

— Isso o quê?

— Jogar sabonete na parede!

Eu fiz isso porque é divertido. Não quero ficar em apuros por causa disso. Abaixo a cabeça e não digo nada.

— Entre lá e limpe.

— Como?

— Arranje um jeito.

Eu desabo no chão e começo a bater os pés e gritar.

— Levanta, Adam! Não me venha com essa!

Não digo nada e continuo a bater os pés. Não gosto nada disso.

— Chega! — grita Yasmine, e eu congelo. Meu coração para. Estou com medo de Yasmine. — Ela está morrendo e você aí choramingando! Eu não dou conta de tanta coisa!

— Eu estou morrendo? — sussurra Amira.

— Feche os olhos, Habibi, você não está se sentindo bem.

— Sinto que meu bebê está saindo devagarinho! Estou tendo contrações.

A expressão de Yasmine é de completo desespero. Se Yasmine perder a esperança, não vamos continuar juntos. Ela é a cola que nos une.

— Devo empurrar com mais força? — Amira respira pesado. Isso tudo é muito confuso. A cor está indo embora do rosto dela como se fosse um limão sendo descascado.

— Apenas relaxe, seu bebê vai sair por conta própria.

Eu me levanto e saio do barco. Todo mundo está gritando, chateado e bravo comigo. Minha vontade é pular na água. Eu acabei de tomar banho e estou cheirando bem e acho que a água aqui é suja, mas eu quero me sentir livre. Quero me sentir livre. Pulo na água de roupa e tudo e sinto meu corpo estremecer de frio. Eu rio e fico saltitando dentro da água. O barco se move pra cima e pra baixo devagarinho porque estão se mexendo lá dentro. Eu deito de costas na água e observo o barco subir e descer. Quem me dera morar aqui. Depois que a guerra acabar, quero voltar e viver aqui. Eu balanço as mãos e começo a engolir e cuspir a água. Adoro ficar nela.

— Adam, volte já pra dentro! Está escuro aí fora. — Ali me chama.

— Não quero!

— Yasmine me pediu pra te chamar!

Subo rapidamente os degraus, me visto e sigo Ali.

— Você ainda quer ir pra Damasco? — Ali me pergunta.

— Claro que sim, você não?

— Não sei, eu gosto daqui.

Entramos e vemos Amira respirando com muita força e suando. Seu rosto está transparente. Dá pra ver suas veias e o sangue sendo bombeado debaixo da pele.

— Reze, Amira, reze, não desista! — Yasmine está segurando uma das mãos dela. Khalid está soprando em seu rosto.

— Adam, por favor, pegue água da pia — pede Yasmine. Estou ensopado, mas ela não diz nada. Será que ela não percebeu, ou será que ela não dá mais a mínima? Encho um copo com água e dou pra ela. Ela molha a mão no copo e borrifa água na testa de Amira. Ela ergue o olhar pra mim e pede que eu tire a camisa.

— Por que quer minha camisa, Yasmine?

— É para a Amira.

Tiro minha camisa, que Yasmine torce e pressiona contra a testa de Amira. Ela ainda está sangrando. Não sei há quanto tempo já está assim, mas perdeu muito sangue.

— Posso ir dormir, Yasmine?

Yasmine não olha pra mim, então eu simplesmente vou até o outro lado do barco, tiro a calça e a penduro pra secar. Eu me escondo com uma toalha na cintura e entro debaixo das cobertas. Que sensação maravilhosa. Daqui dá pra ouvir um monte de barulhos, então cubro os ouvidos com o travesseiro e imagino que estou brincando de correr num parque. Quero correr até perder o fôlego. Em meus pensamentos, eu corro até cair no sono.

Acordo sem ouvir barulho nenhum lá fora ou aqui dentro. Não tem ninguém acordado. Abro a porta do outro quarto e vejo todos dormindo no chão. Por que estão dormindo juntos? Eu me debruço sobre cada um deles para me certificar de que estão respirando. A começar por Yasmine. Amira está bem no meio, com as mãos sobre a barriga e um pano ensanguentado. Será que agora se sente melhor? Tento acompanhar seus padrões de respiração, mas assim que vejo seu peito subir e descer, eu paro. Quando estou prestes a tocá-la pra ver se ela acorda, os olhos de Ali se abrem e ele se sobressalta.

— Você me assustou!

— Desculpa, eu queria ver se todos estavam vivos.

— Estamos todos vivos!

— Não sei se Amira está respirando direito...

Ali olha para Amira e põe a mão no coração dela.

— Sinto alguma coisa, mas não sei se ela está bem.

— O que vamos fazer?

— Amira... Amira... — Ali sussurra nos ouvidos dela. Eu a cutuco de leve três vezes e sinto meus dedos começarem a se contorcer, então me afasto. Não consigo ver Yasmine respirar.

— Acha que ela está morta, Ali?
— Não sei. — O rosto dele está triste.
— Não entendo como ela pode estar aqui e, ao mesmo tempo, não estar.
— A morte é uma coisa estranha...
— Quem sabe com uma sacudida ela acorda?

Ali e eu começamos a sacudi-la e a chamar seu nome. As mãos dela caem ao lado do corpo e vemos um círculo de sangue mais escuro no pano onde estavam antes. Isso não parece nada bom. Imagino vermes saindo do estômago dela para devorar o sangue. Fecho os olhos e balanço a cabeça.

— O que foi, Adam?

Não respondo e continuo balançando a cabeça até o pensamento ir embora. Fecho a boca e fico rangendo os dentes. O som irrita Ali, mas não consigo parar. Todos começam a despertar, e eu me afasto e me sento num canto. Não quero que ninguém toque em mim.

— Adam? — A voz de Yasmine é como a de alguém que engoliu um sapo.

Sorrio de leve para ela e depois fecho os olhos e me embalo pra frente e pra trás. Mamãe costumava acender vários incensos e velas ao meu redor para me acalmar. Queria que fizessem isso de novo pra mim. Me ajudava a esquecer os valentões da escola. Acho que talvez me ajude a também esquecer quantas pessoas morreram na minha frente. Quero apagar toda memória da guerra. Quero começar do zero. Não sei nem mesmo que dia é hoje ou em que ano estamos. Quanto tempo isso já está durando? Anos? Meses? Dias? Nem sei mais. Minha mente processa essas coisas com enorme rapidez e então tudo fica suspenso e em minha mente vejo uma bela imagem do rosto de Amira quando ela apareceu para nos visitar. Parecia uma princesa. Quero retratá-la. Tenho que pintá-la mentalmente porque acabou o meu papel. Ou quem sabe eu possa pintar numa das pedras que tem lá fora, no porto. Eu me levanto e saio correndo barco afora. Ouço eles gritarem meu nome, mas nem respondo. Cato algumas pedras e volto. Todos estão sentados ao redor de um pano branco, rezando. Exceto Amira... O pano é Amira? Khalid está rezando em voz alta e os lábios de todos estão se mexendo, mas não ouço som nenhum. Sinto meu corpo começar a tremer e começo a gritar o nome de Isa e chorar. Meu corpo começa a dar pane e meus gritos ficam mais altos. Não consigo mais enxergar nem ouvir. Estou sozinho dentro de uma caixa branca porque não quero voltar a ver. Quero ficar cego.

Capítulo Vinte e Um
Carmim

Não consigo ouvir nada e não sei onde estou. Tento abrir os olhos, mas só consigo ver o sol brilhando forte. Sinto como se estivesse andando na corcova de um camelo. Não consigo ver o que está acontecendo. Estendo a mão e tateio cabelos. Puxo minha mão imediatamente e tento me afastar. Não sei o que estou fazendo.

— Yasmine!

— Shh, calma! — Não reconheço essa voz. Fui sequestrado? Não, Deus, por favor!

— Yasmine! Me ajude! — grito.

— Eu estou aqui, Adam, o que houve?

— Não consigo ver, Yasmine, não consigo enxergar, onde estou?

Sinto alguém me pôr no chão, mexer com as mãos na minha cabeça e tirar alguma coisa dos meus olhos, e agora volto a enxergar. Olho ao redor e volto a me sentir bem. Estou vivo e não fui sequestrado!

— Você não reconheceu minha voz, Adam? — Khalid ri.

Olho pra ele e agora reconheço sua voz, mas antes não consegui. Não sei por quê.

— Onde eu estava?

— Estamos caminhando, Khalid estava te carregando nas costas.

Eu não sabia que Khalid conseguiria me carregar. Pensei que, sem as mãos, ele não conseguia fazer nada. É Tariq quem geralmente me carrega.

— Onde está o Tariq? — Procuro ao redor e só vejo Ali, Yasmine e Khalid. — Onde está o Tariq? — Volto a perguntar.

— Ele está a caminho, só viemos um pouco adiantados. Ele encontrou uns amigos.

Olho pra trás e não vejo ninguém, estamos numa rua vazia.

— Ele não está atrás de nós.

— Já disse que ele está a caminho, estamos perto de Damasco — diz Yasmine. Ouço-a falar e não digo nada. Olho mais uma vez para trás na esperança de ver Tariq se aproximando, mas ele não está lá.

— Anda, vamos logo.

Tenho um bom pressentimento brotando dentro de mim. Estamos perto de Damasco e estaremos novamente a salvo. Quem sabe eu possa até ver a mamãe de novo, porque a tia Suha é gêmea da mamãe e todo mundo diz que ela se parece com a mamãe. Eu não acho, mas talvez agora ela se pareça. A pele do meu pé está dura e rachada. Está como a pele do pé da mamãe antes de ela partir. Perguntei a ela por que os pés dela eram assim e ela disse que era por causa do trabalho duro. Rezei para que os pés dela melhorassem, mas não me lembro se melhoraram, porque eu não reparei neles antes de ela nos deixar. Ela estava muito doente e seus pés estavam debaixo de cobertores. Certo dia, mamãe partiu do nada, eu estava na escola, e quando voltei Yasmine me disse que ela tinha partido. Eu não acreditei nela e comecei a quebrar e chutar as coisas porque estava bravo e tinha um buraco negro no peito. Minha vontade era quebrar minha caixa torácica e preencher esse buraco negro. Doía demais e eu não sabia o que fazer com aquilo. Como era possível nunca mais ver a mamãe? Mas agora eu enterrei o buraco negro e não o deixo voltar. Eu não sabia a distância entre as cidades da Síria até ter que caminhar esse tanto. Depois vou poder contar às pessoas que eu vivi uma aventura e tive que ir de Alepo até Damasco a pé. Acho que não vão acreditar em mim, mas essa é a verdade. Entramos agora numa cidade que nos diz "Bem-vindos" e eu sorrio diante da placa. É uma placa muito gentil.

— Yasmine, estamos mesmo perto?

— Muito perto...

— Oba! Eu estou feliz, Yasmine.

Yasmine sorri, mas o sorriso não se espalha pelo rosto. Eu não quero descansar nesta cidade, quero ir direto até Damasco, estou muito animado.

— Vamos parar de novo?

— Nesta cidade, não, só na próxima.

— Temos mesmo que parar? Não podemos ir direto pra Damasco?

— Todos vão chegar lá cansados se fizermos isso.

— Você ouviu isso, Ali? — Eu corro até ele. — Estaremos em Damasco amanhã.

— Não vejo a hora.

— Nem eu! Você acha que vamos poder ficar lá pra sempre e nunca mais ver guerra?

— Não sei, espero que sim.

Agora Ali não fala mais como um garoto de dezesseis anos. Ele costumava rir e correr na escola e todo mundo queria falar com ele. Na escola ele era chamado de descolado. Isso não faz nenhum sentido. "Descolado" significa afastado, mas eu não o achava afastado, e sim acolhedor; eu achava ele engraçado e queria ser amigo dele. Meto a mão no bolso e sinto a orelha lá. Quero tirá-la do bolso e contar pra ela como eu estou animado, mas tenho medo de que alguém veja e tire a orelha de mim. Não sei de quem é, mas imagino se ela está mesmo ouvindo tudo o que estou contando sem saber de onde vem a voz. Rio sozinho e depois olho ao meu redor para ver se alguém percebeu. Ouço uma buzina de carro atrás da gente. Saímos do caminho, mas o carro não para de buzinar.

— Querem carona? — grita um homem pondo a cabeça pra fora da janela. O carro parece pequeno. Não vejo como vamos todos caber aí dentro.

— Estamos bem, obrigada. — Yasmine acena e segue caminhando. Por que ela recusou? Eu quero entrar no carro.

— Por quê, Yasmine?

— Não podemos entrar no carro de um estranho!

Yasmine tem razão, mas agora eu odeio caminhar. É tão entediante, e ninguém fala nada.

— Quando o Tariq volta?

— Em breve. — Yasmine nem me olhou pra responder. Como ela pode saber que ele vai voltar em breve?

O carro buzina de novo e dessa vez passa mais perto de nós. Noto que os ombros de Yasmine estão curvados e seu pescoço parece prestes a se quebrar. É como se ela estivesse segurando uma criança pesada e invisível neles. Baba costumava me carregar nos ombros quando eu tinha quatro anos. Lembro muito bem disso, eu ficava abanando os braços pra cima e pra baixo e queria falar, mas não podia.

— Entrem no carro, estamos indo para lá.

— Não, obrigado — digo.

— Eu disse pra entrarem!

Khalid se vira e diz para nos deixarem em paz. Eles riem de Khalid e param o carro. Saem dois homens sorrindo e caminhando na nossa direção. O que eles querem? Eu não tenho dinheiro pra dar pra eles, como nos filmes.

— Vocês não querem entrar?

Nenhum de nós responde.

— Ah, o que é isso?! Estamos brincando, não vamos brigar! — Eles começam a rir e tocam as mãos no alto. Seu peito de repente afunda e eles parecem magrelos. Não parecem mais assustadores. O que é que eles querem?

— Ora, não é possível! Não está me reconhecendo, Khalid? Eu te reconheci de costas, caminhando.

— Eu te conheço?

— Está falando sério? Você não mudou nada! A não ser pelas... Enfim, sou eu, Walid! — O homem diz isso e olha para os braços de Khalid, e isso me deixa bravo. Não quero que eles caçoem do meu irmão do jeito que caçoavam de mim na escola. Eu não vou usar minha raiva contra eles porque a mamãe disse pra eu nunca brigar.

— Walid? Sério? — Agora Khalid tem um sorrisão no rosto.

— Sim! — Walid se aproxima de Khalid e dá um abraço nele. Ouço o som de um peito batendo no outro. Foi um abração mesmo.

— Como você está, cara?

— Vamos, eu te conto no carro.

Khalid diz pra todos nós entrarmos no carro, embora eu não veja muito espaço sobrando.

— Me dê essa caixa, vou pôr lá atrás — diz um dos amigos de Khalid. Não quero entregar minhas pinturas pra ele. Olho para Khalid, tentando transmitir mensagens sem dizer nada.

— Vamos, Adam...

— Posso ir levando minha caixa?

— Não tem espaço.

Eu me agarro com ainda mais força à minha caixa e bato os pés. Não quero entregá-la.

— E se você mesmo puser a caixa lá atrás? — pergunta Khalid.

Isso eu posso fazer, porque daí vou saber onde pegá-la depois.

Caminho até o porta-malas e ponho minha caixa no canto direito.

Yasmine, Ali, Khalid e eu nos apertamos no banco traseiro do carro. Sinto como se estivessem roubando o ar que respiro. Inspiro e expiro profundamente para não sufocar.

— Pare com isso — Yasmine sussurra e belisca minha perna.

— Não consigo respirar.

— Consegue, sim.

Quero repetir que não consigo respirar, mas ela vai ficar brava.

Os dois homens começam a conversar com Khalid sobre coisas que eu não entendo.

— Fizemos algumas reuniões sem você, imaginando pra onde você tinha ido.

— Nossa casa foi bombardeada...

— Lamento ouvir isso. Somos irmãos, você poderia ter pedido nossa ajuda.

Khalid não diz nada.

— E então, estão indo para onde?

— Para Damasco — responde Khalid.

— Ah, claro, todo mundo está tentando ir pra lá.

— Vocês também?

— Não, mas vamos deixar vocês não muito longe de lá. Não podemos entrar com toda essa munição.

— O que significa "munição"? — pergunto a Yasmine. Ela me dá uma cotovelada no lado do meu estômago e pede pra eu ficar quieto.

O menino de Alepo 217

Um dos homens se vira pra olhar pra mim e sorri. Não gosto dele. Parece que está escondendo algo por trás dos olhos.

O carro parece que vai desabar a qualquer minuto. Já estamos há tanto tempo percorrendo uma estrada em linha reta que eu nem achava mais que estávamos em movimento até que passamos por algumas lombadas. Uma vez ou outra parece que o fundo do carro está arranhando o solo. O carro faz um barulho horrível que até deixa meus dentes sensíveis. Odeio isso. Um dos homens liga o rádio, e está tocando uma música que eu adoro. Sempre que ouço essa música tenho vontade de ficar batendo as mãos e pulando. Começo a sorrir e aplaudir. Pular eu não posso, pois não tem espaço.

— Abaixa esse som, estou tentando dormir — diz o outro homem.

Não consigo ouvir praticamente mais nada, então paro de bater as mãos. Mas continuo a tocar a música na minha mente.

— E essa balela toda de intervenção? O que acha disso? — pergunta o amigo de Khalid.

— Hummm, não sei, eu parei de falar sobre política.

— Por quê? Isso é ridículo, política é o único assunto hoje em dia.

— Alguém da sua família morreu?

— Não, graças a Deus estão todos escondidos.

— É por isso que você continua interessado em política e eu não.

— Ora, vamos, não leve tudo para o lado pessoal, nós vamos reconquistar nosso país. Nós temos um plano, isso eu garanto!

— Qual é o plano? Estaremos todos mortos quando tudo isso acabar? É isso que o nosso país merece?

— Você está muito mudado.

— Só abri meus olhos, não quero mais brigar com ninguém. Quero apenas viver em paz com a minha família...

— Vocês têm alguém em Damasco? Caso contrário, não deixarão vocês entrar.

— Sim, temos família lá.

— Bem, torço pra que dê tudo certo pra você. Só que eu não vejo as coisas indo tão bem, então acho que precisamos lutar. De outra forma, vão continuar nos matando.

— Desde quando matamos famílias e dizemos que, de outra forma, elas nos matariam?

— Eu não confio nem na minha família.

— Bem, é por isso que você ainda não abriu os olhos.

— O exército não vai parar de nos matar. Se não revidarmos, viraremos carne na sopa deles.

Khalid não responde e eu fico pensando no que ele quis dizer com "carne na sopa". Será que eles vão nos comer?

Yasmine está dormindo, então eu fecho os olhos pra dormir também. Não tenho mais nada pra fazer.

— Nós vamos dormir aqui?

— Está escuro, não podemos continuar andando.

Estamos muito perto de Damasco. Agora consigo ver as luzes lá longe. Estou muito animado. Não vejo a hora! Enfim estaremos a salvo. Alcaçuz parece cor-de-rosa de tanta alegria também.

— Tariq está a caminho?

— Sim, Habibi — diz Yasmine.

— Onde ele está?

Yasmine me aperta contra ela e brinca com meu cabelo.

— Veja, Yasmine, naquela janela dá pra enxergar uma TV!

Paramos em frente à janela e olhamos lá dentro. Sinto falta de ver TV. Tem um grupo de soldados pondo as mãos na cabeça e começando a marchar e cantar.

— O que acha que eles estão cantando, Ali?

— O hino nacional, é o que parece.

— Sério? Vamos cantar também!

Ali e eu começamos a cantar nosso hino nacional, como fazíamos na escola, e observamos os soldados marchando na TV, que depois mostra garotos como nós cantando. Olho para Yasmine e ela está com os olhos fechados e tem lágrimas escorrendo pelo rosto. Paro de cantar para ver o que aconteceu, mas ela abre os olhos e me diz para continuar, então eu continuo. Sinto meu coração se abrir e minha garganta se apertar. Sinto lágrimas brotando. Limpo a garganta e sigo cantando, então Ali e eu batemos um pé no chão, ao mesmo tempo, quando o hino termina. Olhamos um para o outro e damos risada. Eu enxugo a lágrima que começa a escorrer e corro até Yasmine.

— Gostou, Yasmine?
— Adorei!
— Por que você está chorando?
— Porque da última vez que cantei o hino, eu estava muito orgulhosa.
— A última vez que cantei o hino foi na escola, Yasmine.
— Sim, eu sei, Habibi.
— Acho que hoje não vou conseguir dormir, estou empolgado demais!
— Eu também, Habibi, não vejo a hora de estarmos a salvo de novo.
— Que tal armarmos nossas barracas aqui?
— Vamos chegar um pouco mais perto do centro da cidade.

Khalid anda à nossa frente porque ele não consegue carregar nada e está procurando um lugar para passarmos a noite. Tem uma mulher idosa sentada no meio-fio, chorando. Os óculos grossos fazem as lágrimas parecer enormes.

— Por que ela está chorando?
— Eu não tenho como saber de tudo, Habibi.

Khalid para e começamos a armar nossas barracas. Tento armar a minha rapidinho pra poder brincar e me divertir.

Agora estou cansado. Eu disse que não ia conseguir dormir, mas corri tanto que agora me cansei. Cato algumas pedras para servir de tela.

— Fiz alguns amigos. Vem brincar com a gente, Adam! — Ali me chama.

Acabei de brincar de corrida e não quero conhecer pessoas novas, então só desvio o olhar e pego meu estojo de pintura.

— Como ele é estranho! — diz uma das meninas que ele encontrou.

Ali não fala nada.

— Você quer ir pra escola com a gente amanhã, Ali? — pergunta alguém.
— Claro! Posso levar meu amigo?
— Esse que está pintando num troço esquisito?
— Ele está pintando numa pedra.
— Por quê? Eu sabia que ele era estranho!
— Ele não é, não, ele só gosta de pintar.

— Tanto faz, pode levá-lo, se você quiser.

Eles correm e brincam. Eu gosto do Ali. Ninguém nunca me defendeu quando me chamaram de estranho.

— Yasmine, você poderia por favor abrir a sua barraca?
— Por quê?
— Porque estou com medo de ficar sozinho.
— Onde está o Khalid?
— Na barraca dele.

Yasmine abre a barraca, se senta e começa a rezar usando contas. Fazia séculos que eu não via essas coisas. Onde é que ela as estava escondendo? Baba costumava usar contas para louvar a Deus. Queria não ter me lembrado de Baba, porque agora fiquei triste. Quero pintar Alepo do jeito que estava antes de sairmos de lá.

— O que você está pintando?
— Alepo.
— Sério?
— Sim, do jeito que eu via a cidade quando estávamos partindo.
— Não era nada bonito.
— Eu não pinto coisas bonitas, Yasmine.

Yasmine ri e Ali chega correndo.

— Tem certeza de que não quer brincar com a gente? Estamos brincando de esconde-esconde.
— Estou aqui sentado com Yasmine.
— Se eu ficar aqui também, você brinca comigo?
— Está bem, posso pintar depois de brincar.
— Do que você quer brincar?
— Quer brincar de adivinhar países?
— Claro. Quer brincar com a gente, Yasmine? — pergunta Ali.
— Por que não?

Começamos a brincar e então eu ouço um chiado que eu reconheço dos desenhos animados.

— Você ouviu isso? — pergunto.
— Ouvi! — diz Ali e põe a mão atrás da orelha para poder ouvir melhor.
— Isso me é familiar.

No momento em que Yasmine diz isso, ouvimos uma enorme explosão e de repente eu não consigo mais enxergar nada à minha frente. Sobe uma grossa nuvem de fumaça, e minha vontade é gritar chamando Yasmine, mas não consigo respirar. Eu tusso mais e mais tentando recobrar o fôlego para respirar, mas não consigo. Fecho os olhos e tento gritar, porém só o que faço é tossir. Sinto como se meu peito estivesse cheio de fumaça. Sinto uma mão em meu corpo, abro os olhos e vejo Yasmine. Quero sorrir, mas continuo tossindo mais e mais até ver sangue nas minhas mãos. Eu me afasto de Yasmine e tusso ainda mais e estremeço. Não consigo parar de tremer. Caio no chão e Yasmine cai depois de mim. Não sei se ela também está tremendo. Meus olhos começam a se fechar e não consigo abri-los. Minha respiração está pesada e eu me forço a inspirar e expirar. Quero dizer a Yasmine qual era o país que ela estava demorando a responder na brincadeira, mas sinto que estou adormecendo. Ouço a voz de Yasmine, e mesmo com o rosto dela perto do meu, sua voz parece muito distante. Fale mais alto, Yasmine. Yasmine, vou dormir só um pouquinho, mas quando acordar quero terminar minha pintura e batizá-la de "O menino de Alepo que pintava a guerra". Tenho certeza de que você vai gostar dessa pintura, Yasmine. Sinto um rio quente de sangue jorrar do meu nariz. Isso me deixa ainda mais sonolento, então adormeço.

Capítulo Vinte e Dois
Branco-acinzentado

Abro meus olhos e vejo linhas borradas. Sinto como se durante toda a minha vida eu tivesse sonhado. Esfrego os olhos, mas continuo vendo a mesma coisa: manchas. Tateio o espaço à minha frente pra garantir que não tem nada ali. Meus olhos doem e minha cabeça martela como se um elefante estivesse batendo no meu cérebro. O que está acontecendo?

— Yasmine... — sussurro. Limpo a garganta e tento elevar a voz, mas continua saindo um sussurro. Perdi minha voz. Minha cabeça começa a ficar atordoada e eu rapidamente me viro de lado e começo a vomitar. Minha visão está voltando aos poucos e eu me lembro de Baba me dizendo pra eu enxergar com a minha visão, e não com os meus olhos, então tento pensar na voz dele para me sentir melhor. Vejo pessoas no chão por toda parte, como se todos tivessem decidido ir dormir. Alguns rolam no chão sussurrando coisas que não consigo ouvir. Parecem baratas depois da aplicação de veneno. Procuro ao redor e encontro Yasmine à minha direita. Rastejo até ela e colo meu ouvido no seu peito. Não sinto nada. Ouço um ronco fraco como se ela estivesse tentando respirar sem sucesso. Eu nem sei se o ronco está vindo dela ou de outra pessoa. Estou com muita dor. Mal consigo me mexer e tudo em mim dói. Eu choro quando tento me mover. Só quero que isso acabe.

— Yasmine! Yasmine! — Bato no peito dela e a chacoalho. Ela se mexe quando eu a chacoalho, mas não abre os olhos nem reage. Não tenho energia pra sacudi-la com mais força, então continuo no mesmo ritmo. — Yasmine, acorda, por favor!

Começo a chorar e com minhas lágrimas e minha visão impedida, não consigo mais ver o rosto de Yasmine. Repito o nome dela e a sacudo até que minhas mãos comecem a doer, e eu choro muito alto. Continuo tentando até que começo a tossir dolorosamente — ouço a dor contida nas minhas próprias lágrimas, mas não consigo falar alto o bastante para que Yasmine ouça. Ponho minha cabeça no seu peito e depois levanto e agarro suas roupas e esmurro seu peito. Yasmine, por favor, não morra. Yasmine, estamos tão perto. Daqui consigo ver Damasco. A mesma sensação que me deixou sonolento começa a escorrer de novo pelo meu nariz. Levanto a cabeça e toco a textura quente e grossa, que me traz tantas lembranças que nem consigo compreender. Estão todas espalhadas pelo meu cérebro, e é como se ele estivesse sendo fritado pela eletricidade.

— Yasmine! Respire! — grito com todas as minhas forças e bato no peito dela o mais forte que posso. Sinto algo, mas não estou certo disso. Bato nela de novo o mais forte possível e ouço Yasmine tentando respirar. Sim! Sim, Yasmine! Respire! Lembro de ter visto isso na TV, mas não sei o que estou fazendo, não importa, nada importa, apenas volte pra mim, Yasmine! Ela engasga de novo e eu enxugo minhas lágrimas e fecho os olhos. Tenho que fazer isso. Tenho que fazer isso. Prendo minha respiração e seguro o rosto de Yasmine com as mãos. Ela não pode me deixar. Ela é minha única irmã e ela me lembra a mamãe. Ponho a cabeça dela no meu colo e abro sua boca. Fecho bem os meus olhos de novo e ignoro as cores que pulam em minha mente e as imagens que fazem meu coração tremer. Ponho minha boca na boca de Yasmine e prendo ainda mais a respiração antes que o medo venha aos saltos. Eu sopro e sopro e sopro na boca de Yasmine e por um minuto me livro de todas as cores e imagens que sempre me reprimiram.

— Yasmine!

Seus olhos giram debaixo das pálpebras e abrem um pouquinho. Sim! Sim! Eu te amo, Yasmine. Por favor, não me deixe. Estou sempre com medo sem você.

Yasmine começa a tossir e balançar os braços. Seguro os braços dela e a ponho sentada. Seu corpo está pesado, como se ela tivesse comido pedras.

Seu corpo não me ajuda e fica me empurrando. Eu dou um puxão nela e coloco sua cabeça no meu ombro.

— Yasmine, você está viva.

Yasmine tosse mais e começa a coçar a pele.

— Está doendo... — sussurra ela, tossindo mais.

— Estamos muito perto de Damasco, você vai ficar bem.

Sento na frente dela e ponho seus braços em volta do meu pescoço e tento levantá-la devagarinho.

— Yasmine, por favor, tente se levantar, eu estou fraco.

Ela não diz nada, mas consigo sentir que tenta levantar o corpo. Eu a empurro um pouco mais e me levanto. Tento ignorar seu peso e começo a caminhar lentamente.

— Estamos indo pra Damasco, Yasmine. A tia Suha está esperando a gente. Prometemos ir pra lá.

— Adam...

— Sim, Yasmine?

A cabeça de Yasmine tomba nos meus ombros e ela não diz mais nada. Acho que está cansada.

Passo caminhando pelos corpos, que estão deitados como se nunca mais fossem levantar. Eu normalmente estaria muito triste por Alcaçuz não estar com a gente, mas só consigo pensar em Yasmine e nos meus irmãos. Guerra significa perder o que você ama. Paz é o que sobra quando a guerra acaba. Olho para trás e tento encontrar os meninos, mas não consigo enxergar com clareza. Mal enxergo à minha frente. Tudo é um borrão, e os corpos e as casas lembram fantasmas. Mas eu vejo as luzes de Damasco. Já posso ver as luzes...

Capítulo Vinte e Três
Rosa

Não sei explicar como chegamos aqui, mas sei que Deus estava conosco. Estou sentado numa banheira cercada de garrafinhas de óleo. Mamãe costumava pôr o mesmo tipo de garrafa ao meu redor para me ajudar a relaxar. O cheiro me faz querer derreter debaixo d'água. Enfio minha cabeça na água e começo a chorar. Sinto que estou me afogando. Sinto falta de todos. São tantos os buracos no meu coração. Não dá pra preencher todos. Agora só tenho Yasmine. Sinto falta da mamãe sorrindo pra mim enquanto eu pintava. Ela dizia que eu a fazia lembrar dela quando ficava concentrado em pintar. Sinto falta do olhar no rosto de Baba quando todos os dias ele abria a porta após chegar do trabalho e eu estava à espera dele. Sinto falta de ver meus irmãos discutindo e provocando um ao outro e da forma como me mandavam embora quando eu fazia perguntas demais. Faz tanto tempo que eu não penso nessas memórias. Enxugo minhas lágrimas, mas não consigo evitar esses jorros constantes. Lembro que chorei esse mesmo tanto quando mamãe partiu. Yasmine é o mais próximo que eu tenho de ter a mamãe do meu lado, mas não é a mamãe. Saio do banheiro e zanzo pelo apartamento da tia Suha para tentar afastar todos esses pensamentos. Encontro materiais de pintura que ela deixou na prateleira perto da janela: um pincel num copo e garrafas de tinta. Pego um dos pincéis e fico apenas encarando cada cerda, cada mancha de cor que não foi devidamente lavada. Roxo é a cor da raiva de Yasmine quando eu faço algo errado. Azul é a cor da tristeza do Khalid quando ele voltou pra casa sem as mãos. Cinza é a cor de Baba quando ele ficava perguntando da mamãe, e branco... Branco é a cor da morte de Isa.

Por que isso está acontecendo, por quê, por quê, por quê? Por favor, chega, por favor, só quero que isso acabe, quero minha família de volta. Só quero ver todos eles de novo. Quero provar a comida da mamãe. Quero brincar com Alcaçuz. Só quero voltar pra casa agora! Me sinto zonzo. Minha cabeça dói demais e meu peito está pesado. Mal enxergo à minha frente, mas me sinto sonolento. Vou até o quarto onde a Yasmine está e me deito no chão; vou ficar descansando até ela acordar. Confiro o relógio na parede, são três e meia da tarde. Em uma hora eu acordo. Fecho os olhos e abro um sorriso. Deixo todas as minhas cores e os meus pensamentos ir embora e olho para um céu branco. Finalmente consigo ver o sol através das nuvens de fumaça que costumavam cobri-lo. Na boca, sinto gosto de verde.

— Adam, meu querido Adam. Como senti sua falta, Habibi.

— Eu senti muito a sua falta também, mamãe. O mundo é um lugar muito assustador sem você.

Abraço mamãe bem apertado e choro tudo o que tenho pra chorar.

— Eu sei, Habibi, eu sei. Mas agora eu estou aqui.

Capítulo Vinte e Quatro
Yasmine Cobre

— Adam! Adam! — O que diabos está acontecendo? — Adam, Habibi! — Adam está tremendo no chão feito um peixe fora d'água.

— Tia! Tia! Preciso de ajuda! Tia!

Eu me levanto rapidamente e tento correr até Adam, mas tropeço nas cobertas ao meu redor. Meu corpo ainda está fraco e mal consigo me reerguer. Me arrasto mais um pouco e levanto a cabeça de Adam e dou um beijo nele. Adam, Habibi, estou aqui para te ajudar.

— Acorda, Adam!

Ele começa a tremer violentamente e sai espuma de sua boca.

— Tia! Depressa! Traga uma toalha molhada e uma tigela d'água!

— O que houve, Yasmine? — A tia chega ao quarto. — Ai, meu Deus! Certo, vou trazer.

— Depressa!

Deito Adam de lado, rasgo a barra da minha saia, embolo a faixa e ponho no meu colo para erguer um pouco mais a cabeça dele. Começo a chorar enquanto seguro sua cabeça contra o meu peito, e cada lágrima pousa em seu rostinho delicado.

— Por favor, Adam, aguente firme, por favor, Adam, por Deus, por favor, aguente! Vai ficar tudo bem, voltaremos juntos pra casa, vou ver você pintar, vou te preparar comida, vou brincar com você de novo, por favor, Adam!

Não consigo parar de chorar, eu jamais me perdoaria se o perdesse, não posso perdê-lo, prometi à mamãe. Prometi a Baba. Prometi a mim mesma.

Confiro o relógio na parede: são três e trinta e um da tarde. Se ele não parar dentro de mais um minuto, vou ter que chamar a ambulância. A última vez que Adam teve uma convulsão foi quando mamãe morreu, acho que agora ele carrega o mesmo tipo de fardo nos ombros. Tia Suha entra e cronometra um minuto. Ela borrifa água no rosto dele e reza baixinho. Em momentos como esse me dou conta de que é como se Adam fosse meu próprio filho. Ainda que eu não tenha a chance de ter um filho próprio, ter Adam é uma bênção.

A respiração de Adam para de repente e ele fica imóvel. O que está acontecendo? Meu coração desaba até o chão. O choque me faz soltar uma risada. Não, isso se trata de algum tipo de brincadeira? Fico paralisada. Tia Suha está sacudindo Adam e olhando pra mim, mas não tenho reação. Não consigo. Será que perdi todo o sentimento?

— Yasmine! Ele está respirando! Fraco, mas está!

Volto à tona rapidamente e seguro Adam bem forte. Limpo a espuma da sua boca e o beijo repetidas vezes. Tia Suha dá risadas entre as lágrimas.

Adam abre os olhos e apenas descansa em meus braços. Pela primeira vez, ele não quis recuar de contato humano. Abro um sorriso pra ele, e ele responde com um sorriso. Começo a rir e não consigo parar. Por que não? Estou feliz com Adam e estamos a salvo. Estou num lugar feliz. Eu rio mais e mais, até que tia Suha me acompanhe. Olho para baixo e vejo que Adam está tentando sorrir.

Todas as lágrimas do meu corpo secaram e não consigo pensar em mais nada que possa me fazer chorar. Agora sou uma nova pessoa. Estou regando as plantas da sala de estar enquanto Adam vê TV e tia Suha tira um cochilo. Sinto serenidade. A campainha soa e Adam se levanta em um salto.

— Não sei se devemos atender, afinal não estamos na nossa casa.

— Mas... tocaram a campainha, Yasmine.

— Eu sei, Habibi, vamos esperar. — A campainha soa de novo e tia Suha se mexe no sofá. Acho que eu devia abrir a porta antes que ela acordasse.

— Vamos na ponta dos pés até a porta — sussurro para Adam.

— Por quê?

— Porque assim é mais divertido!

Abro a porta e fico paralisada. Apesar de todos os sobressaltos que vivi, esse é provavelmente o que produz maior efeito em meu coração. Sinto como se cada célula do meu corpo estivesse tentando reagir de uma maneira diferente, sem conseguir decidir o que fazer.

— Yasmine, é aquele rapaz de que você gosta.

— Wisam... Como é que...

— Posso entrar?

— É claro!

Não acredito no que meus olhos veem. Tenho tanto a dizer... Quero chorar e rir ao mesmo tempo. Acho que, afinal de contas, ainda tenho lágrimas no meu corpo.

— Tive que passar por muita coisa pra te encontrar. — Ele sorri.

Ahhh, esse sorriso é tão familiar... Eu poderia fechar os olhos e me deixar levar.

— Você acha que podemos nos acertar?

— Sim! — Minha boca simplesmente cospe a palavra. Não levei nem mesmo um segundo pra pensar sobre isso.

Wisam e Adam riem de mim. Estou aqui com dois dos meus homens preferidos. Queria que os outros também estivessem aqui.

— Quem é? — grita tia Suha.

Não sei o que dizer. Quem ele é, para mim?

— Uma visita para Yasmine — responde ele em meu lugar.

Tia Suha vem cambaleando até o corredor, com a mão nas costas.

— Ele é o... o...

— O rapaz de quem você me falou?

— Isso.

Faz-se um silêncio estranho enquanto todos permanecemos no corredor sem saber o que fazer.

— Por favor, entre — diz tia Suha.

Ele está tão bonito como sempre. Realmente senti a falta dele.

— Eu vim lhe pedir a mão de Yasmine em casamento.

O quê? O quê? Assim de repente?

— Bem, o pai dela não está aqui, e ela perdeu o resto da família, então não sei exatamente o que dizer.

— Eu sei onde está o pai dela...

— Você sabe? — pergunto.

— Garanti que meus colegas na Turquia ficassem de olho nele. Ele está em boas mãos, graças a Deus.

Não consigo parar de sorrir.

— Yasmine, tem um palhaço invisível puxando sua boca? — pergunta Adam. Eu sei que ele está falando sério, mas todos nós caímos na risada. De novo, é Adam quem quebra o gelo. Ele é o meu anjo.

— Quer ver o seu pai de novo? — Wisam sai do sofá e se senta sobre os joelhos na frente de Adam.

— Você está falando do Baba? Ele não me deu "tchau".

— Então vou entender que isso é um sim.

— Entender que isso é um sim?

Wisam olha para mim, confuso.

— Você vai se acostumar com ele, eu prometo. — Pisco para ele.

Ele pisca de volta e eu esqueço meu passado, meu presente e meu futuro e apenas reproduzo sua piscadela em minha mente.

Olho para Adam, que começa a pintar. Ele escolhe a cor vermelha e começa a preencher um esboço do rosto de Baba. Na pintura, Baba está sorrindo, e ele não tem bolsas sob os olhos. No fundo está a nossa casa em Alepo. Não há nem sinal da cor cinza.

Eu sorrio, e lágrimas escorrem pelo meu rosto. Meu inocente Adam. Meu menino de Alepo que pintava a guerra.

Posfácio
Laura Guthrie

O MENINO DE ALEPO É O TERCEIRO ROMANCE para jovens adultos narrado do ponto de vista de um adolescente ou adulto com síndrome de Asperger que eu li. O primeiro romance do tipo foi *O estranho caso do cachorro morto*, de Mark Haddon.

"Síndrome de Asperger" é uma expressão usada para definir a forma mais branda do espectro de distúrbios do autismo. Quem apresenta essa condição processa e capta informações de uma maneira incomum. O resultado é que seus portadores geralmente penam para compreender e acompanhar interações e trocas que não sejam explícitas ou que suponham um entendimento de normas tácitas e expectativas inerentes à comunicação social.

Embora esses pontos de vulnerabilidade possam ser atenuados com a dedicação de ensino e apoio, é frequente que eles provoquem dificuldades específicas, que podem ser um empecilho a aspectos da vida cotidiana: expressões figurativas desconhecidas podem ser entendidas ao pé da letra; deixas não verbais podem passar despercebidas na hora de interpretar os humores e as intenções das pessoas; expectativas comportamentais, limites e delicadezas podem ser desprezados; e insinuações sutis e codificadas podem ser ignoradas.

Sendo eu mesma uma "Aspie" e doutoranda em escrita criativa que pesquisa a representação da síndrome de Asperger na literatura de ficção enquanto termina de escrever um romance narrado do ponto de vista do portador, fiquei imediatamente interessada por esta história. Dado o grande sucesso de *O estranho caso do cachorro morto*, será que poderíamos inferir que as possibilidades de tal voz narrativa já havia sido totalmente explorada e esgotada? Teria o personagem de Christopher Boone fechado a porta para esse ramo ficcional? Longe disso, creio eu. Na verdade, considero *O menino de Alepo* uma prova do alcance que esse tipo de relato ficcional conquistou. A tentação de encarar esse modelo de narrador como uma espécie de alegoria experimental, restrita ao enredo, demonstra como um único trabalho bem-sucedido ameaça colocar um cabresto prematuro no potencial criativo, deturpando e tolhendo a representação. Além disso, *O menino de Alepo* dá uma ênfase completamente diferente à síndrome de Asperger. Ao contrário do que acontece em *O estranho caso do cachorro morto*, os trejeitos de Adam fornecem um portal para a história e para o ponto de vista e o foco temático desejados pela autora. O personagem de Adam e seus comportamentos não antecipam nem mesmo provocam nenhum dos acontecimentos, e tampouco o enredo gira ao seu redor. As dificuldades de Adam não são influências restritivas ou definitivas em sua voz narrativa.

  Escritores contemporâneos que escrevem sob o ponto de vista de personagens com deficiência – particularmente aqueles que apresentam um diagnóstico específico – sempre se encontrarão numa posição delicada. Veem-se presos entre as necessidades de concepção e percepção do próprio fazer artístico e o poder e a responsabilidade da representação social. Como honrar ambos os aspectos irrestritamente, ainda que sem emitir julgamentos ou cometer abusos? Quando um tema sensível como a deficiência é incluído numa obra de grande alcance, ele molda o olhar e as atitudes do público. O argumento de que a obra de ficção não é "real" evita debater isso, mas não nega a verdade do assunto em questão. De fato, o potencial de influência da ficção muitas vezes é mais pujante e abrangente que a literatura puramente factual, baseada em casos reais. A ficção infiltra-se imediatamente na imaginação do leitor, facilitando um enlevo emocional memorável e intuitivo. Prova disso é que determinadas obras de ficção são utilizadas como material auxiliar na educação de autoridades, nobres e dos indivíduos afetados. Os méritos e as armadilhas aqui implicados não são o objeto de nossa discussão; basta dizer que tais obras exercem influência e que portanto a natureza e os efeitos de suas representações devem ser mapeados.

Para comentar o retrato que Sumia Sukkar faz da síndrome de Asperger, precisamos considerar que lugar Adam e seus trejeitos têm na obra como um todo. Para mim, a síndrome de Asperger de Adam tem uma relação de interdependência com o retrato que se faz de toda a situação familiar e representa um papel crucial na orientação do foco narrativo. Muitos garotos de catorze anos estariam preocupados com libertar-se das amarras e dos vestígios da infância. Isso geralmente resultaria numa tentativa de expandir os relacionamentos sociais, adequar-se a modas e esforçar-se para entender e participar de assuntos adultos considerados importantes e influentes na vida das pessoas. A política de uma guerra iminente com certeza se encaixa nesse critério, especialmente numa época de cobertura midiática tão vasta. De fato, podemos entreouvir fragmentos de noticiários, às vezes traduzidos por Yasmine e outros personagens em resumos sucintos mas incompletos e, aparentemente, relutantes. Também podemos ver membros da família de Adam sair para protestar quando a guerra se torna inevitável. Embora Adam esteja protegido e apartado de tudo isso, tais conversas e acontecimentos atravessam os primeiros capítulos a meia-voz, como um prenúncio.

Mas o foco desejado não é uma narrativa profundamente política e carregada. Esta é a história de uma família comum suportando a inimaginável queda livre de efeitos terríveis de uma realidade muito apartada da própria realidade, que na maioria das vezes se insinua apenas por meios vagos ou ataques esporádicos mas arrasadores. Os criminosos em questão, as pessoas que estão no poder e os próprios membros do "outro lado" parecem-nos sombras que nunca encontramos de verdade: são trazidos fugazmente a nosso campo de visão por mensageiros fortuitos que aparecem e somem em momentos-chave. Adam refere-se aos que causam o mal e o prejuízo como "os caras malvados", ao passo que aqueles que não fazem mal são tidos como boas pessoas. Teorias e argumentos políticos são portanto descartados.

Muitas pessoas com síndrome de Asperger sofrem para deduzir o "cenário completo" a partir de detalhes individuais, apesar de com frequência terem uma enorme inteligência. A não ser quando se trata de um assunto para especialistas, os Aspergers têm de lutar para compreender os feitos políticos, que assumem a forma de questões sociais abstratas, não raro enigmáticas, que parecem existir num domínio distante da vida cotidiana. De fato, com o livro já avançado, Adam afirma detestar política, embora isso provavelmente se dê por causa da devastação que aquela conjuntura política específica deflagrou.

Embora uma profunda compreensão teórica do sofrimento inspire sua arte e suas abordagens artísticas, a visão de vida de Adam se baseia nas suas impressões imediatas do mundo, das pessoas, dos acontecimentos e de seu amor por cada membro da família – Yasmine, em especial. Esta é a fresta por onde nos é permitido vislumbrar como leitores dotados de empatia. Nossa visão é reforçada ainda pela incômoda ternura que é ver Adam reconhecer que é um pouco diferente e ver sua ânsia de criar vínculos, de ser mais parecido aos outros e de entender tanto quanto os outros entendem. Sua voz narrativa ríspida e relativamente inexperiente convém perfeitamente a contar uma história nesse registro, mas o fato de possuir mais maturidade, experiência, consciência e eloquência do que uma criancinha também significa que ele é capaz de narrar eventos desconcertantes com total impacto emocional. Sua tendência de deter-se em detalhes específicos – ainda que não os ofusque com sutilezas e eufemismos – concede ao leitor uma espécie de autorização ética para ver, sem filtros, as consequências da guerra. E, para aqueles que não desejam ver, é difícil: somos apresentados a bem mais de um cadáver e a bem mais de um coágulo de sangue e membros decepados. Mas isso é a guerra, e essa é a realidade de Adam.

Tal clareza de detalhes e pensamentos origina uma interessante interação entre as experiências de Adam durante a guerra e as experiências das pessoas que o cercam. À medida que a tensão e a dor aumentam, o pai de Adam rapidamente degenera em invalidez, recuando até um mundo e uma época nos quais ainda acredita que sua falecida esposa está viva, nos quais não mais reconhece Yasmine e nos quais não mais pode cuidar de si. Enquanto isso, a aparência calma de Yasmine, sua força e sua habilidade psicológica em dar continuidade ao papel de mãe no âmbito familiar é posta em xeque: em várias ocasiões nós a vemos vacilar diante dessa pressão enorme. Ninguém mais é capaz de fornecer explicações categóricas e garantias acerca do que virá em seguida, de quanto tempo durará, do que deverá ser feito e de qual será o desenlace, nem ninguém pode fornecer garantia de que tudo ficará bem. Por outro lado, o limitado entendimento de Adam, combinado ao seu acatamento imediato e à sua diligência, significa que de alguma maneira ele de fato está mais bem protegido do medo corrente e mais equipado para encontrar estratégias de sobrevivência e manter-se aferrado à realidade, minuto a minuto. É Adam quem primeiro começa a revirar lixeiras em busca de comida e é ele quem dá prioridade ao resgate de seu estojo de pintura quando deixam as ruínas da casa da família – o que significa que ele, sozinho, é capaz de afastar-se mentalmente dos traumas que se sucedem, considerando-os com um olhar de pintor.

A maleabilidade da linguagem, a complexidade de detalhes e a gradual disseminação do estado emocional e das reações de Adam na narrativa nos oferecem um mundo interior rico e variado. É um grande avanço em relação à incursão de Christopher Boone a seu passado e à sua vizinhança até chegar à residência da mãe em Londres, enquanto conta os carros vermelhos e amarelos, encontra refúgio na ciência e na matemática, reprime violências sensoriais e sociais, na maior parte das vezes falhando roboticamente em meter na cabeça o conceito de emotividade (tanto externa quanto interna) e deixando confusão em seu rastro, sem perceber.

Para mim, no entanto, o maior trunfo da história de *O menino de Alepo* é o fluxo consistente e natural da narração de Adam. Sua perspectiva difunde-se uniformemente, mas também é flexível: as peculiaridades de sua voz são por vezes necessariamente ofuscadas por descrições mais objetivas, quando o cenário se amplia. Seu estilo se suaviza e se integra com o passar do tempo, honrando seu amor pela linguagem. Isso dá uma grande expressividade ao romance, afrouxando as restrições geralmente identificadas a uma suposta "voz Asperger" – uma voz narrativa que tende a ser estereotipada como emocionalmente monótona, irritante e afetada. Os três capítulos narrados por Yasmine nos permitem comparar a voz de Adam com uma voz "neurotípica" e notar que ela não existe num vácuo estilístico. Assim como Adam, Yasmine usa com frequência frases curtas e literais – intercaladas com linguagem, ideias e imagens mais elásticas, criativas e metafóricas – ao descrever suas impressões imediatas. Isso não apenas põe à prova os estereótipos da "voz Asperger", como fornece uma compreensão comovente, ainda que comedida, dos motivos da enorme proximidade que há entre esses dois personagens.

Em *O estranho caso do cachorro morto*, Christopher sempre interrompe a narrativa para explicar o que pensa acerca de assuntos como falsidade, comunicação, discurso figurativo e instruções, seus problemas comportamentais, suas crenças pessoais, sua escola e seus colegas, antes de mergulhar de novo na história – que gira em torno dos seus problemas e da tensão que provocam nas pessoas. Foi com alegria que descobri, no personagem de Adam, uma representação mais equilibrada das vantagens e das dificuldades da síndrome de Asperger, sem sentir que sua condição estava sendo a todo momento "provada" através de detalhes expositivos. Também foi um alívio não deparar com um texto interrompido por diagramas e imagens, embora tenha sido interessante adivinhar, a partir do título dos capítulos (cada um representando uma cor), para qual conjuntura emocional a história caminhava. Eu quase sempre estava errada em meus palpites, e, ao passo que os verdadeiros acontecimentos me atingiam em cheio, parecia justo que eu me sentisse arrastada, uma vez que essa seria a realidade de uma vida em meio à guerra.

O menino de Alepo não é *O estranho caso do cachorro morto*, nem uma reciclagem de outras obras de ficção sobre deficiência ou conflito. Tampouco é uma história didática que sirva como uma lição enfeitada, pré-embalada, especializada, cheia de tópicos a serem debatidos. O caminho que o livro trilha nunca havia sido considerado dessa maneira. A síndrome de Asperger urde sua trama consistente por toda a obra, criando um retrato revigorante, empático e de um realismo multifacetado. O enredo merece ser discutido por seus próprios méritos.

Agosto de 2014
Glasgow, Escócia

Agradecimentos

Agradeço aos meus pais amorosos pelo apoio e a confiança. Sem a sabedoria de vocês, eu não teria chegado até aqui.

Agradeço a Song pelo amor, paciência e pelas muitas horas de trabalho que passou ao meu lado. Eu sempre serei grata por tudo o que você fez.

Um gigantesco obrigada aos meus maravilhosos amigos Iulia Avram, Tone Troen e Tharmim Azzid pelo senso de humor e pelo bom coração. Vocês sempre souberam como me animar.

Por último, mas não menos importante, queria expressar minha gratidão a Todd Swift por ter acreditado em mim e por ter me mostrado tanta compaixão. Você me ajudou a acreditar em mim mesma.

Este livro, composto na fonte Fairfield, foi impresso em papel Polen Soft 70 g/m² na gráfica Corprint. São Paulo, Brasil, dezembro de 2021.